세유아 장편소설

리딩, 읽을 수 없음

Reading, Unreadable

팩토리나인

차 례

1장 **발견** **007**

2장 **추측** **137**

3장 **확인** **257**

4장 **대면** **331**

작가의 말 **381**

[일러두기]
· 타인의 속마음을 읽는 주인공의 능력을 표현하기 위해 편의상 작품 내에서 고딕 서체를 사용하였다.
· 유선상으로 이야기를 나눌 때나 과거의 기억을 회상할 때는 대화 앞에 줄표를 사용해 구분하였다.

1장
발견

01

 식탁 위에서 반복되는 핸드폰 영상. 아니고, 아니고, 아니었다. 서유는 말없이 핸드폰을 옆으로 치우며 장바구니를 올렸다. 영상을 틀어둔 사람의 의도는 뻔히 짐작이 갔으나 원하는 바를 바로 충족시켜주기엔 너무 지친 상태였다. 오늘도 날은 지지리 더웠고, 땀은 미친 듯이 흘렀으며, 서유에겐 자가용이 없었다.
 "왔어?"
 "응. 웬일로 네가 나보다 일찍 들어왔네."
 "한 건 했다고 푹 쉬라셔서. 식탁에 올려둔 폰은 봤니."
 "푹 쉬라는데 왜 나한텐 일을 시킬까."
 머리를 털며 화장실에서 나온 혜이는 볼멘소리에도 그저 웃었다. 다 알지 않느냐는 미소였다. 서유는 고개를 저으며 장바구니를 정리했다. 가득 집어온 냉동식품들이 그새 녹아 겉면에 물

방울이 송골송골 맺혀 있었다. 정말 아이스박스라도 들고 다녀야 하나 고민될 정도의 날씨였다. 대강 정리를 마친 서유는 아이스크림을 집고 돌아서다가 깜짝 놀라 포장지를 놓쳤다. 코앞에 얼굴을 들이밀어 놀라게 만든 원인이 서유의 손에서 떨어지는 아이스크림을 냉큼 잡았다.

"얍, 안 놓쳤다."

"기척이라도 내주면 어디 덧나?"

"어머, 내가 좋아하는 건 없네."

"밑바닥까지 긁었는데 없…… 야, 사람이 말을 하면 좀 들어."

찰싹, 소리가 날 정도로 혜이의 등을 때린 서유는 혜이에게서 다시 아이스크림을 빼앗아 들었다. 식탁 한구석에 치워뒀던 핸드폰에선 여전히 소리 없는 영상이 재생되고 있었다. 등 뒤에서 아야야, 앓는 소리가 들렸다. 그 목소리를 배경음 삼아 다시 봐도 강력계인 혜이가 맡을 사건은 아니었다. 게다가 푹 쉬라고 했다는 건 분명 다른 팀 사건이란 뜻이었다. 아이스크림을 멍하니 물고 있던 서유는 얼얼해진 입술을 움직여보다가 한숨을 내쉬었다. 더웠다.

"없어."

"응?"

장바구니에서 알사탕을 발견한 혜이가 사탕 봉지에서 두 개를 한꺼번에 입에 넣으며 반문했다. 욕심 많은 다람쥐 같았다. 서유는 볼록해진 양 볼을 보다 다 먹은 아이스크림 막대로 혜이의 볼을 쿡 찔렀다. 멀리 도망가는 모습을 보니 그제야 더위가 가시는 듯했다. 볼을 감싸던 혜이가 밝게 웃는 서유를 타박했다.

"야, 김서유."

"이 중에 도둑질한 사람은 없습니다. 근데 바람피운 사람은 있네."

"절도 사건인지 어떻게 알았어?"

"이 사람은 '훔치지 않았다는데 왜 말을 안 믿어' 하고 있고, 이 사람은 '그런 거 줘도 안 가진다'고 하고 있고, 마지막 사람은 '아씨, 그때 하연 씨 만나고 있었는데 그걸 어떻게 말해' 하고 있으니까."

찔린 볼을 문지르던 혜이는 설명이 끝나자 알겠다며 고개를 끄덕였다. 참 탐나는 능력이야. 알사탕을 하나 꺼내던 서유는 혜이의 코끝을 아프지 않게 튕겼다. 능력은 무슨.

"이런 건 저주라고 하는 거야."

***

흔히들 상대방의 속을 알고 싶다고 한다. 말을 안 하면 모르니까 오해가 생기고, 소통이 안 되고, 싸우게 되니까. 상대방의 속을 좀 까놓고 보고 싶다고들 한다. 그리고 서유는 그런 말을 들을 때마다 속으로 생각했다. 모를 때가 좋은 거라고.

아, 야근하게 생겼는데.

머리 못 감았는데 아무도 모르겠지?

아무렇지 않은 척하자. 어제 그건 술김에 그런 거야, 술김에.

스타킹 구멍 난 거 신경 쓰여.

이게 도대체 뭘까. 서유에게 보이는 세상이다. 정확히는 서유가 볼 수밖에 없는 세상이었다. 서유의 세상은 늘 어지럽고 복잡했다. 그도 그럴 것이, 남들이 그렇게도 원하는 타인의 속마음이 '보이니까'.

아, 더워. 커피 마시고 싶다.

언제부터였는지도 모를 정도로 오랜 예전부터 서유에겐 사람들의 속내가 보였다. 들리는 게 아니라, 게임 속 대화창처럼 말 그대로 보였다. 소심한 사람들의 속내는 작게, 화난 사람의 속내는 거칠고 마구잡이로 쓴 글자로. 그때그때 사람들의 기분과 성향에 따라 보이는 모양은 천차만별이었다. 덕분에 서유에게 풍경 감상이란 존재하지 않는 단어가 되었다. 띵동띵동 하고 계속해서 갱신되는 사람들의 속내에 늘 시선이 뺏긴 탓이었다.

"저, 카페에 좀 갔다 오려고 하는데 혹시 커피 드시고 싶은 분 계세요?"

"나! 김 대리는 항상 어쩜 내 맘을 그렇게 잘 아나 몰라."

그래도 솔직히 말하면 그래, 좋은 점이 없다고는 할 수 없었다. 속내가 보이니 비위 맞추기도 쉽고, 눈치 빠른 사람으로 통해 직장에서 귀여움도 받고, 오해할 일도 받을 일도 없었으며 상사가 원하는 대로 갖다 바쳐 직장도 수월하게 다녔다. 서유도 한편으론 인정하고 있었다. 자신이 남들보다 매우 순탄하고 편안한 직장생활을 하고 있다는 것을.

[촉 여신 덕에 관점을 달리 보고 범인 검거에 성공했대. 항상 고마워.]

카페로 들어가던 서유는 혜이에게서 온 문자를 뒤늦게 보곤 작게 웃었다. 혜이는 서유의 능력이자 저주를 알고 있는 사람이었다. 그런데도 서유를 미치거나 정신 나간 사람 취급하지 않은 유일한 사람이기도 했다. 계기는 기억나지 않으나 중학교 시절 만난 둘은 꽤 친한 사이가 됐고, 각자 직장을 가진 뒤로도 함께 살고 있을 정도로 돈독한 관계가 되었다. 형사가 된 혜이가 종종 서유의 능력을 범인 색출에 써먹곤 했지만, 그래도 이 정도면 괜찮은 친구라고 말할 수 있었다. 적어도 치료가 필요하다며 정신병원에 집어넣지는 않았으니.

"아이스 아메리카노 네 개요."

서유가 혜이를 도울 수 있는 이유는 사람의 속내가 실시간으로 보일 뿐만 아니라, 영상이나 사진에 찍힌 당시의 속내도 볼 수 있기 때문이었다. 결정적인 역할은 못 할지라도 가닥을 잡는 데는 어느 정도 도움을 줬기에 혜이는 서유의 능력을 요긴하게 써먹었다. 기왕 가진 능력, 많은 이들을 위해 사용하는 게 어떻겠느냐는 것이 이유였다. 궤변일 수도 있지만 서유는 순순히 혜이를 도왔다. 늘 고생하는 모습을 곁에서 보고 있으면 도와줄 수밖에 없었으니까, 는 사실 핑계고. 서유는 추리물을 즐겼으니까. 적어도 혜이가 알기론 그랬다.

"아이스 아메리카노 네 잔 나왔습니다."

핸드폰으로 시간을 확인하며 출구로 향하던 서유는 누군가와 부딪치고 정신을 차렸다. 운이 없게도 넘쳐흐른 커피가 서유는 물론 부딪친 사람의 흰 와이셔츠까지 적셨다.

"앗, 어떡해. 정말 죄송합니다. 괜찮으세요?"

당황한 서유는 다급히 사과하며 휴지를 찾았다. 제발 성격이 나쁜 사람만은 아니길 바랄 뿐이었다. 지금은 명백히 자신의 잘못이었다. '이참에 한탕 뜯어내야지' 내지는 '이게 얼마짜리인데'라는 속이 보이더라도 순순히 비위를 맞출 수 있었다. 그러나 속내를 보기 위해 고개를 든 서유는 그대로 멈춰버릴 수밖에 없었다.

"괜찮아요?"

꽤 준수한 외모가 보였으나 그게 말문이 막힌 원인은 아니었다. 남성의 머리께에서는 아무것도 보이지 않았다. 말 그대로 아무것도.

"저기, 난 괜찮아요."

"……"

"저기요."

"예? 아, 네. 전 괜찮아요. 아니, 그게 아니라 정말 죄송합니다. 그러니까, 그게……"

보통 사람에겐 당연한 광경이지만 서유에겐 오히려 이상한 상황이었다. 당황한 서유는 자신도 무슨 말인지 모를 말을 하며 주위를 둘러봤다.

　이번에도 떨어지면 진짜 콱 죽어버릴 거야.

　저 사람 잘생겼다.

　헐. 커피 다 쏟았네, 아깝.

　들어온 지 세 시간째인데 케이크 하나 시켜야 하나.

　넘쳐나는 속내들이 눈앞을 가렸다. 서유의 시선이 다시 남성을 향했다. 당황한 듯한 얼굴 위에는 분명 아무것도 없었다. 아무리 눈을 깜박여도 나타나지 않았다. 이런 사람은 처음이었다.

　"괜찮은 거 맞아요? 옷은 신경 안 써도 돼요."

　다시 한번 묻는 목소리에 서유는 정신을 차렸다. 신경을 쓰지 않아도 된다고 하기엔 새하얀 와이셔츠에 갈색 물이 잔뜩 들어 버린 상태였다. 남성에겐 얼룩을 가릴 다른 겉옷도 없어 보였다. 바로 옆에 앉아 있던 사람의 속내도 보였다.

　저 사람이 잘생겨서 넋이 나갔나 봐.

　클리셰처럼 커피를 쏟은 인물에게 반해버린 드라마 속 여자 주인공이 될 생각은 없었다. 평정심을 유지한 서유는 어색하게 입꼬리를 올렸다. 자신도 느끼는 어색함을 부디 눈치채지 않았으면 했지만, 남성은 여전히 어리둥절하고 당황한 얼굴이었다. 아무래도 생각보다 표정 관리를 더 못 했나 보다.

　"정말 죄송합니다, 제가 한눈을 팔아서. 바로 새 옷 사드릴 게요."

"어, 안 그래도 되는데……."

"제가 죄송해서 그래요. 그리고 그렇게 돌아다니실 수는 없잖아요."

상대방의 마음이 보이지 않아 원하는 바를 들어줄 수 없다니, 다른 사람들에겐 몰라도 서유에겐 있을 수 없는 일이었다. 지금 저 말이 예의상 하는 말인지 진심인지 판단할 겨를은 없었고, 훗날 괜한 트집을 만들고 싶지 않았다. 괜찮다고 말하면서도 쿨하게 갈 길 가지 않는 것을 보면 괜찮지 않은 것일지도 몰랐다.

반 이상 쏟아버린 커피들을 치운 서유는 남성을 이끌었다. 얼떨결에 따라 나왔을 남성의 반응을 살피기엔 심히 당황한 상태였다. 그런 것치곤 당당하게 앞장선 서유는 근처 의류 매장으로 들어갔다. 다행히 익숙한 얼굴이 보였다.

"어, 서유 씨. 여긴 어쩐 일이에요?"

독특한 버건디 인테리어가 눈에 띄는 이곳은 요즘 뜨고 있는 의류 브랜드이자 서유의 거래처였다. 아는 체를 하던 사람이 뒤늦게 엉망이 된 옷을 발견하고 당황하며 다가왔다.

"……옷은 또 왜 그래요?" 당황스럽네.

"안녕하세요, 이 사장님. 제가 이분한테 커피를 쏟아서요, 옷 좀 볼 수 있을까요?"

서유는 바로 인근에 위치한 국내 포털에서 웹 디자이너로 근무 중이었다. 꽤 큰 규모인 이 포털은, 노블레스 오블리주를 실현하겠다는 뜻인지 신생 기업 지원에 뜻을 밝힌 국내 대기업과 계약을 맺었다. 그 결과 구성된 자체적인 쇼핑몰의 첫 행운아, 혹은 실험 대상으로 선정된 것이 대학 동문 세 명이 만든 이 '레드패션(Red Passion)'이었다.

"어, 그럼요. 둘러보세요."

"감사합니다."

작년에 강제로 그 부서에 차출됐던 서유는 솔직히 프로젝트가 오래 이어지리라고 기대하지 않았다. 그러나 길어야 6개월이라고 봤던 예상과 달리 시범적으로 운영했던 쇼핑몰은 꽤 큰 수익과 효과를 냈다.

그 결과 서유를 비롯한 초기 팀원들은 여전히 쇼핑몰을 담당하는 중이었고, 패션 브랜드 사장이라는 새로운 인맥도 얻게 되었다. 그리고 서유는 교훈 하나를 더 얻을 수 있었다. 자신에게는 사업할 머리와 촉이 없다는 사실.

이제하 사장의 안내에 따라 이동하던 서유는 남성을 돌아봤다. 이제 보니 키가 무슨 모델같이 훤칠했다. 아니, 진짜 모델일지도 몰랐다. 잠시 생각하던 서유는 진열된 옷을 뒤적거렸다. 이 상황에서 패션 센스를 따질 것 같진 않았다.

"야, 아무리 생각해도 이것보다는. 어? 서유 씨, 오랜만."

"최 사장님도 계셨네요. 안녕하세요."

"그런데 옷 꼴이 그게 뭐야?"

"보시다시피 커피를 좀 쏟아서요."

회의실에서 나오던 공동 창업자 중 한 명인 최여준이 호들갑을 떨었다. 서유는 그저 어색하게 웃었다. 브랜드 설립 초기에는 직접 모델도 했다던가. 납득이 갈 만한 외모였고 본인도 그 사실을 잘 인지하고 있었다. 항상 살갑게 구는 사람이었지만 사실 서유는 그다지 여준을 좋아하지 않았다. 처음 마주한 날 자신을 품평하는 머릿속을 본 순간부터 관심을 표하는 말들은 껄떡거림으로 변환됐다.

"서유 씨도 옷 좀 봐. 손님은 제하, 네가 좀 맡아라."

"아니, 그래도……."

"괜찮아요. 편하게 보세요."

"그래, 우리 사이에 이 정도는 괜찮아."

서유의 몸을 여성복 쪽으로 틀어버린 여준이 자연스럽게 안쪽으로 안내했다. 친절하고 성격 좋아 보이는 행동과 더불어 속내도 훤히 보였다. 뭔 키가 저렇게 커. 절대로 곁에 안 가야지. 적나라한 속을 읽은 서유는 쓴웃음을 지으며 슬그머니 떨어졌.

전혀 개의치 않은 여준이 붙임성 있게 말을 걸었다. "근데 누구야? 남친?"

"아뇨, 오늘 처음 뵙는 분이요." 서유는 일부러 여준의 눈을 똑바로 바라보며 대답했다.

눈에 집중하면 속내가 좀 흐려 보이니까. 안 봐도 뻔할 여준의 속내를 굳이 보고 싶지 않았다.

"골라봐, 선물로 하나 줄게." 그래, 남친일 리 없지.

"아니에요, 전 티도 안 나는걸요. 금방 말라요."

가볍게 대꾸한 후 서유는 문득 시간을 확인했다. 점심시간이 10분도 채 남지 않은 상태였다. 마음이 급해진 서유는 개인 카드를 여준에게 건네며 미안한 표정을 지었다.

"최 사장님, 정말 죄송한데 제가 지금 시간이 없어서요. 저분 옷은 이 카드로 결제해주시겠어요? 제가 나중에 찾으러 올게요."

"오케이, 그때도 볼 수 있으면 좋겠다."

난 싫어. 속으로 격렬하게 거부한 서유는 카드를 맡기고 다시 카페로 향했다. 아까 산 커피는 다 못 먹게 됐으니 다시 주문해야만 했다. 갑자기 단게 당겨 아까와 다르게 커피를 주문한 서유는 역시 자신의 능력은 저주라고 확신했다. 굳이 오지랖 넓게 행동하지만 않았어도 이런 수고로움은 없었을 텐데. 분명 캐러멜마키아토를 마셨는데도 커피 맛이 썼다. 속이 쓰렸다. 결국 잘 넣지도 않는 시럽을 오늘따라 여러 번 넣었다.

***

"김 대리, 왜 이제 와?"

"죄송해요. 중간에 일이 좀 생겨서. 여기 커피요."

"아, 고마워. 그나저나 빨리 와봐. 대박이야."

옷에서 풍기는 은은한 커피 향을 맡으며 사무실에 도착한 서유는 점심시간이 끝났음에도 어수선한 분위기를 감지했다. 마침 기다리고 있던 동료 소라가 서유를 발견하자마자 다가왔다. 뭐가 그리 신나는지 얼굴이 조금 달아오른 상태였다. 일할 맛 난다. 분명 다 죽어가던 속내는 전에 없이 톡톡 튀기까지 했다. 나가기 전과 확연히 다른 모습에 의문이 생긴 서유는 인파로 다가갔다. 소라의 소곤거림과 사람들의 속이 동시에 뇌로 들어왔다.

"이번에 우리 부서 확장하면서 새로운 웹 디자이너 스카우트 한댔잖아. 원래 외국에서 일하던 사람이래. 요즘은 한국이랑 왔다 갔다 하나 봐."

와, 모델 아냐? 진짜 그냥 디자이너라고?

"모델도 겸한다는데 피지컬 진짜 장난 아닌 거 있지."

어쩐지 저런 사람이 그냥 디자이너일 리 없지.

"우리말은 단어만 좀 서툰가 봐. 이름은 진이래, 영어 아니고 한자라더라."

서유는 휘몰아치는 정보들을 조합하며 인파를 헤치고 나갔다. 버건디색 와이셔츠를 입은 남성 한 명이 막 인사를 끝낸 참이었다. 서유는 멍하니 그 남성을 바라보았다. 옆에서 소라가 대박 맞지? 종알거리며 쿡쿡 찌르는 것이 느껴졌다. 사람들과 인사하던 남성이 서유를 발견하곤 반가운 기색으로 다가왔다. 주변의 시선이 쏠리는 것은 서유가 그리 바라지 않는 상황이었지만 어쩔 수 없었다. 남성이 쥐고 있는 카드의 주인은 분명 '김서유'였다. 서유는 진심으로 저 남자의 속을 보고 싶어졌다.

"이거, 사장님이 전해달래요."

"어…… 그러니까……."

"앞으로 잘 부탁해요. 서, 유, 맞죠?"

카드에 쓰인 이름을 서툴게 읽으며 밝게 웃는 눈앞의 남성은 분명 조금 전 카페에서 커피를 쏟아버린 사람이었다. 속내가 전혀 보이지 않는, 그 남자. 서유는 커피를 쏟았던 순간을 떠올렸다.

― 두 번 다시 보지 않을 거라고 생각했지만 다시 만나는 것이 드라마지.

혜이가 로맨스 드라마를 보며 하던 말이 머릿속을 맴돌았다. 이래서, 난 클리셰가 싫어.

***

서유에게 문자를 보낸 혜이는 핸드폰을 주머니에 집어넣고 기지개를 켰다. 옆에서는 3팀이 골머리를 썩이던 강도 사건 범인을 조사하고 있었다. 며칠 전 서유에게 영상을 보여주며 도움을 청했던 사건이었다. 혜이는 턱을 괸 채 그 광경을 구경했다. 세 명의 용의자가 있던 것이 무색하게도 범인은 신고자 본인이었다. 보험을 노린 사기극.

"어, 우 경위. 조언 고마웠어."

"내가 한 게 있나." 혜이는 어깨를 으쓱하며 말했다.

자신은 정말로 한 일이 없었다. 그저 서유가 한 말을 토대로 슬쩍 수사 방향을 잡아줬을 뿐이다. 아예 무로 돌아가 처음부터 생각해보는 건 어떤가, 하며.

혜이는 묵묵부답으로 일관하는 범인의 머리를 가만히 노려봤다. 그런들 보이는 것은 없었지만 궁금했다. 서유라면 무슨 속셈인지 바로 알 거라 생각하니 능력을 적극적으로 쓰지 않는 게 너무 아까웠다. 셜록처럼 수사 자문이라도 해주면 떼돈을 벌어들일 텐데.

무어라 중얼거리는 혜이를 잠시 보던 3팀 팀원은 자주 있는 일인 양 그러려니 하고 지나갔다. 강력계 1팀 우혜이의 속은 그 누구도 알 수 없었다. 적어도 그들 사이에서는.

"선배, 또 멍때리신다."

자신만의 세계에 빠진 혜이를 깨운 것은 같은 팀 후배인 강우였다. 강우는 익숙하게 그의 어깨를 흔들며 현실로 돌아오게 했다. 놀라지도 않은 혜이가 손을 까딱였다.

"좀 늦었네."

"바퀴에 펑크가 나서요. 어떤 분이 안 가르쳐줬으면 큰일 날 뻔했어요. 아, 이럴 때가 아닌데. 사건 터졌대요."

"우리 팀장님, 식혜 포기하고 빨리 오시라 그래."

"들어오는 길에 만났는데 벌써 현장 가셨습니다. 해고1동으로 선배랑 같이 오래요."

"2팀 건도 해고동이었던 것 같은데."

알사탕을 입에 넣은 혜이는 자리에서 일어났다. 서오특별시 서오지방경찰청, 중부경찰서. 혜이의 관할은 서오시 중에서도 자타공인 평온하다고 소문난 동네였다. 그러나 최근 이례적으로 사건이 자주 일어나고 있었다. 알사탕을 입안에서 굴리며 혜이는 진지하게 이사를 고민했다. 서유와 자신의 집도 주소로만 따지면 해고동이었다. 워낙 지역이 넓어 해고동도 개수가 많았지만 꺼림칙한 것은 어쩔 수 없었다. 그러고 보니 3팀의 보험 사기도 해고동이었다.

"재경이는 팀장님이랑 갔어?"

"네, 그 와중에 식혜 쥐고 있더라고요."

"걔는 무인도에 가도 잘 살아남을 거야."

슬며시 웃은 혜이는 자신의 차 키를 강우에게 넘기고 조수석에 올랐다. 이 더운 날에 굳이 운전하고 싶진 않았다. 얼떨결에 차 키를 받은 강우가 어리둥절한 표정을 짓다 볼멘소리를 내뱉었다.

"와, 우 경위님. 진짜 나쁜 선배인 거 알죠?"

의도를 알아챈 강우는 툴툴거리면서도 운전석에 앉아 안전벨트를 맸다. 짐짓 진지한 표정으로 서유에게 문자를 보내던 혜이가 맞받아쳤다.

"차 펑크 안 났으면 네가 운전하는 네 차 탔을 거였잖아."

강우는 부정할 수 없었다.

***

"사망자 이름은 조윤수, 35세. 기혼에 딸이 한 명 있고, 사망 원인은 자세히 살펴봐야 알겠지만 일단은 경부압박 질식사로 추정 됩니다. 상태를 봐선 자살인데, 배우자는 절대 자살할 사람이 아니라고 주장하고 있습니다. 최근 승진해서 엄청 기뻐했답니다."

"사망 추정 시각은?"

"대략 열두 시간 전입니다. 어젯밤 10시쯤 조깅한다면서 나갔을 때가 마지막 목격입니다. 원래 운동 열심히 하고 아침도 알아서 챙겨 먹어 별 신경 안 썼는데 회사에서 출근을 안 했다는 연락이 왔고, 나와 보니…….

"점심때까지 아무도 몰랐다고?"

"네, 좀 외진 곳이기도 하고, 오늘따라 가족 모두 늦잠을 잤답니다."

상황을 보고하는 막내 재경의 뒤로 마당에 시원한 그늘을 만들어주는 큰 나무가 눈에 띄었다. 오랜 세월 동안 자리를 지켰는지 꽤 크고 굵은 나뭇가지에 묶인 그네가 바람에 살랑살랑 흔들렸다. 그리고 밧줄은 그네 바로 위에 매달려 있었다. 상황상으로는 자살로 단정 지어도 이상하지 않았다. 그네에 올라가 나뭇가지에 밧줄로 목을 매고, 그네를 차버렸다면 자살은 충분히 가능했다.

그렇지만. 혜이의 시선이 구석에 놓인 의자로 향했다.

"굳이 흔들거리는 그네에서 밧줄을 묶었다는 건가."

"저라면 의자를 택하겠습니다."

"나도. 피해자 키는 몇이야?"

"꽤 큽니다. 184센티미터."

'굳이 왜'라는 의문을 애써 무시한 혜이는 눈대중으로 그네와 나뭇가지의 거리를 가늠했다. 조윤수의 키라면 밧줄을 묶는 것은 이론적으론 가능해 보였다.

"유서는."

"없다. 그러니 유족은 더욱 강력하게 자살이 아니라고 하고 있고."

쯧, 혀를 차는 소리가 들렸다. 유족과 얘기를 나눈 참인지 팀장 노원이 자택 안에서 나오며 대답했다. 혜이는 알사탕을 하나 건네며 노원의 안색을 살폈다. 사우나를 자주 하는 덕에 늘 좋은 피부와 달리 표정은 칙칙했다. 좋은 소식은 없다는 뜻이었다. 알사탕을 받은 노원이 바로 입속에 넣어 와그작 씹었다. 이번엔 심기가 불편하단 뜻이었다.

"타살 흔적은 없고, 자살이라기엔 찝찝하고. 일단 유족이 부검 허락했으니 해봐야지."

노원의 투덜거림을 듣던 혜이는 조용히 시신에 집중했다. 얼마 전 2팀도 비슷한 상황의 사건을 맡고 골머리를 썩이던 중이었다. 얼핏 들었던 내용은 사망 방식이 특이하고 이해가 안 간다는 것뿐이었다. 느낌상 단순 자살로 종결하기에는 애매한데 부검을 못 해 수사에 진전도 없는 눈치였다. 똑같은 꼴이 되려나 싶어 혜이는 다시 나무를 쳐다봤다. 어젯밤의 진실을 아는 유일한 목격자를.

02

해고동에 마가 낀 걸까. 오늘도 집에 가기는 글렀지만 혜이는 뭐라도 건지자는 심정으로 찬찬히 사체를 살폈다. 흰 티, 트레이닝 바지, 흰색 운동화. 상처의 흔적이라곤 목에 생긴 푸른 울혈이 다였다. 시신을 한참 동안 빤히 보던 혜이는 무언가 기시감을 느꼈다. 분명 전에 본 적이 있는 사람이었다.

수그리고 앉은 채 꼼짝도 하지 않던 혜이는 한숨을 내쉬는 노원에게 물었다. "팀장님, 이 사람 최근에 경찰서에 온 적 있지 않아요?"

"어떻게 알았냐. 여기 근처에 강도 들었던 거 용의자로 청취 왔다더라."

"아, 그 사건 자작극이었대요. 보험 사기."

"뭐? 에라이, 썩을 놈들."

노원의 욕설을 뒤로한 채 무언가 떠오른 혜이가 조용히 손짓했다. 강우는 익숙하게 다가갔다. 속을 알 수 없는 사람이긴 해도 실력 하나는 보증할 수 있었다. 뭔가 가닥을 잡은 것이 분명했다.

"일단 자주 연락한 사람 찾아보고, 혹시 이 사람 보험 든 거 있나 찾아봐. 수령인이랑."

"이것도 보험금을 노린 걸까요?"

"글쎄. 일단 다방면으로 생각해봐야지. 아무리 봐도 단순 자살이라기엔 찝찝하니까."

"넵, 찾아보겠습니다. 아, 근데 이 사람, 허리가 많이 아팠나 봐요."

어느새 다가온 노원이 덩달아 소곤거리며 물었다. "뜬금없이 무슨 소리야."

놀란 기색도 없는 혜이와 달리 식겁한 강우는 가슴을 쓸어내렸다. 노원이 오버한다는 듯 강우를 쳐다보았다. 얼른 말해보라는 듯 고개를 까닥이는 모습에 강우는 살짝 말려 올라간 조윤수의 허리춤을 가리켰다. 새까만 무언가가 보였다.

"까만 게 비쳐 보이길래 뭔가 했는데 이거 복대잖아요."

"아, 이건 몸매 교정용 같습니다. 경위님."

"그런 것도 있나?"

"요샌 많습니다. 근데 이분보단 팀장님께 필요해 보이지 말입니다."

지나치게 솔직했던 재경은 살짝 이마를 얻어맞았다. 하루라도 안 보면 섭섭할 두 사람의 콩트가 익숙한 강우는 핸드폰을 찾으러 유류품 쪽으로 향했다.

몸매니 뭐니, 관심이 없는 혜이는 가만히 귀를 막았다. 며칠 전 서유에게 들은 한 속내가 머릿속을 스쳤다.

"'아씨, 그때 하연 씨 만나고 있었는데 그걸 어떻게 말해' 하고 있으니까."

안녕하세요, 불륜남 씨. 혜이는 눈짓으로 조윤수에게 인사를 건넸다.

***

어색하게 카드를 받은 서유는 고개를 까닥이며 인사했다. 쇼핑몰이 생각보다 좋은 반응을 얻으면서, 첫 거래처를 기념할 겸 의류 홈페이지를 증설할 계획이라는 얘기가 떠올랐다. 그 때문에 패션 관련자, 전문가를 외국에서도 부를 예정이란 말도 기억났다. 우리 회사는 일 벌리는 걸 참 좋아해. 회사 발표에 사무적으로 박수를 치며 했던 생각이었다.
"나는 진이에요, 백진."
"……김서유입니다."
그땐 자신에게 사무실 안의 모든 시선이 집중될 일이 생길 줄 몰랐다. 서유는 튀는 것을 좋아하지 않았다. 이목을 끄는 상황도 가능한 한 피하고 싶었다. 그런 일은 멋모르고 능력을 떠벌렸던 어릴 때로 충분했다. 그렇지만 눈앞에 있는 사람은 누가 봐도 타인의 이목을 끄는 인물이었고, 그런 사람이 자신에게 말을 걸고 있었다. 여러 번 생각해도 지금은 어쩔 수 없었다.

뭐야, 둘이 어떻게 아는 사이인데?

오늘 왔는데 어떻게 벌써 안면을 텄어?

와, 카드도 줬어.

돌겠네. 필터 없이 생각하던 서유는 황급히 속내를 없앴다. 다른 사람들은 볼 수 없다는 사실을 알고 있지만 흠칫하는 것은 어쩔 수 없었다. 건네받은 카드를 만지작거리며 무슨 말을 해야 하나 고민하던 머릿속이 마침내 질문거리 하나를 찾아냈다.

"제가 여기서 일하는 건 어떻게 아시고……."

"아, 사장님이 알려줬어요. 내가 여기 주소 물어봤더니, 여기서 일할 사람인 거 알고. 이것도 함께 일할 거니까 선물로 주는 거래요. 서유 돈, 안 썼어요." 진은 마치 칭찬을 기대하는 사람처럼 환히 웃으며 대답했다.

서유는 할 말을 잃었다. 여러 면에서 자신과 맞지 않는 사람이란 생각이 들었다. 이렇게 햇살 같은 사람에게는 태생적으로 거리감이 느껴졌다. 지금까지의 대화로도 사내 메신저가 끊임없이 울릴 게 분명했다. 비즈니스 미소를 띠며 자연스레 물러나려던 서유는 다시금 진에게 붙잡혔다. 낯선 공간에서 조금이나마 얼굴을 아는 사람이 꽤 반가웠나 보다. 속이 보이지 않으니 서유는 난생처음 추측을 했다.

"나 때문에 커피 엎어서 미안해요."

"아뇨, 제가 부주의했던 탓인걸요."

"김 대리, 커피 엎었어? 그래서 늦었구나?"

"네, 그래서 이분 옷도 망가지고. 그대로 올 수는 없으니까 뒷정리 좀 하느라 늦었어요. 죄송합니다."

옆에 있던 소라의 맞장구에 서유가 사과하자 진도 덩달아 고개를 숙였다. 자신에게 사과하지 말라며 손을 내젓던 소라가 잘됐다는 듯 손바닥을 짝, 맞부딪쳤다.

"어차피 얼굴 튼 거 김 대리 옆에 진 씨 앉으면 되겠다." 그럼 내 옆에도 진 씨가 앉겠지. 아싸, 눈 호강.

서유는 보기 드물게 들뜬 속내를 필사적으로 못 본 척했다. 이미 소라에게 진은 아이돌이나 마찬가지였다. 어떠냐며 묻는 소라의 속을 훤히 꿰고 있는 팀장, 하연의 속내가 나타났다.

회사에 오는 즐거움을 이렇게 찾네, 민소라.

서유는 새로 온 모델 겸 웹 디자이너가 사무실의 공기를 바꾸리라 예감했다. 아니, 이미 바꾸고 있었다. 남자들은 남자대로, 여자들은 여자대로 저마다 다른 속내가 쉼 없이 퐁퐁 피어났다. 눈이 아플 지경이었다.

"그래, 어차피 같은 업무고. 김 대리가 많이 도와줘요."

"네, 팀장님."

하연의 사람 좋은 웃음을 보며 서유는 새삼 팀장의 포커페이스를 실감했다. 뾰족뾰족 날이 선 속내와 달리 겉으로 드러나는 모습은 온화하기 그지없었다. 자리에 앉은 서유는 기필코 정시 퇴근을 하리라 마음먹었다. 그러기 위해선 벌써 산더미같이 쌓인 사내 메신저를 무시해야만 했다. 차라리 휴게실에서 만나는 사람 몇 명한테 해명하는 편이 나을 테니까. 무서울 정도로 빠르게 퍼지는 입소문이 지금은 아군이었다.

속으로 한숨을 내쉬며 메신저를 지우던 서유에게 딩동, 새로운 메신저 하나가 도착했다. 발신인, Jin.

[잘 부타캐요 서유 ^^]

멍하니 확인하던 서유는 고개를 돌렸다. 계속 보고 있었는지 눈꼬리를 휘며 웃는 눈과 마주쳤다. 다시 고갯짓으로 인사한 진이 파티션 너머로 사라졌다. 눈이 마주친 순간 자연스럽게 마주 웃은 서유는 잘생긴 얼굴이 모든 진리로 통하는 이유를 어렴풋이 깨달았다. 확실히, 저런 외모에 저런 행동이면 누구든지 좋아할 수밖에 없었다.

***

서유는 목표를 정하면 무슨 일이 있어도 이루는 사람이었다. 유일하게 있는 고집이었고, 오늘의 목표는 정시 퇴근이었다. 그리고 지금은 목표 달성 일보 직전이었다. 마지막으로 디자인을 검토한 서유는 확인을 받기 위해 하연을 찾았다. 자신의 취향과는 맞지 않지만, 최대한 결정권자의 취향에 맞췄으니 큰 무리 없이 통과할 터였다. 노크하고 들어간 서유는 유독 떨리는 속내를 마주하고 멈칫했다. 하연은 극도로 불안해하는 상태였다.

"왜 그래, 김 대리? 들어오다 말고."

"팀장님 안색이 별로 안 좋아 보여서요, 괜찮으세요?"

"그래요? 괜찮은데." 쟤는 가끔 소름 끼칠 정도로 눈치가 좋아. 쓸데없이.

"……이 디자인, 검토 받을까 싶어서요."

입안이 까슬해졌지만 서유는 아무렇지 않게 작업물을 제출했다. 소름 끼친다는 말은 이골이 날 정도로 봤기에 더는 상처받을 구석도 없었다. 멋대로 남의 속을 보는 벌이겠지. 하연의 취향에 맞춘 디자인은 예상했던 대로 큰 무리 없이 통과되었다. 퇴근해도 좋다는 말에 인사하고 팀장실을 나오던 서유는 방금 본 하연의 속을 되새겼다.

그 사람이 왜 죽어, 경찰은 또 나를 왜 보자고 하는 건데?

어떤 사이였으면 사망 사실에 슬픔이 아니라 불안과 초조함이 먼저 드러날까. 잠시 따져보던 서유는 곧 머릿속을 비웠다. 눈에 보이는 속내에 얽힌 사연을 추측하지 않는 것은 나름의 배려였다. 본의 아니게 비밀을 속속들이 알게 되니 그 이상은 생각하지 않는 것이 서유로서도 편했다.

날이 길어진지라 아직 밖은 밝았다. 휴게실에서 만난 팀원들에게 진과의 일도 설명했고, 업무도 끝냈다. 퇴근만 하면 목표를 모두 이루는 셈이었지만 서유는 가만히 앉아 있었다. 이상하게 집에 가고 싶지 않았다.

"서유, 괜찮아요?"

어깨를 톡톡 두드리며 조심스레 물어오는 목소리에 서유는 정신을 차렸다. 진이 걱정스러운 눈빛으로 보고 있었다. 서유는 반사적으로 상황을 모면하기 가장 쉬운 방법을 택했다. 미소.

"그럼요, 전 이만 들어갈게요. 내일 봬요."

"……내일 봐요, 서유."

아닌 것 같은데, 작은 목소리를 못 들은 척 서유는 사무실을 나섰다. 오늘 못 들어올 수도 있다던 혜이의 문자가 생각났다. 집에 가기 싫었던 이유를 깨달은 발걸음이 정류장 앞에서 돌아섰다. 시간도 시간이니 혜이에게 먹을 것을 한 보따리 가져가면 그리 푸대접은 받지 않을 터였다. 그 전에 제하에게 감사 인사도 해야 했다. 또 다른 목표를 세운 서유는 일부러 규칙적인 발소리에만 집중하며 걸었다.

역시 남의 속을 다 아는 건 쓸데없었다.

***

저녁 시간대의 레드패션은 꽤 붐볐다. 와글와글한 생각과 인파를 벗어난 서유는 겨우 제하를 발견했다. 놀란 듯 동그랗게 뜬 눈이 인상적이었다. 하루에 두 번 볼 줄 몰랐는데.

"하루에 두 번이나 볼 줄 몰랐네요, 서유 씨?"

"그러게요, 그래도 찾아뵈야죠."

제하는 혜이와 더불어 보기 드물게 겉과 속이 비슷한 사람이었다. 모든 사람에게 거리를 두는 서유였으나 거짓 없는 제하의 모습은 경계를 풀기 충분했다. 카리스마가 있으면서도 부드러운 인상은 내면도 동일했다.

"아까 그분 옷 때문에 그래요? 같은 팀 된 기념으로 선물해드린 건데."

"갑자기 커피 쏟은 상태로 들어와서 놀라셨을 텐데, 죄송합니다. 그리고 너그럽게 봐주셔서 감사합니다."

"서유 씨는 다 좋은데 너무 딱딱하다니까요, 그렇게 예의 안 차려도 돼요."

서유는 멋쩍게 웃었다. '사람을 깊게 사귀지 말자.' 겉과 속이 다른 사람을 늘 보다 보니 생긴 습관이었다. 다소 민망해진 서유는 온 김에 뭐라도 하나는 사야 할 것 같아 진열된 옷을 살피는 시늉을 했다.

그 모습을 보던 제하가 생각해둔 것이 있다며 무언가를 꺼냈다. 레드패션의 상징인 버건디색 블라우스였다. 못 본 디자인이라 관심 있게 살피던 서유의 손이 조심스레 블라우스를 내려놨다. 퐁 피어난 속내가 눈에 들어와버린 탓이었다. 이렇게 보니까 낮에 온 분 드린 거랑 색이 비슷해서 어울리겠다.

"……이거 흰색으로 사이즈 있으면 주실래요? 예쁘긴 한데 제가 입기엔 색깔이 너무 화려한 것 같아요."

"그래요? 이것도 잘 어울릴 텐데. 아, 그건 사이즈가 있을 거예요."

무난한 흰색 블라우스를 가리키는 서유의 손짓에 제하가 눈에 띄게 아쉬워했다. 서유는 그저 미소만 지었다. 왜 그 사람이랑 어울리는 걸 추천해주느냐고 입 밖으로 내뱉을 수는 없었으니.

"요즘 신제품 회의하느라 정신없으시겠네요."

"그쵸, 뭐. 세진이도 안쪽에서 쪽잠 자는 중이에요."

"저녁은 드셨어요?"

직원이 가져온 옷을 확인하고 결제하며 서유는 뇌물 메뉴를 고민했다. 분명 일이 많을 테니까 먹기 편한 음식이 좋을 듯했다.

"네, 근처에 초밥집이 새로 생겼던데 먹을 만하더라고요."

"초밥집이요?"

"종류도 많고 값도 적당해요. 이러니 꼭 홍보하는 것 같네요."

"홍보 성공하셨어요. 어디 있어요?"

쇼핑백을 받은 서유는 혜이의 팀에 알레르기를 가진 사람이 있었는지 생각했다. 고생하는 만큼 조금이라도 힘이 되기를.

***

"여보세요, 저녁 먹었어?"

튀고 싶지 않다는 소망과 달리 서유는 경찰서 내에 이미 이름을 날리고 있었다. 묘한 촉으로 사건 해결에 도움을 주는 행운의 여신이라는 소문이 돌아서였다. 뻔히 눈에 보이는 범죄 계획을 보고도 엮이기 싫다며 무시하지는 못했기에, 서유는 종종 소매치기나 성추행범 같은 범죄자들을 발견하면 곧바로 혜이에게 신고하곤 했다.

— 아니, 아직. 이제 서 들어가는 중.

그래도 어느 용감한 시민이라는 이름 뒤에 나름 무던히 묻어갈 수 있었던 인생은 우연히 바바리 맨을 검거하는 데에 지대한 도움을 주면서 끝나버렸다. 오죽하면 미신 따윈 믿지 않는 노원까지 일이 잘 풀리지 않으면 촉 여신 불러보라고 장난삼아 얘기할 정도였다. 서유는 직관적으로 보이는 걸 말할 뿐 촉이나 눈치와는 거리가 먼 사람이었으나, 그런 뒷사정까지는 드러나지 않는 법이었다.

　─ 배고파 죽겠습니다.
　─ 들어가서 뭐 시켜 먹자. 서유, 넌 먹었어?

서유도 몰랐던 뒷사정이라면 혜이가 평소에도 서에서 친구의 얘기를 많이 흘렸다는 점이었다. 평소 서유의 촉(을 빙자한 능력) 얘기를 종종 들어왔기에, 바바리 맨 사건 이후 용감한 시민상을 거절한 서유를 아쉬워한 것은 다른 누구도 아닌 서장이었다. 혜이는 그런 서장에게 은근슬쩍 세뇌 아닌 세뇌를 시켰다. 걔가 범인 잡는 부적 같다니까요. 그 결과 서유는 경찰서에서 반기는 인물이 되었다. 모두 혜이의 계획대로였다. 뒤늦게 깨달은 서유가 왜 그런 짓을 했느냐며 닦달했지만 이미 물은 엎질러진 뒤였다.

　'경찰 된 기분이 이런 거려나.'

물론 큰 타박 없이 현실을 받아들인 속은 이러했다. 서유는 추리물과 수사물을 즐겼다. 무엇보다 사건 자료를 멋대로 본 적은 없고, 본다고 해도 남들 눈에는 아무것도 없을 부분이었다.

어찌 됐든 결론적으로 서유는 일반인임에도 경찰서를 꽤 자유롭게 드나들 수 있는 입장이 되었다. 다른 경찰서에 비해 평온

했기에 가능한 일이었지만, 지금은 그것도 옛말이었다. 문제는 서유가 그 사실을 몰랐다는 것이다.

"나도 아직. 그래서……."

"어, 서유 씨?"

가장 먼저 차에서 내린 강우가 양손 가득 비닐봉지를 들고 있는 서유를 발견했다. 힘겹게 핸드폰을 들고 통화 중이던 서유는 잘됐다는 듯 인사했다. 제하가 추천한 초밥을 샀더니 부피가 커진 탓에 고생하며 들고 온 참이었다. 뒤늦게 다가온 혜이가 비닐봉지를 건네받으며 놀란 기색을 보였다. 하긴, 온다는 말도 없이 온 적은 처음이었다.

"웬일이야?"

"그냥 혼자 먹는 것도 싫고 해서. 아, 안녕하세요. 팀장님."

"어, 서유 씨 오랜만이네. 어유, 초밥이야?"

비닐봉지를 살피는 팀원들의 얼굴에 화색이 돌았다. 하지만 속내는 저마다 복잡했다.

와, 맛있겠다.

이렇게 들고 찾아와주기까지 했는데, 오늘은 날이 좀…….

아, 촉 여신 촉도 좋은데 부탁하고 싶다아아.

헐, 이거 돈 좀 썼겠는데.

가만히 속내를 훑던 서유는 눈이 마주친 혜이의 속내를 확인했다. 집 가서 얘기해줄게, 미안. 서유는 작게 고개를 끄덕였다. 애초에 드나들기 쉽지 않은 곳에 불쑥 찾아온 것이 잘못이었다. 익숙해졌다고 생각하면서도 항상 상처받는 약한 자신의 감정이 싫었다. 결국 위로받고 싶어 혜이를 찾아온 것이었다.

"바쁘신 것 같은데 드시면서 하시라고 사 왔어요. 전 이만 가 볼게요."

"아니, 사 오셨는데 같이 드시지 않고……."

"괜찮아요. 방해하면 안 되죠. 드시고 힘내세요."

그새 초밥 한 팩을 손에 쥐고 돌아가려는 서유에게 재경이 "살펴 가십쇼" 하고 외쳤다. 머리를 긁적이는 행동에서 아쉬움이 묻어났다.

"이번에도 촉 여신 발동하나 좀 기대했는데 말입니다."

"전에는 잡범이었다 쳐도 이건 살인 사건일지도 몰라, 이것아. 위험하게 어디 민간인을 끌어들이려고."

"그러는 팀장님도 조금은 기대하셨잖습니까."

"시끄러워, 인마. 네가 내 속을 읽기라도 했냐? 뭘 안다고."

읽었으니까 저러겠지. 혜이는 말없이 서유의 뒷모습을 응시했다. 평소보다 조금 처진 어깨가 무슨 일이 있었노라 말하고 있었다. 대충 휴게실에서 쪽잠을 자려던 계획은 늦더라도 집에 돌아가는 것으로 변경했다. 이런 날은 혼자 두면 안 됐다.

초밥과 서유를 번갈아 보던 강우는 혜이에게 들으라는 듯이 중얼거렸다. "선배님은 진짜 복 받은 사람이에요."

"알아." 혜이가 대답했다.

***

사무실에 들어가자마자 혜이는 2팀에 부탁해 3주 전 해고동에서 발생한 사건 파일을 확인했다.

열심히 초밥을 집어 먹던 재경이 초밥 하나를 건네주며 물었다. "뭐 보십니까, 우 형사님?"

"이번처럼 특이했던 사건, 또 있었잖아. 혹시나 해서."

"아, 그것도 질식사였던 것 같습니다."

혜이는 사건 파일을 정독했다. 이름 나유나, 26세, 문고리에 목을 맨 상태로 발견, 특정한 직업 없이 알바 중, 자취생, 최초 발견자는 연락이 되지 않아 찾아온 남자 친구, 유서 없음, 절대로 자살할 사람이 아니란 증언, 현관문은 잠겼으나 창문 열려 있었음, 천식 확인.

"뭐가 더 특이하냐 하면 난 그거다. 안 죽을까 봐 코랑 입을 청테이프로 막을 거면 목매달기 쉬운 천장을 두고 왜 문고리에서 그래." 노원이 천장을 쳐다보며 한마디 했다.

주변 증언은 자살과 거리가 멀었지만, 타살 흔적도 없기에 종국에는 자살로 처리될 가능성이 컸다. 이번 사건과의 관계성을 따지자면 주변인들이 사망자를 한사코 자살할 사람이 아니라고 말하는 것, 그리고 자살 방법이 특이하다는 것뿐이었다.

"그러고 보니 올 초에도 이상한 자살 있지 않았어요? 그건 결론 났댔나."

"아닐걸, 구명주 그놈 하루하루 늙어가던데."

"이런 게 또 있어?"

"그 왜, 기자가 사망해서 언론에서도 엄청 떠들어댔던 거 있잖아요. 초람동이었나."

말을 마치고 초밥 두 개를 한꺼번에 입에 넣던 강우가 캑캑거렸다. 음미하며 먹던 노원은 한심하다는 눈빛으로 옆에 있던 물통을 던졌다. 방향 조절에 실패해 놓친 강우가 원망스럽게 쳐다봤다. 노원은 어처구니가 없어 혀를 끌끌 찼다. 저런 놈도 형사라고. 가슴을 퍽퍽 치며 떨어진 물통을 집어 물을 마신 강우는 겨우 초밥을 넘기고 숨을 골랐다.

"겨울에 반소매 셔츠 차림으로 팔이 앞으로 꽁꽁 묶여서 동사했대요. 그날이 최저 기온 찍었댔나. 그리고 반중동? 거기도 이상한 사건 있었다고 했던 것 같고."

"너는 밥 먹고 수사 안 하고 소문만 듣고 다니냐."

"팀장님, 형사란 자고로 귀를 열고 발로 뛰어다녀야죠."

"머리부터 굴려, 인마."

"그렇지만 이건 아무리 봐도 자살 아닙니까?"

강우의 초밥까지 집어 먹은 노원은 혜이를 가리켰다. 초밥을 씹으면서도 골똘히 생각에 잠겨 있는 모습. 혜이를 가장 오래 봐 온 노원은 표정만 보고도 그 심정을 짐작할 수 있었다.

"존경하는 너희 우 형사님 표정 봐라, 자살로 결론 내릴 표정인가."

노원과 혜이를 번갈아 보던 재경은 머리를 긁적이며 사건 파일을 펼쳤다. 이미 결론은 나 있는 상황이었다. 혜이는 이해가 되지 않는 요소는 절대 그냥 넘어가지 않으니.

강우의 몫까지 속을 거하게 채운 노원은 불룩 튀어나온 배를 두드리며 사건 자료를 훑었다. 왜 이렇게 죽어선. 용케 들은 강우가 인상을 찌푸렸다.

"알았다, 그 뭐냐. 아까 조사하던 건."

"보험 들어놓은 건 없고요, 자주 연락하던 사람은 파악됐습니다. 예전 거래처라는데 시간이 없대서 다음 주에 만나보기로 했어요. TaT 박하연 팀장입니다."

"TaT?"

생각에 잠겨 있던 혜이는 문득 고개를 들었다. TaT, Track & Take. 추적한 정보를 모두 취하겠다는 포부를 뽐내는 국내 최대 포털이자, 서유의 직장이었다. 젓가락으로 초밥을 집으려던 강우가 고개를 끄덕였다. 그러나 이미 텅 빈 플라스틱 접시에서 집히는 것은 없었다. 뒤늦게 갸웃거리던 강우가 원망을 가득 담아 소리쳤다.

"아, 팀장니임."

"몇 개 더 집어먹었다고 난리는. 다음에 더 좋은 거, 는 안 되겠다. 많이 사줄게, 인마."

"제 것 드십쇼, 경위님."

"고맙다."

밥 하나로 열을 올리는 동료들의 대화를 들으며 혜이는 핸드폰을 꺼냈다. 지금 얘기로 짐작해보면 서오시에서 근 6개월 동안 이상한 사건이 계속 일어났다는 뜻이었다. 방식, 장소, 공통점은 아무것도 없었지만 개별로 보기엔 뭔가 석연치 않았다. 혜이는 찝찝함을 가장 싫어했다. 다른 팀의 사건에 관심을 갖지 않는 것은 암묵적인 규칙이었지만, 양심은 초밥과 함께 삼킨 뒤였다.

"팀장님, 전 단순 자살이 아닌 것 같아요."

"나도 촉이 그렇다."

"팀장님, 촉 좋으십니까?"

"안 좋았으면 여기까지 왔겠습니까?"

재경의 말투를 따라 한 노원은 혜이를 슬쩍 보곤 다 먹은 초밥 접시를 정리했다. 혜이 딴에는 몰래 찍은 사건 현장을 앞으로 계속 탐독할 것이 분명했다. 만족스럽게 찬 배를 문지르며 노원은 잠시 양심을 쓰레기와 같이 버리기로 했다. 초밥 값, 한마디로 친구를 잘 둔 덕이었다.

***

─기분 나빠.

─소름 끼쳐.

─설령 네가 내 생각을 볼 수 있대도 그걸 맘대로 보는 건 실례야.

어째서? 내가 보고 싶어서 보는 게 아닌걸? 왜 사람은 겉이랑 속이 달라?

― 널 어떻게 감당해야 할지 모르겠다.

― 네가 무서워.

― 편하네. 굳이 말 안 해도 알 것 아니야.

서유는 눈을 떴다. 맥주 한 캔 마시며 쉰다는 것이 깜빡 잠이 든 모양이었다. 다행히 자다가 뒤척이지 않았는지 맥주캔은 고이 놓인 상태였다. 지끈거리는 머리를 누르며 확인한 시곗바늘이 숫자 3을 넘어가고 있었다. 네온사인만 빛나는 깜깜한 밖을 보던 서유는 오늘이 무슨 요일인지 계산했다. 토요일이었다.

안도의 한숨을 내쉬던 서유는 그대로 고개를 숙였다. 탁자 위에 엎어진 채로 잠들어서인지 목이 뻐근했다. 찌릿찌릿 저린 다리를 억지로 주무르는 순간 도어록 소리가 울렸다. 한눈에 봐도 지친 상태로 들어오던 혜이가 탁자에 엎어져 있던 서유를 발견하곤 장난스레 말했다.

"뭐야, 언니 기다리고 있었어?" 딱 보니 악몽 꿨네.

"너 진짜 내 속 보이는 거 아니야? 악몽 꾼 건 어떻게 알아?"

"너는 굳이 안 보려고 해도 투명하게 보여." 많이 피로했는지 소파에 털썩 주저앉은 혜이가 대답했다.

먼지가 날려 콜록거리며 노려보자 개구쟁이 같은 미소가 눈에 띄었다. 지금은 내 욕을 하고 있겠고. 서유는 진심으로 혜이가 자신과 같은 사람이 아닌가 한 번 더 의심했다.

"내일도 일 있는 거 아니야? 왜 왔어."

"우리 귀여운 서유가 언니 없는 집에서 혼자 쓸쓸해할 게 눈에 보여서."

"너 그럴 때마다 진짜 징그러운 거 알지?"

"그래서, 오늘은 무슨 일이야."

평소답지 않게 장난을 길게 이어가지 않은 혜이가 바로 본론으로 들어갔다. 서유는 입을 앙다물었다. 오랜 세월 함께한 결과 혜이는 서유의 속만큼은 서유 자신보다도 잘 알아차리게 되었다. 이 시간에 굳이 집에 들어온 이유도 분명 아까 만났을 때 서유에게서 이상함을 감지해서겠지.

남은 맥주를 마시던 서유는 고개를 뒤로 젖히며 담담하게 말했다. "내가 소름 끼친대."

"누가."

"팀장. 경찰한테 전화가 왔나 봐. 엄청 불안해하길래 넌지시 괜찮으냐고 했는데 바로 걘 눈치가 너무 좋다고, 소름 끼친다고 하더라. 그래도 겉으로는 상냥하게 웃어줬어."

사람들의 위선과 가식, 생각해서 하는 빈말을 구분하고 받아들이기가 힘들어. 서유는 진심으로 하고 싶은 말은 일부러 삼켰다. 어른이 되고 보니 자신도 별반 다를 거 없었거니와 이 나이에 아직도 이런 문제로 징징거리고 싶지 않았다. 그냥 투정을 들어주는 것만도 고마웠다.

"너희 팀장 이름이 혹시 박하연이야?"

그래도 뭔가 위로해주는 말이 돌아오리란 예상과 달리 뜬금없는 질문이 들려왔다. 고개를 돌린 서유는 의미를 알 수 없는 속내를 발견했다. 세상은 너무 좁은 것 같아.

"응. 왜?"

"지난번에 내가 강도 용의자들 보여줬었잖아. 그중에 한 사람이 죽었어."

서유는 영상에서 봤던 생각들을 떠올렸다.

하연 씨 만나고 있었는데.

"설마……."

"응. 그 바람피운 상대가 너희 팀장이야. 직장이 익숙하다 했더니."

서유는 다시금 삶의 교훈을 되새겼다. 역시 사람 속은, 모르는 편이 낫다.

***

"……우리 팀장님, 애가 둘이야."

"그 사람도 딸 하나 있어."

순식간에 하연의 불안감이 이해된 서유는 헛웃음을 뱉었다. 그러니까.

"그러니까 자신의 못난 모습이 보일까 그런 거야." 속을 본 것처럼 혜이가 덧붙였다.

가만히 다리를 모았던 서유는 자리에서 벌떡 일어났다. 경찰이 연락했다는 건.

"잠깐, 팀장님이 범인이야?"

"일단 범인이 있을지도 불확실해."

현실은 미디어와 다르다. 일찍이 형사의 길을 정한 혜이의 공부 과정을 보며 질렸던 기억이 아직도 생생했다. 수사물과 추리물은 취미로만 두기로 결심한 계기 중 하나이기도 했다. 설명을 듣던 서유는 불쑥 부루퉁한 표정으로 혜이의 옆구리를 찔렀다. 속을 다 봐도 불륜은 모르는구나.

"야, 내가 데이트 생각을 봐도 그게 남편인지 남친인지 어떻게 아냐. 그리고 하루에 보이는 게 몇 갠데."

"그만 찔러. 그냥 만능은 아니구나 하고 새삼스레 깨달았을 뿐이야."

소리 내 웃는 혜이의 속은 봐도 불쾌하지 않았다. 자신은 어차피 생각한 대로 말한다며, 오히려 말할 필요 없으니 편하다는 인물이었다. 처음 그 말을 들었을 때 서유는 펑펑 울었다. 정말 보이는 속이 똑같아서. 지금은 너무 똑같아서 얄미울 때도 있다는 게 문제지만.

서유는 찌르기를 멈추고 궁금한 점을 물었다. "근데 범인 유무도 불확실하다니, 어떻게 죽었는데?"

"나무에 목매달고."

"뭐야, 자살이네."

"멀쩡한 의자 두고 흔들리는 그네 위에서 밧줄을 묶었어."

어떻게 생각하느냐는 눈빛에 대답을 끌 필요는 없었다. 굳이?

"특이하다."

"몇 주 전에도 질식사가 하나 있었거든. 그건 더 특이해."

"왜?"

위쪽과 방 쪽을 번갈아 보던 혜이가 한 손으로 목을 감싸며 물었다. "만약에 천장이랑 문고리 중에서 자살 장소를 고르라면 어디 고를래."

"천장."

"근데 문고리에서 죽었어. 숨 못 쉬게 입이랑 코는 청테이프로 막고."

절로 자세가 바로잡혔다. 가까운 동네에서 이런 일이 연이어 발생하는 게 우연일까. 혜이의 속내를 가만 보자니 사망자들 자체는 공통점도 없었다. 조용히 있던 서유는 순식간에 스쳐 지나간 친구의 속마음을 보고 결심한 듯 손을 내밀었다.

"줘. 죽을 때 속내도 남았으면 자살인지 타살인진 알겠지."

"……사건 현장을 어떻게 민간인한테 보여줘. 이것도 몰래 찍은 건데."

"나도 시체 볼 자신은 없어. 다 가리고 머리 위쪽만 보여줘."

"……."

"아, 빨리. 방향이라도 잡으면 편하잖아."

갈등하던 손가락이 갤러리를 두드렸다. 진짜 순간적으로 든 생각인데 그걸 보네. 숨김 폴더를 해제한 혜이는 일단 오늘 발생한 사건 사진을 열었다. 적당히 확대하여 이마 윗부분만 보여주자 서유의 미간이 찡그려졌다. 혜이는 내심 서유의 멘탈이 걱정됐다. 그동안 많은 속을 봤겠지만 죽은 사람의 속마음은 처음일 터였다.

"……지금도?"

"뭐?"

"남아 있네. 지금도?라고."

"……그럼 이건?"

혜이는 언제 걱정했느냐는 듯 2팀 파일에서 찍었던 사진으로 넘어갔다.

역시나 얌전히 보던 서유가 말했다. "……못 봤나?"

남은 속내들이 꼭…….

"확인하는 것 같지."

이어진 서유의 말에 혜이는 고개를 끄덕였다. 혼잣말이라기엔 뭔가를 확인하는 느낌이었다. 무엇보다 죽기 직전인 사람이 할 생각 같진 않았다. 머리가 복잡해진 혜이는 미간을 문질렀다. 기껏 확인했음에도 평소와 달리 사건 방향을 어디로 잡아야 할지 가늠할 수 없었다.

"어째 더 꼬이네."

두 사진을 번갈아 보던 혜이는 첫 번째 현장에 집중했다. 묘하게 거슬리는 느낌이 들었다. 뭐지, 뭘까. 전체적으로 보던 혜이의 시선이 한 곳에서 멈췄다. 탱크톱을 입은 피해자의 속옷 끈이 유독 눈에 밟혔다. 강우가 지적했던 복대가 겹쳤다. 까만 복대도 다 비쳤지.

"복대는 안 보이게 입는 거 아니야? 탱크톱도 속옷 티 안 나게 입는 게 일반적인데."

속을 읽은 서유가 고개를 갸웃거렸다. 헤이는 다시 두 번째 현장을 살폈다. 틀림없이 눈에 띄게 복대를 찬 조윤수는 허리가 멀쩡했고 운동도 열심히 하는 사람이었다. 재경의 말마따나 몸매 교정용으로도 할 이유가 없었다.

"이렇게 입는 게 요즘 유행이라든가?"

"속옷이 보이게 입는 패션이 있긴 하지만 적어도 복대는 아니야." 서유가 단호히 잘라 말했다.

어떻게 보면 공통점이 한 가지 더 생긴 셈이었다. 맞지 않는 착용 방식, 의미를 알 수 없는 마지막 속내. 별것 아닐지 몰라도 찜찜한 요소였다. 헤이는 다른 지역에서도 발생했다던 의문사 사건을 찾아보기로 다짐했다. 자살로 종결하기엔 걸리는 부분이 많았다.

"우리 서유, 진짜 수사 컨설턴트 하자."

"됐네요. 아, 그리고 있잖아."

"응?"

쇠뿔도 단김에 빼라고, 우선 씻고 나서 제대로 찾아볼 생각으로 자리에서 일어난 헤이는…….

"오늘 회사에 새로 온 사람은 속마음이 안 보여."

도로 앉았다. 흥미로운 얘기는 미루면 안 되니까.

***

"신상품들 소개 페이지를 따로 만드는 게 좋을 것 같고."

오늘도 회의는 하연의 주도 아래에 이루어졌다. 서유는 펜을 돌리며 며칠 전 혜이와 나눈 대화를 떠올리는 중이었다.

— 어때? 다른 사람의 속을 모르니까.

"세 명 디자인 조율 좀 해줘요."

— 도대체 무슨 생각일까, 궁금하고 답답했지 뭐.

— 난 항상 그래.

— 뭐?

"김 대리?"

— 난 늘 아무것도 모른다고. 네가 그 남자 볼 때처럼.

— …….

— 잠시나마 일반인의 세계에 오신 것을 환영합니다.

"김 대리!"

"네, 네?"

서유는 몇 차례 자신을 부르는 목소리에 퍼뜩 정신을 차렸다. 맞은편에 앉은 하연이 인상을 찌푸리고 있었다. 얼굴만큼 짜증이 덕지덕지 묻은 속내가 눈에 띄었다. 쟤는 오늘 왜 저리 굼떠, 가뜩이나 정신 사나운데.

"내가 뭐라고 했어요?"

"저희 의견 조율해서, 신상품 소개 페이지 디자인을 결정하라고요."

"그리고 내가 일이 있어서 진 씨 촬영 현장 참여를 못 해요. 거기 같이 좀 가줘요."

"네?"

회의 내용을 곱씹는 소라 덕에 겨우 위기를 넘긴 서유는 곧바로 반문했다. 문제 있느냔 얼굴로 쏘아보는 하연의 머릿속은 온통 경찰에게 대응할 매뉴얼을 생각하는 중이었다. 얌전히 있어야 할 순간임을 깨달은 서유는 예의 바른 미소를 지었다.

"네, 알겠습니다."

"그럼 오늘 회의는 여기서 끝내고, 미안하지만 난 일이 있어서 먼저 들어가볼게요."

본인만 바쁜가, 온갖 일은 다 맡겨두고.

좋겠다, 팀장은 퇴근도 맘대로 하네.

"수고하셨습니다."

사회생활이란 뭘까. 작게 고개를 저으며 회의 자료를 정리한 서유는 자리에서 일어났다. 서유의 팀은 아예 레드패션 쇼핑몰 담당으로 정착된 상태였고, 브랜드와 협업해 자체적으로 화보와 제품의 상세 컷을 촬영하는 것도 업무 중 한 가지가 되었다. 덕분에 회사와 가까운 레드패션 해고점은 2층 매장 한쪽에 사무실 겸 스튜디오도 마련되어 있었다.

본래는 오늘 촬영에 서유까지 참여할 필요는 없었지만, 총괄 담당 하연의 대신인 셈이었다.

새삼 패션 업계로 빠졌다는 사실을 실감한 서유는 작게 한숨을 내쉬었다. 아무리 생각해도 자신의 회사는 욕심이 너무 많았다. 그냥 반응 보고 대충 맞장구만 치면 되는 걸까. 서유는 패션을 잘 몰랐다. 관심이 없다는 말이 맞았다. 일이 된 마당에 기본적인 용어는 익혔지만 센스는 다른 영역이었다. 그런 면에서 하연의 대타를 한다는 건 그저 빈자리가 티 나지 않도록 채우는 것밖에 안 됐다. 그러고 보니 혜이가 하연을 만나기로 했다는 게 오늘이었던가.

"서유!"

생각에 잠겼던 서유의 앞에 불쑥 커피가 나타났다. 캐주얼한 복장의 진이 싱긋 웃으며 얼른 받으라는 듯 팔을 흔들었다. 또 진에게 관심 많은 직원들의 시선이 모였다. 기계적으로 미소 지으며 커피를 받은 서유는 슬쩍 진의 머리를 살폈다. 아무것도 보이지 않았다.

"첫날에 나 때문에 커피 버렸잖아요. 미안해서. 빨리 주려고 했는데 바쁘고 정신없어 보였어요."

곧 휴가 시즌이었던 터라 야근이 연이은 상태였다. 더군다나 혜이가 맡은 사건의 사진 속 의문 가득한 속내가 머리를 맴돌아 회사에서도 별로 입을 열지 않았다. 감사하다며 한입 마신 서유는 입안을 채우는 감각에 몸서리를 쳤다. 시럽을 얼마나 들이부은 건지 미친 듯이 달았다.

진이 고개를 갸웃거리자 직원들의 속마음이 한꺼번에 폭발했다. 와, 귀여워. 서유는 혀가 아릴 정도로 단맛에 정신이 팔려 그들의 반응이 이해되지 않았다.

"시럽 싫어요? 그때는 많이 넣던데."

"제가요?"

진이 열심히 시럽 넣는 시늉을 했다. 서유는 문득 진이 온 첫날, 생돈을 날린 아픔을 달래기 위해 시럽을 몇 번이나 넣었던 것이 생각났다.

"그때 보고 계셨어요?"

"옷 입고 나오니까 보였어요. 바로 카드 주려다가, 어차피 같은 팀이라길래."

서프라이즈 하려고. 외국인 아니랄까 봐 영어 발음이 유독 좋았다. 멋쩍어하는 진을 보던 서유는 커피를 한입 더 마셨다. 여전히 찌릿할 정도로 달았지만 자신이 일으킨 나비효과였다. 기껏 생각해준 사람을 민망하게 만들고 싶진 않았다. 특히 회사 사람들이 모두 보는 앞에서는.

"감사합니다. 잘 마실게요."

첫 예감과 다를 바 없이 진은 회사 내에서 큰 존재가 됐다. 미남에, 일을 잘했고, 주변도 잘 챙겼다. 내심 경계하던 남직원들의 속내에서도 이젠 호감만 읽혔으니 말 다 했지. 회사의 아이돌, 진

부하지만 서유는 다른 수식어를 찾지 못했다. 비타민도 진부한 표현이긴 마찬가지였다.

"다음엔 조심할게요."

서유의 표정이 여전히 그리 밝진 않자 진이 머리를 긁적이며 사과하는 시늉을 했다. 아, 진짜 귀여워. 또 한 번 사방에서 속내가 터져나왔다. 이쯤이면 아이돌이라기보단 재롱떠는 손주 보는 마음이었다. 이해하기는 어렵지만 최대한 추측하던 서유의 눈에 인턴사원의 속내가 들어왔다. 나도 촬영 구경 가고 싶다. 아무래도 놀러 가는 줄 아는 모양이었다.

"촬영 기대돼요."

무심결에 인상을 찌푸렸던 서유는 표정을 갈무리했다. 회사의 아이돌을 속상하게 만들 수는 없었다. 그러니 그런 사람이 계속 살갑게 굴어도 부담스럽다고 티 낼 수 없었다. 진에게 따라붙은 시선은 자연스레 서유에게도 뻗어 있는 상태였다. 지금은 아무렇지 않게 대해야 한다는 뜻이었다.

"……그러게요."

진은 같은 웹 디자이너라는 사실을 빼고서라도 서유를 자주 찾았다. 꼭 알에서 깨어나 처음 본 인물을 졸졸 따라다니는 아기 새같이. 비유가 이상했지만 달리 설명할 방법이 없었다. 그렇다고 사람을 대놓고 피할 수는 없으니 의도치 않게 진과 가장 친한 사람은 서유가 되어버렸다. 어쩌다 이렇게 됐을까. 아예 두 사람을 세트로 여기는 몇몇 사람들의 속내를 확인한 서유는 한숨을 내쉬었다. 사정을 모르는 진이 더욱 미안한 표정을 지었다. 아니라는 듯 손사래를 친 서유는 커피를 가득 빨아 마셨다. 익숙해지니 나름 먹을 만했다.

"그럼 갑시다."

어느새 다가와 팔짱을 낀 소라가 소곤거렸다. "김 대리, 진 씨 촬영할 때 진짜 멋있을 것 같지 않아?"

앞서 걷는 진의 뒷모습은 한눈에 봐도 눈에 띄게 비율이 좋았다. 쪼옥, 커피를 마시며 서유는 가만히 동의했다. 여성복은 따로 모델을 섭외했는지 뒤늦게 궁금해졌다.

***

하연은 그저 거래처 직원의 비보를 전해 들은 사람처럼 행동했다. 실상 이렇게 연락받을 만큼 깊은 관계도 아니었으니 자신을 의심할 리는 없었다.

"늦어서 죄송합니다."

"아뇨, 일단 뭐라도 좀 드세요."

하연은 담담하지만 어딘지 모르게 불안한 눈치였다. 사람 좋게 웃으며 찬찬히 하연을 관찰하던 강우는 와작 얼음을 깨먹는 소리가 들려와 움찔했다. 범인은 이가 너무 건강한 혜이였다.

"죄송해요. 제가 습관적으로."

"아뇨, 그러실 수도 있죠." 불쾌한 기색도 표하지 않은 하연이 대답했다.

웃으며 얼음을 삼킨 혜이는 주문했던 레모네이드를 마저 마셨다. 너무 셨다. 강우는 대놓고 이상한 표정을 짓는 혜이를 슬쩍 건드렸다.

"조윤수 씨의 연락처를 보다 박하연 씨 이름이 자주 보여 연락드리게 됐습니다. 조윤수 씨와는 어떤 사이시죠?"

"거래처 분이에요. 제가 담당한 브랜드에서 화보를 찍기 위해 매장 위 사무실에 스튜디오를 만들 때 알게 됐습니다."

"브랜드는 레드패션이죠? 그 공사는 거의 1년 전이라던데 최근엔 무슨 일로 연락하셨는지."

혜이의 질문을 들은 하연의 눈동자가 미세하게 흔들렸다. 그러나 그 이상의 틈은 내주지 않았다.

"결과가 좋았던지라 다른 분들께도 많이 연결해드렸거든요."

강우는 형식적인 질문들을 몇 개 더 던지며 하연을 살폈다. 알던 이의 죽음에 대한 이상적인 반응이었다. 눈동자가 흔들리던 것 치고는 표정 관리가 아주 뛰어난 사람이었다. 잠시 목을 축이던 강우는 불쑥 튀어나온 혜이의 질문에 사레가 들려버렸다.

"조윤수 씨가 불륜 중인 건 알고 계셨나요?"

"켁, 선배."

"……그랬나요, 몰랐던 사실이네요."

하연의 손가락이 약간 떨렸다. 불륜 상대가 자신인 줄 알고 왔다고 하기엔 떠보는 느낌이었다. 하연을 빤히 보던 혜이는 서유가 팀장의 포커페이스를 칭찬했던 이유를 깨달았다. 험난한 사회에서 살아남은 사람은 뭐가 달라도 달랐다.

혜이는 여전히 캑캑거리는 강우의 등을 두드리며 긴장 풀라는 의미로 미소 지었다. 겨우 혜이를 마주 보며 웃은 하연의 머릿속은 엉망진창이었다.

"더 할 얘기 없으시면 전 이만 가도 될까요."

"실례지만 7월 27일로 넘어가는 12시쯤 어디 계셨나요? 형식적인 질문이니 너무 기분 나빠하진 마시고."

일어나려던 하연은 조곤조곤 말하는 혜이를 잠시 노려봤다. 숨기는 것을 다 알고 있다는 듯한 눈빛이 고까워 절로 대답이 뾰족하게 나왔다. 집에 있었어요. 혜이는 더 캐묻지 않았다.

"그럼 가보겠습니다."

"아, 한 가지만 더요. 조윤수 씨 패션 감각은 어땠나요."

다소 뜬금없는 질문에 하연은 이미 엉킨 머릿속을 필사적으로 굴렸다. 도통 질문의 의도를 알 수 없었다. 짧게 고민하던 하연은 그냥 있는 그대로 답하기로 했다.

"괜찮았던 것 같아요. 꽤 신경 쓰는 편이었고, 작업하던 브랜드 사장님과도 곧잘 얘기했어요."

"감사합니다, 조심히 들어가세요."

혜이는 계속 강우의 등을 두드리며 알사탕 하나를 입에 집어넣었다. 맛이 별로 없는 레모네이드는 다 마신 지 오래였다.

진정된 강우가 혜이의 손을 치우며 질린 목소리로 말했다. "선배는 도대체가 그렇게 물으면 어떡해요."

"뭐, 어차피 물어볼 거였잖아."

"아니, 그래도 누가 그걸 그렇게 대놓고 물어요."

"겉이랑 속이 다른 사람은 별로라." 입에서 알사탕을 도르르 굴린 혜이가 흘러가듯 말했다.

강우는 작게 고개를 저었다. 복구한 조윤수의 핸드폰 기록에서는 하연과의 외도 증거가 수두룩하게 나타났다. 정작 그때는 그다지 반응도 없던 혜이가 이렇게 직구로 물을 줄은 몰랐다. 속도 모르고 태연자약한 혜이는 뒤를 돌아보았다.

"잘 찍혔니?"

"옙."

메뉴판으로 얼굴을 가린 채 앉아 있던 재경이 작게 오케이 표시를 해 보였다. 강우는 남은 물을 마시며 한숨을 내쉬었다. 기껏해야 정수리만 나오는, 증거로 채택되지도 않을 영상을 왜 매번 찍는지 모를 일이었다. 이유를 물으면 혜이는 녹음하는 거랑 다를 게 뭐냐고 되물었다. 엄밀히 따지자면 다르긴 했다. 혜이를 이길 자신이 없는 강우는 입을 다물었지만.

"진짜 모르겠다."

"그러니까 알아봐야지."

다시 한번 알사탕을 굴리며 핸드폰을 확인하던 혜이가 사탕을 깨물었다. 보통 사탕을 녹이는 편인 혜이가 깨물어 먹는 이유는 두 가지였다. 생각 정리가 끝났거나, 사건이 발생했거나.

강우가 수첩을 집어넣자 뒤늦게 다가온 재경이 물었다. "무슨 일이라도 생겼습니까?"

혜이는 말없이 핸드폰을 보여줬다. 다른 관할서에 정보를 얻으러 갔던 노원이 보낸 문자는 그의 말투를 고스란히 담고 있었다.

[또 터졌다. 이번엔 알레르기 사망.]

***

"신상품이랑 이월 상품을 같이 매치했을 땐 페이지 구성을 이렇게 하면 될 것 같고요."

크, 찍는 맛 나네. 어쩜 이렇게 원하는 대로 착 움직이지?

"카테고리 구성이 찾아보는데 불편하다는 의견도 있던데 어떻게 바꿀까요?"

역시 키는 크고 봐야 해.

빨리 마치겠다는 일념 하나로 꿋꿋하게 얘기하던 서유는 결국 입을 다물었다. 소라는 전혀 듣지 않고 있었다.

"민 대리님?"

"어, 어? 음, 그럼 태그를 더 이용하는 건 어때?"

"괜찮겠네요."

사실 서유는 촬영 중인 진의 모습이 넋을 놓을 정도인가 싶었다. 그러나 눈앞에 보이는 소라의 속내는 투명했다. 진짜 멋있다.

모르긴 몰라도 촬영하는 소은이 내내 만족스러워하고 주변도 감탄하는 걸 봐선, 잘하긴 하나 보다. 자신의 의견을 한쪽으로 밀어둔 서유는 일부러 입꼬리를 올리며 웃었다.

"진 씨 멋있네요."

"그렇지? 구경만 해도 재미있다."

자연스럽게 동조하자 소라의 눈동자가 반짝거렸다. 요즘 보기 드물게 맑은 사람이었다. 너무 맑다 싶을 때도 있었지만 어떤 면에서는 부러웠다.

"자, 이제 여성복 모델이랑 몇 컷만 찍으면 돼요."

"진 씨, 최고예요." 촬영을 지켜보던 또 다른 공동 창업자 정세진이 엄지를 세웠다. 진을 보자마자 시기와 질투로 가득 찼던 여준과 달리 세진의 속내는 담백했다. 옷발 살겠네. 헐, 잘생겼다.

공적 이후 사적으로 이어진 감상은 그간 봐온 모습과 일맥상통했다. 새로운 화보를 찍을 때마다 참여하는 것을 보면 세진을 잘 모르는 사람이 봐도 단번에 알 수 있었다. 세진은 워커홀릭이라는 사실을.

저렇게 일에 열정적인 사람도 또 없을 거야. 서유는 모델을 한껏 칭찬하는 세진을 보며 생각했다. 저 칭찬은 찬사가 아니라 당근이었다. 더 최적의 모습을 뽑아내려는 당근. 레드패션에서 사업적으로 사람 상대하는 일을 도맡아 하는 만큼 세진은 서유의 팀장처럼 포커페이스에 능한 사람이었다.

"다행이에요. 그래도 방금 자세는 다시 해봐도 돼요?"

"물론이죠."

"고마워요."

본인도 만족이 안 된 걸까. 나이스를 외치는 세진의 속내가 어쩐지 웃겨서 서유는 웃음을 삼켰다. 몇 번의 셔터 소리가 들리고 비로소 만족했는지 진이 환하게 웃었다. 촬영용 표정보다 훨씬 나았고, 서유는 새삼 미소 하나에 정반대로 바뀌는 사람의 이미지가 신기하게 느껴졌다.

"근데 최 사장님, 여성 모델분은요?"

"그러니까. 왜 이렇게 전화를 안 받아."

마침 복장들을 정리하던 진이 서유와 눈이 마주친 순간 또다시 웃었다. 수고하셨다는 의미로 고개를 까딱인 서유는 일에 집중했다. 홈페이지 디자인을 오늘 내로는 마무리해야 또 야근하는 상황을 피할 수 있었다.

내내 모니터만 보느라 목이 뻐근했다. 근육을 풀기 위해 스트레칭 하던 서유는 오히려 뻣뻣이 굳고 말았다. 시야에 들어오는 누군가의 속마음이 너무 선명했다.

"연락이 아예 안 돼요?"

"어, 다른 사람을 구해야겠는데." 좀 귀엽게 봐줬더니 이렇게 엿을 먹여?

내내 전화만 하던 여준이 신경질을 부렸다. 옷을 준비하던 민혁이 고개를 갸웃거렸다. 미리 현장에 와서 준비를 해야 할 판에 연락이 안 된다니, 있을 수 없는 일이었다. 배가 불렀네. 속으로 영

프로 의식이 없는 모델을 욕하던 민혁은 그리 표정이 어둡지 않은 세진을 보곤 다시금 고개를 갸웃거렸다. 모델이 도착했나 싶었지만 시선 끝에는 어쩐지 굳어버린 서유만 있을 뿐이었다.

"저, 서유 씨." 서유 씨 키가 얼추 될 것 같은데.

그리고 세진의 생각을 보게 된 서유는 반응조차 하지 못했다.

"혹시 키가 몇이에요?"

서유는 뻣뻣하게 키를 떠올리는 척했다. 누가 봐도 어색한 행동에 소라가 대신 대답했다.

"서유 씨 꽤 커요, 170 넘지 않아?"

"아뇨! 169예요, 69."

사실 소라의 말이 맞았지만 서유는 큰 소리로 변명했다. 사진을 확인하던 소은과 제하가 놀라 뒤돌아봤다. 서유는 유독 조용하고 담담한 사람이었다. 그런 이의 외침이 들리니 놀랐겠지. 어색하게 웃은 서유의 눈동자가 굴러갔다. 보이는 속내가 하나같이 똑같았다.

쟤가 소리 지를 줄도 알아?

자신이 무슨 로봇인 줄 아나 싶었지만, 서유의 성격은 자라면서 변한 편이었다. 괜한 일을 만들고 싶지 않았고, 그러려면 감정을 드러내지 않는 편이 좋았다. 쌓인 감정은 혼자 풀면 됐다. 그러나 지금은 도저히 숨길 수 없었다.

다행이다, 그 정도면……. "서유 씨한텐 미안하지만."

"저, 정 사장님."

"모델 좀 대신해줄래요?" 모델로 딱이야.

서유는 다시 주위를 훑었다. 의외의 상황을 즐기는 사람, 자신의 모습을 기대하는 사람, 이미 촬영할 거라는 전제하에 앞으로의 일정을 정리하는 사람. 서유도 회사 일정은 알고 있었다. 오늘 찍지 않으면 앞으로의 계획에 차질이 생길 터였다. 입술을 깨물던 서유는 웬만해선 눈에 띄지 말자는 가치관도 한쪽으로 치워 두었다. 어차피 시간이 지나면 다른 모델이 다시 찍는다. 헤이한 테만 입도 뻥긋 안 하면 될 일이었다.

마음을 가다듬은 서유는 겨우 대답했다. "……예, 알겠."

"그럼 나 서유랑 같이 찍어요? 와!"

"습니다……."

아이처럼 좋아하는 진의 심정은 아무리 추측해도 알 수 없었다. 어색하게 웃은 서유는 제발 오늘 안에 여자 모델이 연락받길 바랐다. 아니면 자신의 통장에 모델료라도 넣어주거나.

***

"……사망 원인이 뭐라고요?" 강우는 노원과 사망자를 번갈아 보며 다시 한번 물었다.

못 들은 것이 아니라 들은 내용을 믿을 수가 없어서였다. 얼굴을 쓸어내린 노원이 골치 아프다는 듯 답했다.

"강지수 22세, 아나필락시스 쇼크사라고. 알레르기가 너무 심해서 사망했다, 이 말이다."

"땅콩 알레르기 몰랐던 것도 아니라면서요."

"네 살 때 알았대."

"근데, 저 가득한 땅콩버터는 뭔데요!"

강우가 가리키는 손끝에는 테이블 위에 올려진 반쯤 남은 땅콩버터 통이 있었다. 강우는 어이가 없어 통을 노려봤다. 이번에도 자살밖에 답이 없는 사건이었다. 다만 이해가 안 되는 것은 방법들이 하나같이 왜 이리 번거롭냐는 점이었다. 막말로 쉽게 죽을 방법이 얼마나 많은데. 순간적으로 생각한 강우는 자신의 뺨을 쳤다. 그 모습을 재경이 이상한 눈으로 쳐다봤다.

"그, 사망 추정 시각은요."

"오늘 새벽 2시쯤. 11시에 근처 마트에서 땅콩버터 사는 거 확인했다."

"정황만 보면 자살인데, 역시나 주변인들은?"

"자살할 사람이 아니라고 하고."

혜이는 사체 가까이 다가갔다. 이 여름에 후드티를 입고 있었다. 알레르기로 인한 발진 증상 외에 묶였던 흔적이나 타박상은 보이지 않았다. 강제로 먹였을 가능성도 없다는 뜻이었다. 역시나 유서는 없었다. 흐르는 땀을 닦으며 일어난 혜이는 방 한구석에 달린 에어컨을 가리켰다.

"저거 꺼져 있던 거죠?"

"어."

"사체 발견자는요."

"저어기 울고 있는 남자."

남자친구라던데. 노원의 중얼거림을 뒤로한 채 혜이는 남성에게 다가갔다. 한참 울었는지 눈과 코가 벌겠다.

곁에 앉으며 휴지를 건네준 혜이가 조심스럽게 물었다. "잠시 얘기 괜찮을까요?"

"흐읍, 네."

"미안해요. 강지수 씨가 최근에 힘들어한다던가, 우울해 보인 적 있나요?"

"아니요. 지수는 자살할 리 없어요, 형사님. 모델이 꿈이었던 앤데, 당장 오늘 촬영하러 간다고 얼마나 좋아했는데요!"

울음 섞인 목소리로 외치는 모습은 진심 같았다. 지금 이 사람은 정말 범인을 잡아달라고 생각하고 있을까. 혜이는 가만히 등을 토닥였다. 모델이라, 그러고 보니 사망자는 키가 꽤 컸다. 170센티미터가 넘는 서유보다도 커 보였다.

"저 후드티는 강지수 씨 건가요?"

"네, 그렇지만 지수는 더위를 엄청 타서 여름에는 어디 나가는 걸 싫어했어요. 근데 에어컨도 안 켠 상태로 저걸······."

"참고로 오늘 여기 온 이유는?"

"지수 데려다주려고요. 항상 오디션이나 일 하러 갈 때마다 제가 데려다줬거든요. 오늘도 그래서 시간 맞춰 왔는데 나오지도 않고 전화는 안 받고······ 근데 벨 소리가 안에서 울리더라고요.

그래서 열고 들어왔더니…….”

일단 비밀번호는 알고 있었다는 뜻이었다. 곰곰이 생각하는 혜이의 귀에 고막이 찢어질 정도로 시끄러운 전화벨 소리가 들렸다. 핸드폰을 살피던 재경이 갑자기 울린 소리에 반사적으로 전화를 받았다. 뒤늦게 당황한 듯 어쩔 줄 모르던 손이 슬그머니 스피커 버튼을 눌렀다.

— 아, 드디어 받네. 지수 씨 어디야? 못 오면 못 온다고 연락이라도 줘야 예의지.

재경은 저장된 이름을 확인했다. 최 사장님. 남자친구와 더불어 오늘 가장 많은 전화를 걸어온 인물이었다. 뭐야, 입 모양으로 묻는 노원의 시선을 피하던 재경은 헛기침을 한 후 대답했다.

"저, 강지수 씨 지인 되십니까?"

— 누구세요? 지수 씨는요?

"중부경찰서 신재경 경사입니다. 외람되지만 강지수 씨는 사망하셨습니다. 관계를 여쭤봐도 되겠습니까?"

— 예?

미친, 경찰이래. 당황했는지 전화 너머로 웅성거림이 들려왔다. 잠자코 기다리던 노원은 답답한 나머지 핸드폰을 뺏어 들었다.

"여보세요? 장노원 경감입니다. 최근 통화 기록에도 번호가 많이 찍혀 있으시던데, 누구인지 신원을 밝혀주시기 바랍니다."

— 아, 죄송합니다. 너무 놀라서. 전 오늘 지수 씨가 모델을 할

예정이었던 의류 브랜드 사장 최여준입니다.

"예, 혹시 촬영 예정이 몇 시였습니까?"

— 1시요. 하도 연락이 안 돼서 지금 다른 사람이 대신 촬영 중이었어요.

서유 언니, 조금만 왼쪽으로요. 그렇지. 셔터 소리 가운데 익숙한 이름이 들렸다. 대번에 벌떡 일어난 혜이가 성큼성큼 다가왔다.

"여보세요, 혹시 거기 레드패션인가요? 이제하 사장님도 계세요?"

너 찾는데? 다시 웅성거림이 들렸다. 약간의 소란 끝에 누군가 대신 전화를 받았다.

— 네, 이제하입니다.

"안녕하세요. 사장님, 저 우혜이예요. 혹시 지금 거기 서유도 있어요?"

— 아, 혜이 씨. 네. 마침 오늘 현장에 서유 씨가 있어서 촬영 부탁 좀 드렸어요.

"……그렇구나. 그건 그렇고 조만간 이번 일로 좀 찾아봬야 할 것 같은데요."

— 아, 그럼 언제든지 저희 매장으로 오세요.

무려 화보 촬영이라는 놀림거리 하나를 찾았는데도 상황 때문인지 그리 즐겁지 않았다. 그 모습을 주시하던 노원이 통화가 끝나자마자 혜이를 한쪽으로 끌고 갔다.

"너 표정이 왜 그러냐. 뭐 따로 아는 거 있어?"

"아니요."

"행여나 서유 씨한테 얘기할 생각하지 마라. 촉 여신도 잡범들 얘기지."

노원의 단속에 혜이는 가볍게 고개를 끄덕였다. 이미 말했다는 사실을 들켰다간 잔소리가 끊이지 않을 터였다. 괜히 주머니 속 핸드폰을 만지작거리던 혜이는 잊고 있던 안건을 꺼냈다.

"다른 관할서 사건은 어때요? 얘기해줘요?"

"한판 할 뻔했지. 안 그래도 머리 아픈데 다른 서 놈이 깔짝대니 얼마나 마음에 안 들겠냐."

"어쨌든 들으셨다는 거네요. 그래서 뭐래요."

상사의 투정에는 관심도 주지 않는 반응을 마주한 노원은 혀를 끌끌 찼다. 그 역시 다른 관할서의 사건들이 마음에 걸렸던 터라, 전부 살펴보자는 혜이의 말에 직접 움직이긴 했지만 힘겨운 싸움이었다. 물론 노원도 혜이가 자료를 얻어오느라 고생한 자신의 노고를 신경 써주지 않을 건 예상하고 있었다.

"반중동이 먼저 발생했는데, 50대 남성. 저녁에 귀가한 딸이 화장실에서 발견했고, 회사 관두고 꿈을 이루겠다며 그림 그리고 살았다는데 삶에 불만은 없었단다. 양팔에 거의 어깨까지 난도질이 되어 있었는데 겉에 입고 있던 카디건은 멀쩡했음. 칼자국으로 난도질한 건 사망자 본인 맞고, 옆에 있던 칼에서도 사망자 지문만 나왔다. 근데 정작 사인은 익사야."

"익사요?"

"욕조에 머리를 박고 있었대."

혜이는 절로 떡 벌어졌던 입을 다물었다. 자해라고 보기 드문 상황이었으니 특이하다고 할 만했다. 눈썹을 긁적이던 혜이는 일단 다른 건도 들어보기로 했다. 분명 이전에 발생한 특이했던 사건은 한 건이 아니었다.

"초람동은요."

"거긴 30대 남성, 특종을 꽤 잘 물어오는 프리랜서 기자. 수족이 앞으로 꽁꽁 묶인 채 인적 드문 공원에서 동사했다. 아침에 개를 데리고 산책하던 시민이 발견했는데 한겨울에 바지, 목도리다 하곤 위에는 하와이에서 입을 것 같은 반소매 셔츠 하나만 걸치고 있었고. 묶여 있는 매듭 방향으로 보면 본인이 묶은 게 맞지만 사체 상태도 희한하고 직업상 적이 많았던지라 타살에 초점을 두고 부검했지."

"……뭐가 나왔구나."

"케타민. 조사해보니 상습."

마취제이자 환각 작용이 있어 마약으로도 분류되는 약이었다. 타살 흔적이 전혀 없었어도 이러면 얘기가 달라졌다. 사체들 어디에도 주사 자국은 없었지만 케타민은 경구 복용과 흡입도 가능했다. 같은 생각인지 노원도 느릿하게 고개를 끄덕였다.

"안 그래도 혹시 모르니까 2팀에 얘기해줬다. 거긴 검사가 필요성을 못 느껴서 부검을 안 했다지만 조윤수는 기다려봐야지."

"일단 다 케타민이 나올 경우 세 가지 가설로 추릴 수 있겠네요. 약에 취해서 기행을 펼쳤다, 누군가 약쟁이만 노렸다, 살해하기 전 약을 썼다."

"어쨌든 북부서 갔다가 케타민 얘기 듣고 서부서에 말해줬더니, 반중동은 부검은커녕 수사도 제대로 못 했단다. 뭐, 계속 입에 오르내리기 싫었겠지. 반중동 피해자의 처가가 유주기업이잖냐. 그래서 자살로 종결."

노원은 말하면서도 영 찜찜해 뒷머리를 박박 긁었다. 차라리 절도나 치정이 낫지, 이렇게 누가 봐도 머리 아픈 사망 사건은 영 자신의 타입이 아니었다. 형사이면서도 미스터리물 한번 안 본 이유이기도 했다.

케타민. 혜이는 가만히 생각에 잠겼다. 첫 번째 가능성은 거의 염두에 두지 않았다. 약에 취했다면 이렇게 기이한 방식이 아니라 차라리 사고사가 더 가능성이 컸다. 그렇다면 살해. '왜 굳이 이렇게'라는 의문이 여전히 남았다. 무엇보다 서유가 봤던 사망자들의 남은 속내도 마음에 걸렸다. 분명 하나같이 누군가에게 확인받으려던 느낌이었다.

누군가에게, 범인에게?

"저……."

강우는 쭈뼛거리며 다가오는 강지수의 남자친구에게 상냥하게 말했다. "죄송합니다, 조금만 더 기다려주실래요?"

이제 울진 않았지만 퉁퉁 부은 얼굴이 영락없는 아이 같아 보여 안쓰러웠다. 그러나 강우는 무뚝뚝하다 못해 사나운 인상이었고, 겉으로 보이는 것은 속내가 아닌 얼굴이었다. 강우의 마음을 알 길 없는 남성은 주눅이 들어 손가락을 꼼지락거렸다.

"그게……."

다시 보니 무언가 망설이는 눈치였다. 강우는 아예 몸을 틀어 집중하고 있다는 반응을 보였다. 그 반응에 용기를 얻었는지 남성이 조심스럽게 입을 열었다.

"실은……."

남성 쪽을 보던 혜이의 주머니 속 핸드폰이 진동했다. 서유, 라는 이름을 확인한 혜이는 바로 전화를 받았다. 물어보고 싶은 것이 많지만 일단은 사건이 먼저였다.

"어, 서유야. 내가 나중에……."

— 나, 본 것 같아.

"저 범인 본 것 같아요."

양옆에서 비슷한 문장을 들은 혜이의 미간에 골이 살짝 패었다. 강우와 재경의 입은 이미 떡 벌어졌다. 뒤에 있을 노원의 표정도 내심 궁금했지만 돌아볼 정신은 없었다. 지금 상황을 아무것도 모르는 서유의 말이 눈앞에 있는 남성의 증언과 비슷하게 이어지고 있었다.

— 봤다고, 범인 속내.

"지수 죽인 범인, 분명 그 사람이에요."

혜이는 비로소 뒤를 돌았다. 노원의 눈썹이 한쪽만 꿈틀거리고 있었다. 와자작, 입에서 깨진 사탕 소리가 정적을 깨웠다. 실마리가 나타났음에도 혜이는 어쩐지 꼭두각시가 된 기분이었다.

03

몇십 분 전, 서유는 탈의실에 들어가 작게 한숨을 내쉬었다. 왜 하필 오늘 섭외된 모델이 나타나지 않았고 자신이 이 현장에 있었는지. 운명의 신이 있다면 진심으로 따지고 싶었다.

서유 씨가 모델 핏이긴 해.

언니 모습 궁금하다.

왜 안 나와, 시간 없는데.

누구인지는 알 수 없으나 촉박한 시간을 걱정하는 속이 보였다. 서유는 운명에 수긍하기로 했다. 손에 들린 옷은 아이러니하게도 며칠 전 제하가 추천했던 버건디색 블라우스였다. 헛웃음을 내뱉으며 제하의 코디대로 옷을 입던 서유는 문득 혜이가 보여줬던 사건 현장을 떠올렸다. 부자연스러운 탱크톱, 복대.

아무리 생각해도 복장들이 이상했다.

못 봤나?

지금도?

무엇보다 이 메시지들은 누구한테 하는 말일까. 서유는 생각을 이어가며 자신의 몸에 맞춤인 양 꼭 맞는 옷을 입기 시작했다.

탈의실 벽에는 사무실 밖 매장에서 옷을 고르는 손님들, 직원들과 동료들의 속내가 퐁퐁 피어났다.

드디어 발견했어, 아싸.

하의를 갈아입던 서유는 순간 피식 웃었다. 손님 같은데 뭘 찾았길래 저렇게 신났을까. '누군지는 모르겠지만 축하합니다.'

너도 축하해. 드디어 게임에 참여했구나.

뭐? 뻣뻣이 굳은 서유는 벽 너머에 있을 사람의 속내를 바라봤다. 수많은 글자 가운데 그리 크지도, 굵지도 않은 글자였지만 어째서인지 가장 똑똑히 보였다. 눈도 깜박이지 못하고 벽을 노려보던 서유는 고개를 저었다. 자신에게 답했을 리 없었다. '우연이겠지.'

왜? 세상에 사람이 얼마나 많은데.

손가락이 다급해졌다. 평소 잘만 올라가던 지퍼는 오늘따라 자꾸 중간에 멈췄다. 블라우스 단추는 처음부터 어긋나 다시 채워야 했다.

너 같은 사람이 더 있어도 이상하진 않잖아.

옷매무새를 정리할 틈도 없이 곧바로 나가려던 서유의 눈앞에서 순식간에 속마음이 사라졌다. 문고리를 잡은 손이 떨렸다. 반대쪽 손으로 떨리는 손을 감싸며 문을 연 서유는 곧바로 주변을 살폈다. 방금 본 속내의 주인을 찾아야 했다.

"서유 씨?"

어깨를 건드리는 손길이 느껴졌다. 흠칫한 서유는 적잖이 당황한 속내를 발견했다.

깜짝이야. 재빨리 옷매무새를 대신 정리해준 제하가 어색하게 웃었다. "이렇게 급하게 안 나와도 되는데."

"서유, 괜찮아요? 귀신 본 표정이에요."

"아, 그게…… 네 괜찮아요."

진의 질문에도 사방을 둘러보던 서유는 너 나 할 것 없이 토끼 눈 상태인 직장 동료들을 보고 말을 흐렸다. 사람 놀리는 것도 아니고, 얄밉게도 따박따박 답하던 누군가의 속이 이제는 전혀 보이지 않았다. 여기 없는 걸까? 아니, 그렇게 딱 맞게 답을 할 수 있었던 건 계속 곁에 있었기 때문이었다. 서유는 너무 예쁘다며 호들갑을 떠는 소라의 반응에 맞춰 일부러 살짝 입꼬리를 올렸다. 뭐가 뭔지는 모르겠지만, 사람들 앞에서 당황한 티를 내선 안 될 것 같았다.

"모델 같은 건 처음이라, 너무 긴장했나 봐요. 걱정 안 하셔도 돼요. 죄송합니다."

"갑자기 부탁해서 미안해요."

어깨를 토닥인 제하가 걱정 말라며 부담을 덜어주었다. 그러나 촬영 내내 서유의 머릿속은 엉망진창으로 꼬여만 갔다. 정말 혜이의 사건은 타살이었는가, 그렇다면 어떻게 죽인 것인가, 무엇보다, 게임이라니.

"촬영 끝, 둘 다 고생했어요."

촬영이 끝났다는 말에 서유는 정신을 차렸다. 몇 벌인지 모를 옷들이 한쪽에 널브러져 있었고, 소은과 민혁은 사진을 보정하느라 정신이 없었다. 어떻게 찍었는지 기억나지 않을 정도로 정신을 빼고 있던 상태였다. 그래도 무의식중에 속내를 보고 움직였나 보다. 내내 딴생각만 했기에 조금 미안해졌던 서유는 자신을 욕하기는커녕 칭찬만 가득한 직원들의 속내를 보고 미련 없이 미안한 마음을 지웠다. 그러고 보니 같이 찍을 때는 진이 능숙하게 포즈를 잡아준 것 같았다.

"둘이 어쩜 그렇게 원하는 포즈를 잘 해줘요, 척하면 척이네."

"감사합니다. 고생하셨어요."

세진의 칭찬에 대충 대답한 서유는 다시 탈의실로 들어갔다. 글자가 나타났던 곳은 오가는 사람이 수도 없이 많은 공간이었다. 매장 손님일 수도 있다는 뜻이었다. 오도카니 탈의실 문만 노려보던 서유는 이내 작게 한숨을 내쉬었다. 또 나타날 리 없을뿐더러 이젠 근처에 없을 가능성이 컸다. 결국 대충 옷을 갈아입고 나온 서유의 뒤로 그림자가 드리워졌다. 어느새 다가온 진이 양손 엄지를 세우고 있었다.

"서유, 오늘 멋졌어요."

"아니에요, 진 씨 덕에 저도 헤매지 않고 촬영했는걸요."

"서유도 잘 맞춰줘서 그래요. 그리고 서유, 정말 괜찮아요?"

진이 조심스레 안색을 살피며 묻는 순간 서유는 아무 말도 하지 못했다. 유일하게 속내를 보지 못하는 눈앞의 남자는 항상 자신의 속을 본 것처럼 행동했다. 처음 겪는 상황에 무심코 거부감을 느낀 서유는 뒤로 물러나고 말았다. 어두워진 진의 낯빛을 보자마자 후회됐지만 뭐라 할 말이 없었다.

"……네, 걱정해주셔서 감사합니다. 정말 괜찮아요. 이제 촬영도 다 끝났잖아요."

"그럼 다행이지만요. 그런데……."

"저, 서유 씨. 할 얘기가 있는데."

어색해진 분위기에 누가 나 좀 구해달라며 눈동자를 굴리던 서유에게 마침맞게 제하가 다가왔다. 속으로 환호성을 지른 서유의 입에서 더 생각할 것도 없이 말이 튀어나왔다.

"아, 네. 그럼 내일 봬요, 진 씨."

누가 봐도 피한 모양새였다. 무의식중에 한 행동이었고 의도치 않았지만 변명할 거리도 마땅치 않았다. 그래도 상황을 모면했다는 마음에 들었던 안도감은 제하의 속을 본 순간 사그라들었다.

죽었다니.

제하의 속내를 보자마자 불안한 마음으로 혜이에게 전화를 하며, 서유는 진에게 묻고 싶지만 물을 수 없는 질문을 곱씹었다.

당신은 내 속이 보이나요?

***

"그랬단 말이지."

―응, 아무리 생각해도 범인 아냐? 사무실 CCTV라도 확인해 볼까?

"아니, 혹시 모르니까 눈에 띌 짓 하지 마. 그때 누구 있었어?"

―몰라. 매장도 있는 위치라.

혜이는 말없이 알사탕을 깨물었다. 강지수 남자친구의 발언 탓에 서에 돌아오고 나서야 서유에게 비하인드를 들은 참이었다. 이 기묘한 사건들의 범인이 서유가 속내를 본 그 인물이라면. 못 봤나? 지금도? 묘하게 이어진다 했더니 그게 서유에게 하는 말이었다면. 이는 서유의 능력을 알고 있다는 뜻이었다.

아그작, 알사탕이 불쾌한 소리를 내며 깨졌다. 마음에 들지 않는 상황이었다. 서유가 눈앞에 있지 않아 다행이라고 생각하며 혜이는 일부러 농담처럼 말했다.

"너 그냥 우리 팀에 능력 까지 않을래?"

―미쳤어?

"예상을 빗나가지 않는구나."

―헛소리하지 마, 나 피곤해.

"맞다, 촬영했다며. 푹 쉬어. 오늘 언니 못 들어가."

건너편에서 무언가 더 물어보려는 감정이 느껴졌지만 혜이는 모르는 척 전화를 끊었다. 우연이 아니라, 일부러 서유 주변에서 사건이 생기고 있다는 생각이 들었다. 서유와 같은 능력이 또 있다. 예상 못 했던 가능성을 들은 혜이의 입안이 썼다. 도대체 뭘까. 까만 핸드폰 화면을 응시하던 혜이는 갤러리를 눌렀다. 화면에 나타난 반중동과 초람동 사건 사진은 끈덕진 구애 끝에 노원이 얻어온 것이었다. 그동안 서유의 능력 덕에 너무 쉽게 일했다는 생각이 들었다. 잠시 핸드폰을 만지작거리던 혜이는 사진을 숨김 폴더에 넣었다. 사탕이 다 깨져 녹아버린 입안에 알사탕 하나가 더 들어갔다.

사탕 봉지를 구긴 혜이는 요란하게 기지개를 켜는 재경의 정수리를 꾹꾹 누르며 물었다. "뭐 좀 찾았니?"

"아직은 없지 말입니다. 갑자기 딴 길로 새버려서."

"미행 중이었다면서 동선이 진짜 이상해요." 강우가 한숨 섞인 말을 뱉었다.

혜이는 블랙박스 영상을 다시 돌리며 아까 있었던 상황을 떠올렸다.

***

범인을 알 것 같다던 강지수의 남자친구는 제법 결연히 말한 것과 달리 제대로 된 얘기를 꺼내지 않고 우물거렸다. 기다리다 답답해진 노원이 툭 내뱉지 않았다면 아마 온종일 그랬으리라.

"얘기를 시작했으면 진행이 돼야지."

"……그, 그게 실은 어제 지수랑 싸웠거든요. 바람을 피우는 것 같아서."

"바람이요?"

자연스레 앞 사건이 떠오른 혜이가 되묻자 그는 범인으로 몰리리라 생각했는지 속사포로 말을 이어가기 시작했다. 꿈이 래퍼인가, 강우가 실없는 생각을 할 정도로.

"그, 근데 확증이 없어서 어제 밤새도록 지수 집 앞에 있었어요. 편의점 들렀던 것도 봤고요. 어쨌든 그렇게 기다리는데 그 밤에 웬 모자 쓴 놈이 지수 집에 들어가잖아요. 여기 복도식이라 다 보이거든요."

"아무리 연인 사이라도 그러면 잡혀갑니다."

재경의 단호함에 안 그래도 찔렸는지 남자친구가 입을 다물었다. 또다시 한참 걸릴 기세라 노원은 신경질적으로 되물었다.

"일단 얘기는 마저 듣자고. 하여튼 그래서?"

"……쫓아 들어가려는데 바로 나오더라고요. 그래서 홧김에 그 놈 뒤를 차로 몰래 따라갔는데, 어느 순간 눈앞에서 사라졌어요. 제가 분명히 따라가고 있었거든요."

어쨌든 그 자식이에요. 용의자를 목격한 강지수 남자친구의 눈은 확신에 가득 차 있었다.

***

"분명히 따라가고 있었다……."

블랙박스 영상에는 분명 아파트 CCTV에서 확인했던, 남자인지 여자인지 모를 인물의 뒷모습이 착실히 찍혀 있었다. 나름 적당히 거리를 유지하며 미행한 모양이었다. 그러나 조심성을 칭찬할 새도 없이 얼마 지나지 않아 영상에서 인물이 사라졌다. 빙 돌아 뒤쫓을 셈이었나 싶었지만 깜깜한 밤거리만 계속됐다. 영문을 알 수 없는 루트를 찍던 영상은 블랙박스 주인이자 강지수 남자친구가 집에 도착하며 끝났다. 갑자기 왜 그만뒀나 의문스러웠으나 블랙박스 주인은 문득 들킬까 봐 무서웠다고 대답했다.

"그래도 그걸로 조금이나마 동선을 파악해서 아파트랑 주변 CCTV 깡그리 확인하는 중이지만 아무것도 없었다는 말 아니겠습니까."

"혹시나 해서 찾아봤는데 조윤수랑도 별 연관성이 없어요."

"둘 다 좀 쉬어. 어쨌든 핸드폰 복구하고 부검 결과 나오면 뭐라도 있겠지."

손가락만 달칵거리며 영상을 돌려보던 혜이는 재생 바를 차가 움직이기 훨씬 전으로 천천히 되감았다. 까만 옷에 까만 모자, 까만 마스크. 아주 착실히 온몸을 가린 인물은 자연스럽게 비밀번호를 찍고 강지수의 집으로 들어갔다. 이미 바람을 의심하던 남자친구가 분노에 차 쫓아간 것도 이해는 갔다. 그러나 검은 형체는 들어간 지 2분도 되지 않아 집을 나왔다. 새벽 1시 53분이었다.

꽤 오랫동안 계속되는 정지 화면을 보던 혜이가 중얼거렸다.

"남잔지 여잔지도 모르겠고, 모자를 썼으니까 C라고 부를까."

"그거 좋습니다." 용케 알아들은 재경이 대답했다.

확정 짓듯 마우스 소리가 딸깍였다.

"바람 의심은 왜 한 거래?"

"문자를 봤답니다. 사랑해, 뭐 이런 거. 그래서 캐물었는데 시치미를 떼서 홧김에 밤새웠다고 했습니다. 피해자도 핸드폰 기록을 싹 지운 게 뭐가 있긴 있지 말입니다."

쯧, 요즘 애들이란. 이전 사건들의 사망자 동선과 사건 장소를 살펴보던 노원이 옆에서 끌끌 혀를 찼다. 이상한 사건이 해고동에서만 벌써 세 번째, 원래도 그랬지만 요즈음 더더욱 경찰서가 집처럼 느껴졌다. 노트북 배경 화면을 가족사진으로 바꾸지 않았다면 얼굴도 까먹을 판이었다.

"하여튼 있을 때는 귀한 줄 몰라."

"팀장님, 로맨틱한 꼰대 같네요."

"우혜이, 너 그냥 콱."

폭력 반대, 장난스레 노원이 던지는 쓰레기를 피한 혜이가 말대답했다. 노원은 바닥에 떨어진 쓰레기를 주우며 다시 투덜거렸다. 익숙한 광경이라 달리 첨언하지 않은 강우는 사건 자료들만 다시 살펴봤다. 조윤수는 보험도 들지 않았고, 그의 아내는 외도 사실을 몰랐던 듯했다. 주변 평판도 좋았다. 보복, 원한이나 보험을 노린 살인은 아니라는 뜻이었다.

"박하연 알리바이도 확인할 길이 없고……."

답이 없던 찰나 노원에게서 마약 가능성을 들었다. 그렇다면 C는 마약 조달자일까, 살인범일까, 바람 상대일까. 도무지 이해가 가지 않던 사망 방식이 머리를 맴돌았다. 쿵, 강우는 책상에 이마를 박았다. 조윤수는 부부 사이가 나빠 보이진 않았다. 그런데 바람이야 그렇다 쳐도 마약을 했던 것도 모를 수가 있을까.

"그 시꺼먼 놈이 누구든 일단 잡고 보고 싶네."

"북부서랑 서부서는 이런 사람 못 봤답니까?"

"동사한 주용민 발견 장소 CCTV는 고장 난 지 오래인 데다 정확한 사망 시각도 파악 불가라잖냐. 주변에 용의자는 또 넘쳐서 아주 치를 떨더라. 익사한 백민석은 사망한 날 외출했을 때 어떤 여자를 만난 것까지는 파악했는데, 여자의 소재는 파악 불가. 더군다나 계속 수사 끝내라고 압박을 주셔서 더 조사도 못 했고. 부검도 안 했으니 말 다 했지." 노원은 어렵게 얻어온 사건 자료들을 훑어보며 대답했다.

사람이 죽었는데 체면이 중요한가. 강우의 불만을 듣던 노원도 책상에 팔꿈치를 얹고는 턱을 괬다. 사람 속은 모르는 거라지만 아무리 봐도 다들 무난한 일상을 보내던 중 사망했다. 하다못해 약을 했다는 증거도 찾기 어려웠다. 타살로 보려 해도 강지수 외엔 뚜렷한 용의자가 나오지 않았고, 연쇄 살인으로 본들 피해자들 사이의 공통점도 찾기 어려웠다. 파일을 내려놓은 노원은 머리를 박박 긁었다. 해결책으로 가는 문을 열 방법은커녕 손잡이도 못 찾은 느낌이었다. 이 건들을 엮어서 수사하는 게 맞긴 한 건지 의문이 들었다.

"그러다가 머리카락 빠져요." 영상에서 눈도 떼지 않은 혜이가 충고했다.

배는 고팠는지 강지수의 남자친구가 먹을 것을 한 아름 들고 편의점에서 나오는 모습이 화면에 나타났다. 무료한 시간도 때울 겸 거꾸로 보는 일에 재미를 느끼던 혜이는 뒤로 감기를 멈추고 재생 버튼을 눌렀다. 일시 정지, 뒤로 감기, 재생. 다시 일시 정지, 뒤로 감기. 등받이에서 등도 뗀 혜이가 노트북에 빨려 들어갈 것처럼 화면을 노려보자 재경이 슬슬 옆으로 다가왔다.

"뭐 발견하셨습니까?"

"여기."

재경은 혜이의 손끝을 바라봤다. 가득 찬 비닐봉지를 들고 편의점을 나오는 강지수의 남자친구가 조그맣게 찍혀 있었다. '이게 왜요?' 하는 눈빛으로 자신을 보는 재경에게 혜이는 화면을 확대하며 다시 한번 가리켰다.

"C."

"어?"

눈썹 사이의 골이 깊어질 정도로 눈살을 찌푸리던 재경이 외마디 소리를 질렀다. 덕분에 잠시 졸던 강우도, 이를 닦던 노원도 혜이의 자리로 다가왔다. 재생 바가 왔다 갔다 하며 인물의 존재를 상기시켰다. 동영상을 정지시킨 혜이는 다시 손가락으로 무언가를 가리켰다.

"맞죠?"

"이 정도 거리면 뭐라도 기억하겠는데, 편의점에도 찍혔을지 모르고."

"넌 이걸 어떻게 찾았냐. 눈도 좋다, 우혜이."

도르르, 기분 좋게 굴러가는 알사탕 소리가 노트북 돌아가는 소음만 들리던 사무실을 가득 채웠다.

혜이는 다시 화면을 쳐다봤다. 자신의 손가락 끝이 가리킨, 강지수 남자친구의 옆을 스쳐가다 함께 찍힌 인물은 분명 성별 불명의 C였다.

***

"어때?"

강지수 남자친구의 답변 영상을 보던 서유가 단호히 대답했다. "남자인 것밖에 모르겠는데, 라고 하네. 거짓말 아니야."

티끌만 한 희망을 품었던 혜이의 입에서 한숨이 나왔다. 블랙박스 영상을 토대로 강지수의 남자친구에게 C의 특징이 기억나지 않느냐 물었지만, 돌아오는 목소리에는 억울함만 가득 담겨 있었다. 편의점 내부 CCTV에도 얼굴은 찍히지 않았으니 유일한 희망이 멀리 날아간 셈이다. 귓속말하는 것 같았는데 잘못 본 건가.

"바람피운 여친의 살인을 사주하고 모르는 척하나 했더니, 건진 건 성별뿐이네."

"우리 팀장님도 알리바이는 거짓말 안 했고. 근데 너 왜 이렇게 시비를 걸었어."

"너 대신 복수한 셈 치자."

"고마운 셈 치자. 다른 관할 사건도 바람피운 사람들이야?"

"그런 내용은 못 본 것 같은데. 피해자들 전부 그쪽으로 뒷조사라도 해야 하나."

흥신소가 된 것 같다는 혜이에게서 갑자기 멀어진 서유가 소파 끝자락에 앉았다. 뭐하냐는 듯한 손짓을 보며 혜이도 똑같은 의미를 담아 눈썹을 까딱였다.

"빨리 보여줘."

"뭘."

"피해자들 사진. 또 찍어왔잖아."

"……없어. 더는 신경 쓰지 마세요."

서유는 이해할 수 없었다. 방법은 모르겠지만 일련의 사건들은 타살일 가능성이 컸고 그 추측을 확인할 수 있는 것은 자신뿐이었다. 그런데 왜 빠지라는 건지. 탈의실에서 봤던 속내, 그건 분명 즐기는 뉘앙스였다. 게임 참가라던 단어가 떠올랐다. 억지로 떠밀려서 링 위에 올라간 기분이었지만 내려올 순 없었다.

"누구한테 확인 받으려는 것 같다고 했잖아. 나야. 나한테 메시지를 남긴 거라니까?"

"그래, 너겠지. 그러니까 더 안 돼."

"왜?"

"왜냐니. '못 봤나? 지금도?' 이건 이유는 모르겠지만 널 끌어들이려고 일부러 우리 관할에서 사람들을 죽였다는 뜻이라고."

반박할 여지는 없었다. 서유가 아무리 사람의 속을 본다 한들 혜이와 달리 민간인이었고, 호신술을 배우긴 했지만 체력이 특출하게 좋은 편도 아니었다. 그나마 범인의 속을 읽고 미리 대비할 수 있다면 다행이었다. 이번에는 상대방도 속을 읽을 수 있으니 무용지물이었지만.

부루퉁해진 서유는 다리를 감싸 안았다. 그래도 이 상황에서 관심을 끄라니 말도 안 될뿐더러, 가만히 손 놓고 싶진 않았다. 기회를 보던 서유는 슬쩍 혜이의 속내를 확인했다. 안 보여줄 거야. 예상보다 의지가 단호했으니 남은 수는 다소 치사한 방법뿐이었다.

"이미 걔도 내가 개 속내를 본 걸 아는데 뭐라도 알아야 대비하지. 분명 전 사건들에서도 나한테 메시지를 남겼을 거야. 나 끌어들인 거, 너잖아."

너 일부러 내 죄책감 건드리는 거지.

"응. 난 이제 못 벗어나. 너랑 한 몸이니까."

혜이는 당연하다는 듯 당당하게 고개를 끄덕이는 서유를 원망스레 노려봤다. 늦은 시간임에도 졸리지 않은지, 말똥말똥한 눈동자에서 절대 물러나지 않겠다는 투지가 보였다. 결국 한 수 무른 혜이는 다시 갤러리를 눌렀다. 그동안 쉽게 쉽게 갔다고 벌 받나 보다.

"어차피 대놓고 그러는 거 보면 어떻게든 나한테 접근했을 거야."

"위로해주셔서 참 고맙네요."

"뭐 위로, 애초에 내가 거부를 안 한 건데. 살인범 잡는 게 먼저지."

전화가 왔을 때 경황이 없어 끊었다가 서에 복귀한 뒤에야 통화를 한 것이 실수였을까. 그 전에 서유에게 도움을 청한 게 실수였을까. 이러다가는 형사 생활 초반까지 거슬러 가야 할 듯해 혜이는 입안이 썼다. 사실 실수는 아무것도 하지 않았다. 지금도 사건을 해결하고 싶다는 마음이 더 강할 뿐이니까. 그래, 잡으면 끝이지. 일종의 합리화를 한 혜이는 사진을 터치하고 머리 부분을 제외한 나머지를 가렸다.

"이게 시기상 제일 처음."

"……여보세요."

"속내가 그렇게 남아 있다고?"

"응. 다음."

서유가 빨리 넘기라는 듯 손짓했다. 혜이는 고개를 갸웃거리며 사진을 넘겼다.

"이게 두 번째."

"……안녕, 보여?"

"뭐?"

"넘겨 일단."

그런 표정인데 어떻게 넘겨. 그러나 서유의 눈빛은 완강했고 혜이는 하는 수 없이 손가락을 움직였다. 마지막 현장 사진이 뜨자 서유의 눈썹이 꿈틀거렸다.

"죽어도 싼 애 찾는 것도 일인데 이제 좀 놀자."

"……그러니까 처음부터 하면."

혜이는 서유가 본 속내를 차례대로 정리했다.

여보세요. 안녕, 보여? 못 봤나? 지금도? 죽어도 싼 애 찾는 것도 일인데 이제 좀 놀자.

명백히 이어지는 문장이었다. 막상 확인하니 아무 말도 나오지 않았다. 한참 동안 조용하던 서유의 입에서 거친 말이 튀어나왔다.

"뭐야, 이 미친놈은?"

"네가 말했네, 미친놈이야."

혜이는 담담하게 답한 후 서유에게 물 한 컵을 가져다주었고, 서유는 단번에 마시고는 다시 한번 내뱉었다.

"이런 놈이 주변에 있는데 몰랐다고? 내가?"

"포커페이스가 아니고 포커 마인드인가 보지." 괜찮은 건가.

"왜, 나 때문에 사람들이 죽었다고 충격이라도 받았을까 봐?" 서유는 여전히 떨리는 손으로 얼굴을 감싸다 툭 말했다.

아이러니하게도 평범을 꿈꾸는 서유에게 보이는 세상에는 미친 사람들이 생각보다 더 많았다. 드러나지 않는 세계는 이유가 있는 법이었다. 그러니 적나라한 속내는 우습게도 조금이나마 단련이 됐다고 봐야 했다. 다만 이렇게 대놓고 나 미쳤소, 하는 인물은 처음 봐 놀랐을 뿐이지.

"네가 그 정도로 멘탈이 약하지 않은 건 알지만 그래도……."

"충격받긴 했는데, 어나더 클래스 미친놈이라 충격이 상쇄한 느낌이야."

다행인지 불행인지 모르겠네. 일부러 소리를 내지 않은 혜이는 대신 친구의 동그란 뒷머리를 쓰다듬었다. 굳이 피하지 않은 서유의 손은 여전히 떨리고 있었다. 역시 아예 충격이 없는 건 아니겠지. 혜이는 말없이 서유의 어깨를 감쌌다. 센 척 안 해도 된다는 말을 들을 리는 없었다.

"……그런데 진짜 뭐야. 그럼 너랑 나, 둘 다 안다는 뜻이잖아. 내가 널 도와준다는 걸 알아야 이걸 볼 거란 확신이 있지."

"그러게. 널 오랫동안 지켜봤거나, 아니면……."

"지금도 내 주변에 있거나."

"……어쨌든 네 덕에 연쇄 살인인 건 확실해졌네."

누구야, 왜 나야, 어떻게 한 거야. 입술을 깨물며 생각하던 서유는 혜이의 시선을 느꼈다. 걱정과 미안함, 고마움 같은 복합적인 감정이 담긴 속내가 눈에 들어왔다. 난 너랑 다르게 속 못 봐. 힘들면 말해줘야 알아. 서유는 가볍게 손가락으로 오케이 표시를 만들었다. 자신의 비밀을 아는 사람이 혜이라 다행이었다.

"괜찮아, 정말로."

"그럼 다행이고."

"근데 도대체 어떻게 죽였을까?"

근본적인 질문이네.

잠시 고민하던 서유는 손을 총 모양으로 만들었다. "총 들이밀고 협박이라도 했나."

"그건 리스크가 너무 커. 전부 죽을 때까지 지켜봐야 하는걸. 그리고 총 맞아 죽나 그렇게 죽나."

타당한 반박에 침묵이 흘렀다. 혜이는 필사적으로 케타민과 C를 떠올리지 않기 위해 온갖 잡생각을 시도했다. 서유에게 이 이상의 정보는 여러모로 너무 위험했다.

"왜 이런 짓을 하지."

서유는 끊임없이 생겼다 사라지는 혜이의 속을 보다 고민에 빠졌다. 범인은 피해자들을 통해 자신에게 말을 건넸다. 문구를 읽으라고 보여준들 죽는 상황에서 줄곧 남아 있으리라는 보장은 없었다. 불현듯 떠오르고 순식간에 사라지는 것이 사람의 속내였다.

어라? 느닷없이 빨간 물음표가 덩그러니 뜬 혜이가 자신의 이마를 가리켰다. "너 사람마다 그 감정도 얼핏 같이 보인다며."

"응, 너는 물음표가 가득 떠 있어. 호기심 많은 아이처럼."

"그러면 피해자들 속은?"

"잠깐 다시 폰 켜봐."

"너 아무리 그래도 죽은 사람 건데 꺼림칙하지도 않니."

서유는 고개를 저었다. 아직 실감이 안 나니까.

눈동자를 굴린 혜이가 다시 핸드폰을 들어 화면을 보였다. 겁이 없는 건지 둔한 건지.

서유는 순서대로 사진을 보며 하나씩 느낌을 말했다. "처음엔 긴가민가한 느낌이고 두 번째는 호기심? 세 번째는 들뜬 것 같아. 다음은 조금 실망했고."

"……."

"마지막은 삐졌는데. 꼭 기다리다 지친 아이처럼."

하나씩 설명을 듣던 혜이는 눈살을 찌푸렸다. 그거 꼭 범인 속내 그 자체잖아.

서유는 고개를 끄덕였다. 보자마자 미친놈이라는 욕이 나온 이유였다. 빤히 보며 입 밖으로 뱉진 않고 묻는 혜이의 속이 눈에 들어왔다.

생각은 글자든 뭐든 죽기 직전에 보여줘서 남긴다 쳐도, 감정까지 남기는 게 가능해? 그것도 죽을 사람 본인의 감정도 무시하고?

"나도 모르겠어."

서유는 말없이 어깨만 으쓱였다. 어쩌면 이 범인은 자신과 다른 종류의 사람일지도 몰랐다. 서유의 반응에 혜이의 분위기가 순식간에 가라앉았다. 영락없이 수수께끼가 풀리지 않아 심통 난 아이의 표정이었다. 결국 상황에 맞지 않게 살짝 웃은 서유의 눈앞에 속내가 퐁 나타났다. 웃기니, 난 안 웃겨.

"미안. 근데 네 표정이 너무 웃겨."

"울상인 것보단 낫지. 어쨌든 너 당분간 어디 갈 때마다 나한테 연락해."

"응."

다시 머릿속이 복잡해진 서유는 소파에 등을 기대며 천장을 올려다봤다. 하필 방금 진동을 울리며 온 문자의 내용마저 달갑지 않은 소식이었다. 절로 인상을 찌푸리고 앓는 소리를 낸 서유는 도로 천장을 보려다 꾸욱 눈을 감았다. 아무것도 보이지 않는 새하얀 천장이 새까맣게 엉킨 머릿속과 대비돼 괜히 얄미웠다. 혼자만 하얗고 좋을까, 이젠 자신도 심통이 난다.

***

그리고 돌아온 월요일, 출근한 서유는 또다시 레드패션 매장에 서 있었다.

"미안해요, 주말에 결정 난 아이디어라. 여준이가 서유 씨 사진 보더니 계속 주장하더라고요."

"기획이랑 잘 어울리는 아이디어를 내셨네요."

기계적으로 웃은 서유는 거울을 외면했다. 그렇게 한들 여름에 어울리게 마린룩을 입은 자신의 모습까지 외면할 순 없었다. 한구석에서는 마린룩을 입은 진이 하연과 의견을 나누었다. 눈 호강한다, 정말. 일에만 집중한 표정과 달리 하연의 속내에는 만족감이 가득했다. 서유는 새삼 팀장의 포커페이스가 존경스러워졌다.

주말 저녁 서유를 심란하게 만들었던 문자는 권유를 가장한 명령이었다. 여름 시즌 배너용 화보가 더 필요하니까 지난번에 찍은 김에 한 번 더 찍자. 전문 모델을 구하라는 말이 턱 끝까지 차올랐지만 서유는 갑이 아닌 을이었다. 촬영이 진행될수록 입안이 바싹바싹 말라갔다. 어찌어찌 단독 컷은 찍었지만 문제는 진과 함께 찍어야 하는 컷이었다. 아직 그때 이후 변변한 대화 한번 못한 상태였다.

"맞다, 서유 씨. 오늘 혜이 씨가 매장에 오기로 했어요."

"아, 정말요?"

"주말엔 제가 일이 있어서 못 만났거든요. 듣자 하니 우리 스튜디오 인테리어 해주신 분도 그렇게 됐다고……."

어떻게 진을 대해야 하나 고민하던 서유는 옷을 코디해주던 제하의 말에 정신을 차렸다. 그러고 보니 불륜남도 레드패션과 관련이 있다고 했던가. 그래서인지 함께 일했던 사람들이 연이어 사망했다는 소식을 들은 제하의 속은 꽤 우울한 상태였다. 서유는 그저 표정이 좋지 않은 제하의 어깨를 토닥였다. 매장의 스튜디오를 논의할 때는 팀에 없었기에 달리 할 말이 없는 탓이기도 했다.

"자살할 것 같은 사람들은 아니었는데."

"자살 아니에요."

"네?"

무의식중에 답한 서유는 놀란 듯한 목소리를 듣고 황급히 말을 덧붙였다. 타살이란 증거는 자신만 볼 수 있을뿐더러 물증도 심증도 아니었다.

"아, 아닐 수도 있다고 하더라고요. 아직 확실한 건 아무것도 없다고."

"뭐가 이렇게 심각해? 서유 씨 자태나 얘기하자. 얼마나 잘 어울려."

촬영 구경 겸 회의를 빌미로 와 있던 여준이 갑자기 끼어들었다. 평소에는 갖은 핑계를 대고 빠지더니 이번에는 시간이 났단다. 참 신기하게도 여성 모델이 있을 때만 시간이 났다. 역시 내 안목은 정확해. 자신감이 충만한 여준의 속내를 확인한 서유는 그에게서 살며시 떨어졌다. 이 사람은 그냥 내가 이렇게 잘났소, 티를 내고 싶을 뿐이었다.

"너 때문에 서유 씨가 무슨 고생이냐." 센스 있게 세진이 사이에 끼어들었다.

감사합니다. 서유는 속으로 깊은 감사를 표했다.

"엄밀히 따지면 내가 아니라 갑자기 죽은 강지수 때문이지. 안 그래, 서유 씨?"

"야, 입 좀 조심해."

"근데 지수 씨 타살일 수도 있대."

세진의 타박에 이어 제하가 말했다. 그러자 세진의 목소리는 귓등으로 넘기던 여준이 호들갑을 떨었다.

"헐, 이래서 사람은 착하게 살아야 돼."

아무리 봐도 사돈 남 말하는 꼴이라 영 표정 관리가 되지 않았다. 어색하게 빠질 타이밍만 찾던 서유는 마침 자신을 찾는 소은에게 서둘러 다가갔다. 가끔은 어떻게 저 사람들과 여준이 친구인지 신기하다는 생각이 들었다.

대기하던 서유는 괜히 주변을 살폈다. 그날 이후 자신의 속을 보고 답하는 듯한 글자는 보이지 않았다. 그러나 여전히 주변에 그 사람이 있다는 생각을 지울 수 없었다. 그도 그럴 것이, 속내를 본다는 사실을 알려면 계속 자신을 지켜봤어야만 했다. 일방적으로 관찰할 수 있는 위치가 어디일까. 인사만 몇 번 나눈 이곳 직원? 자주 가던 카페? 헤이는 평소에도 사건 얘기를 자주 했다. 주변을 맴돌았다면 헤이의 직업을 눈치채는 것은 그리 어렵지 않을 터였다.

"잘 부탁해요, 서유."

"저도요, 진 씨."

누구일까. 여태까지 사람들의 속은 수도 없이 보았지만 자신처럼 남의 속을 본 듯한 생각은 전혀 본 적이 없었다. 포커페이스가 아니고 포커 마인드인가 보지. 잠시 헤이의 말을 되새기던 서유는 작게 고개를 저었다. 제멋대로 떠오르는 속을 컨트롤할 수는 없었다.

"언니, 그 옷은 옆이 포인트니까 진 씨랑 마주 봐주세요."

"아, 이렇게 하면 되나요?"

다정한 연인처럼. 서유는 소은이 바라는 모습대로 진의 손을 잡왔다. 언제나처럼 아무것도 보이지 않는 머리는 이제 슬슬 익숙해지고 있었다.

포즈를 바꾸려던 서유의 머릿속에 문득 한 가지 생각이 스쳤다. 숨기는 방법이 아예 없는 건 아니었다.

뻣뻣이 굳은 서유를 눈치챘는지 진이 입 모양으로 물었다. 괜찮아요? 작게 고개만 끄덕인 서유는 시선을 피했다. 보이지 않아도 분명 눈동자가 떨리고 있었을 것이다. 오케이, 다시 앞에 보고. 카메라 셔터 소리가 귓가에 웅웅 울렸다.

가까이 붙은 진이 작게 소곤거렸다. "있잖아요. 서유, 나 뭐 잘못했어요? 나 불편해요?"

"아니요." 서유는 반사적으로 내뱉었다.

더 들려오는 말은 없었지만 서유는 빨리 촬영이 끝나기만을 바랐다. 속을 숨기는 방법. 세상에 속내를 보는 사람이 한 명이라는 법은 없었다. 맞다. 그러니까.

'속을 보이고 싶을 때만 보이는 사람도, 있을 수 있잖아.'

04

강지수의 핸드폰 기록을 살피던 노원은 혀를 차며 자료를 내던졌다. 한 달 전부터 급격히 애정 어린 말들이 늘어나 있었다. 문제는 그 상대방이 펑펑 울던 어린애가 아니라는 점이었다.

"보니까 강지수가 매달렸네. 애인 있으면서 이러는 건 뭔 심리냐."

"둘 다 바람피운 사람인 게 우연이라고 보십니까?"

"그걸 이제 찾아봐야지."

사건들을 정리해놓은 화이트보드를 노려보던 노원은 뻑뻑한 눈두덩이를 문질렀다. 편의점 CCTV에 찍힌 C가 한구석에 얌전히 붙어 있었다. 도둑놈처럼 머리부터 발끝까지 아주 시커먼 놈이었다. 저 시커먼 형체의 정체가 도통 파악이 되지 않았다. 청부살인 업자? 그렇다고 하기엔 살해 방법이 너무 조잡했다.

노원은 피해자들의 공통점으로 넘어갔다. 바람, 굳이 꼽자면 레드패션. 하지만 최근 사망한 조윤수가 레드패션 인테리어를 담당했던 것은 작년이었다. 공통점으로 잡기엔 틈이 너무 길었다. 한숨을 쉬던 노원은 울리는 핸드폰을 확인했다. 북부서 구 팀장이었다.

"어, 왜."

─너희도 케타민 나왔다며?

"뭐 여기 첩자 심어놨냐?"

─아, 우리도 정보 깠잖아. 너희도 좀 까.

"까고 뭐고 둘 다 바람피운 사람이라는 것밖에 없다."

복구 기록 옆에 놓인 혈액 검사 결과서를 보던 노원은 문자 알람을 듣고 내용을 확인했다. 다른 사건으로 외출 중인 2팀 김 팀장의 연락을 본 노원의 입에서 곧장 욕이 튀어나왔다. 두 개의 결과서와 문자에 나란히 적혀 있는 케타민 세 글자가 거슬렸다.

"골 아파질 것 같으니까 너희 정보 나오면 다 공유해라."

— 야, 야. 장노원이!

다급한 목소리를 무시하고 전화를 끊어버린 노원은 빤히 바라보는 재경에게 눈썹을 꿈틀거렸다. 뭐.

"저희 혹시 합동 수사합니까? 꿈이었는데."

"정신 빠진 거 봐라. 타살이란 확실한 증거부터 잡아와, 인마. 나유나가 쓴 케타민은 천식 치료용이었고 바람은 아니니까 별개일 수도 있어."

"그래서 말인데 여기 C 아닙니까?"

타박에도 전혀 개의치 않은 재경이 노트북을 들고 왔지만 노원은 별 기대 없이 하품만 했다. 주말 동안 피해자들의 동선을 확인하며 모자 쓴 사람만 보면 C 아니냐 하는 통에 진이 다 빠진 탓이었다. 효자손으로 등을 꾹꾹 누르는 노원의 눈에 새까만 모니터가 보였다.

"조윤수가 조깅하던 중, 공원 CCTV에 찍혔습니다."

"이거 시커멓기만 한데, 뭐가 찍혔단 거냐."

"지금은 어두워서 잘 안 보이지만 밝기 좀 올리면."

재경은 말을 이으며 노트북 화면 밝기를 높였다. 노원의 얼굴만 비치던 화면에서 점점 조윤수의 뒤를 따라가는 사람 형체가 나타났다. 정확한 분석이 필요하겠지만 편의점 CCTV에서 얻은 C 사진과 거의 흡사해 보였다.

재경이 모자 부분을 가리키며 말했다. "그리고 이 모자 말입니다, 검은색보다는 검붉은색 같습니다."

노원은 노트북에 들어갈 기세로 화면에 다가갔다.

밝기를 높였더니 확실히 붉은기와 함께 언뜻 무늬도 보였다. 작게나마 단서가 발견되자 함박웃음을 지은 노원은 재경의 등을 긁어주었다.

"이야, 신재경이가 드디어 밥값을 하는구나. 이 시커먼 놈을 어떻게 찾았냐."

"전 원래 밥값 했지 말입니다. 화면 밝기를 최대로 하고 봤습니다."

"그런데 왜 내가 볼 땐 꺼메."

"팀장님 놀라게 해드리려고 일부러 좀 줄였습니다."

노원의 효자손이 재경의 등을 긁다 못해 할퀴었다. 노원은 등을 문지르는 재경을 보며 혀만 끌끌 찼다. 내 새끼들은 하나같이 어른 공경할 줄을 몰라.

***

얌전히 앉아 있는 서유의 손에는 오늘 입은 마린룩이 담긴 쇼핑백이 들려 있었다. 레드패션 사장들의 선물이었다. 전혀 취향이 아니었지만 꼭 받아달라는 제하의 말은 이상하게 거절하기가 힘들었다. 결국 고맙습니다, 라는 말과 함께 받은 이 옷은 옷장 어단가에 영원히 처박히게 될 운명이었다.

"서유, 여기 커피. 이번엔 시럽 많이 안 넣었어요."

"아, 감사합니다." 서유는 어색하게 웃으며 커피를 받았다.

그때 바로 옆 건물인 레드패션 앞에 차가 멈추는 것이 보였다. 혜이였다. 잠시 실례한다는 표정을 지은 서유는 빠르게 문자를 보냈다.

[너 봤어. 이제 매장 직원들 보면 되지?]

[ㅇㅇ]

이렇게 잘 부려 먹을 거면서 뭘 안 된다고 하는지.

마침 근처에 있을 거라는 서유에게 혜이는 경찰을 본 직원들의 반응 확인을 부탁했다. 탈의실 사건 이후 범인이 레드패션 직원일 가능성을 염두에 두었기 때문이었다. 복잡한 속도 모르고 이런 부탁이나 하는 혜이가 원망스러웠지만, 차라리 주의를 돌릴 거리가 있어 다행인지도 몰랐다.

서유는 슬쩍 시선을 아래로 돌렸다. 1층 직원들은 딱히 특이점이 없었다.

"어, 서유, 제가 서유한테 부담이 되는 건 아니죠?"

"네? 그럼요. 그보다 지난번엔 죄송해요. 피한 건 아니고 갑자기 얼굴이 가까이 다가와서."

2층으로 올라간 속내 하나가 묘하게 삐딱해졌다. 얼굴이 보이지 않아도 혜이였고, 그만큼 혜이는 제하를 그리 마음에 들어 하지 않았다. 벽에 둥둥 떠다니는 속내들을 보며 서유는 달지 않은 커피를 마셨다. 2층 역시 딱히 놀라거나 겁먹은 사람은 없었다.

이 근처에서 제일 겁먹은 건 나일 거야. 컵을 내려놓은 서유는 생각했다. 촬영이 끝난 후에도 회사에 복귀하지 못한 이유는 하나였다. 아직 점심시간이니 커피 한잔하자는 진의 제안을 거절할 수가 없었다.

"그래서 하실 말씀이……."

서유는 조금 긴장이 됐으나 티를 내진 않았다. 그렇게 믿고 싶었다. 여전히 진의 속은 보이지 않았지만 막말로 지금은 낮이었다. 바로 근처 매장엔 경찰 친구도 있었다. 서유는 핸드폰을 부적인 양 꽉 쥐었다. 손이 하얘졌다. 단단히 다잡은 마음과 달리 몸은 여전히 긴장했는지 목이 탔다. 서유는 잔만 만지작거리는 진을 보며 연거푸 커피를 들이켰다.

"그러니까…… 저는 서유가 좋아요!"

"켁, 네?"

얼마나 봤다고? 예상치도 못한 고백을 들은 서유는 하염없이 기침을 내뱉었다. 사레 탓에 콜록거리느라 분명 얼굴이 새빨개졌을 것이다. 서유의 모습에 진이 당황했는지 허둥지둥 휴지를 건네줬다. 고개를 돌린 채 크게 헛기침을 하던 서유는 이내 진을 응시했다. 무슨 생각인지 좀 보고 싶었지만 이마께는 깨끗했다.

"아, love가 아니고 like요. like."

"그, 그럼요, 라이크."

너 오해했지, 하고 자리에 있지도 않은 혜이의 짓궂은 목소리가 들리는 기분이었다.

"근데 내가 막 커피도 틀리고, 얼굴 들이밀고, 자꾸 사람들이 보게 만들어서 싫은 거면, 미안해요."

살짝 흘려버린 커피를 닦던 서유는 의외의 말에 멈췄다. 커피잔만 만지작거리는 손이 어쩔 줄을 모르고 있었다. 대답이 없자 설명이 부족하다고 생각했는지 진이 이어 말했다.

"그…… 사람들 눈이 모이는 걸 뭐라고 하더라."

"시선 집중?"

"아, 서유가 그거 싫어한다고 소라가 말했어요. 근데 나 첫날부터 계속 서유한테 시선 집중 하게 했잖아요. 그래서 나 싫어하나 하고……."

서유는 보이지 않는 진의 속내를 얼핏 알 것 같았다. 이곳에 오자는 말도 회사 직원들이 없을 때 했던 것이 떠올랐다.

본분을 잊지 않고 레드패션 직원들의 속을 빠르게 살펴본 후 서유는 단도직입적으로 물었다. "주위에 제가 뭐 싫어하나 묻고 다녔어요?"

진의 어깨가 움찔했다.

"미안해요."

더 물을 것도 없이 맞다는 뜻이었다.

"아뇨, 신경 쓰이게 만들어서 제가 더 죄송하죠. 저, 진 씨 안 싫어해요. 요즘 좀 복잡한 일이 있어서 그랬어요."

"진짜?"

"진짜."

"하, 다행이다."

그제야 긴장이 풀렸다는 듯 한숨을 내쉬는 진은 다른 꿍꿍이라곤 전혀 없어 보였다. 그간 너무 예민하게 반응했었는지도 몰랐다.

건너편 건물에 있을 세 명의 속마음이 벽에 그라피티처럼 나타났다. 여긴 우연인가 보다. 어우 더워. 오늘은 빨리 끝내야겠네. 아무래도 저쪽도 얘기가 끝난 듯했다.

[특이점 없음.]

[어차피 카페라며. 커피 좀.]

이거 봐, 이렇게 잘 부려 먹으면서. 혜이에게서 연달아 온 메시지를 보고 괜히 속으로 투덜거린 서유는 답장을 생략했다. 보나마나 아이스 아메리카노였다. 그러나 혜이는 아직 남은 말이 있었는지 핸드폰이 다시금 울렸다.

[강우는 아이스 말고 핫.]

손가락이 빠르게 움직였다. 이번에는 답장을 보낼 수밖에 없었다.

"이제 가요, 서유."

"아, 저는 친구가 커피를 부탁해서. 그것만 사가도 될까요?"

"그럼요!"

눈에 띄게 밝아진 진을 보던 서유는 남은 커피를 마저 마셨다. 역시 과민반응이었나 보다. 이런 사람이 살인범일 리 없었.

***

혜이는 직원이 내준 차를 마시며 주위를 둘러봤다. 사무실 인테리어도 매장과 별반 다르지 않게 독보적인 분위기였다. 찻잔을 내려놓은 혜이는 남몰래 혀를 내둘렀다. 직접 매장에 온 것은 서유를 따라 구경 왔던 것이 전부였지만, 어두운 버건디색으로 꾸민 인테리어는 절대 잊을 수 없었다.

"여기 유명한 줄은 알았는데 실제로 보니 진짜 특이하네요."

처음 마주한 레드패션의 아우라에 압도당했는지 강우가 계속 속닥거렸다. 혜이는 별다른 반응을 보이지 않았다. 버건디색이 어째 지금은 핏빛으로 느껴졌다.

뒤늦게 나타난 제하가 미안한 표정을 지으며 다가왔다. "어쩌죠, 여준이도 오려고 했는데 일이 생겨서."

"이 사장님도 강지수 씨 아시면 상관은 없어요."

"다행이네요. 최대한 도와드리겠습니다."

이제 그만 속닥대라며 남몰래 강우의 옆구리를 찌른 혜이는 자세를 고쳤다. 서유는 제하를 혜이처럼 겉과 속이 비슷한 사람이라며 드물게 호의적이었지만 그의 생각은 조금 달랐다. 사업하는 사람의 겉과 속이 그렇게 똑같을 순 없었고, 그마저도 가식일 가능성이 컸으니까. 사람의 속을 그대로 보는 탓인지 서유는 의외로 순수했고 혜이는 자신에게 잔뜩 묻은 때를 굳이 벗기려고 하지 않았다.

"강지수 씨와 조윤수 씨는 정확히 언제부터 아셨죠?"

"지수 씨는 이번에 뽑은 모델이라 그리 오래되진 않았어요. 한 한 달? 뽑히고 정말 좋아했죠. 열심히 하겠다고 했었는데. 조윤수 씨는…… 거의 1년 됐네요. 최근에는 그다지 왕래도 없었어요."

"그럼 조윤수 씨와 강지수 씨가 서로 알 가능성은……."

"적어도 이곳을 통해서는 없을 것 같네요."

그냥 우연인가. 메모하며 생각하던 강우는 볼펜을 돌렸다. 조윤수와 강지수 모두 바람을 피웠다는 명확한 증거가 나온 상태였다. 조윤수 근처에서 C가 서성이는 게 발견됐다면 오히려 흥신소나 건달들 쪽을 파봐야 하는 건 아닌가 싶었다.

강지수가 레드패션과 엮인 지는 한 달. 오는 길에 봤던 직원들은 남녀 할 것 없이 모두 출중한 외모를 가지고 있었다. 눈앞에 있는 제하도 마찬가지였다. 뛰어난 패션 감각과 중성적인 외모, 매너 있는 모습은 누구에게나 매력적으로 보일 터였다. 강지수의 바람 상대가 여기 있을까.

"나유나, 백민석, 주용민이란 사람들이 이곳에 들렀던 적 있나요? 이렇게 생겼는데."

고민하던 강우의 옆에서 혜이가 다른 관할 사건까지 언급했다. 그들과는 접점이 발견되지 않은 이곳에서 굳이 이름을 꺼내는 이유를 알 수 없었다. 혜이의 행동이 이해되진 않았지만 강우는 일단 제하의 반응을 살폈다. 기억을 더듬는 중인지 인상을 쓴 채 입술을 꾹 깨문 모습이 인상적이었다.

사진을 한참 보던 제하가 이윽고 고개를 저었다. "잘 모르겠네요. 어쩌면 저희 회원이실 수도 있으니까 찾아볼까요?"

"그래주시면 고맙죠."

"잠시만요." 자리에서 일어난 제하가 어디론가 나갔다.

직접 모델을 해도 될 듯한 시원시원한 걸음걸이를 보던 강우는 이내 혜이에게 소리 죽여 물었다. "선배, 그 사람들은 왜 물어요? 뭐 아는 거 있어요?"

"여름에 웬 차라니."

"전 여름에도 뜨거운 게 좋은데. 아, 말 돌리지 말고요."

강우의 칭얼거림에도 혜이는 아직 뜨거운 차를 마시기만 할 뿐 답하진 않았다. 자신이 당했듯 옆구리를 찔러보려던 강우는 그새 빠르게 돌아온 제하를 보고 손을 내렸다.

"안 계시네요. 회원은 아닌가 봐요."

"그래도 혹시 모르니 회원 리스트를 부탁드려도 될까요?"

"죄송하지만 그건 영장 없이는 조금 힘들 것 같네요."

"아뇨, 하는 수 없죠."

싱긋 인사한 혜이가 먼저 일어났다. 얼떨결에 따라서 사무실을 나가던 강우는 매장 밖의 흐린 하늘을 발견하고 멈칫했다. 가는 날이 장날이라고 하필 우산도 챙기지 않은 날이었다. 체념하며 인상을 찌푸린 순간 이번엔 지나가던 누군가와 어깨를 부딪쳤다. 직원 유니폼은 아니었으니 손님 같았다.

"아, 죄송합니다."

"괜찮습니다."

"어라, 너 어쩐 일이야?"

"옷 가게에 옷 사러 오지. 근데 정세진은 왜 연락이 안 되냐?"

배웅하러 나오던 제하가 그 손님과 아는 체를 했다. 친해 보이는 두 사람을 슬쩍 보던 강우는 문자만 보내는 혜이를 재빨리 뒤쫓았다. 금방이라도 쏟아질 것처럼 하늘이 성난 상태인데 혜이는 보지 못했는지 그냥 나갈 모양새였다.

"선배, 비 와요!"

그제야 고개를 든 혜이가 날씨 앱을 확인했다. 곁에서 화면 가득한 먹구름 그림을 발견한 강우는 앓는 소리를 냈다. 그가 유독 비 오는 날을 싫어하는 이유는 비단 이름으로 놀림받은 어린 시절 탓만은 아니었다.

"빨리 돌아가죠. 선배도 비 안 좋아하잖아요."

"응, 근데 서유 좀 기다리자."

"서유 씨가 있어요?"

"안녕하세요."

마침 바로 옆 카페에서 커피를 든 서유가 훤칠한 남성과 함께 나왔다. 가까이 다가간 강우는 반갑게 인사하며 두 사람의 관계를 추측했다. 남자친구?

커피를 건네며 설명하려던 서유의 눈앞에 어, **핑크?**라는 글자가 나타났다. 더불어 느낌표가 떠 있는 강우의 머리를 보며 잠시 갸웃거리던 서유는 일부러 또박또박 내뱉었다.

"우리 회사에 새로 오신 '직원' 분이세요."

"아, 서유 씨 동료셨구나. 지난번에 펑크 맞죠! 감사했습니다."

"오, 안녕하세요."

혜이는 마음에 들 만큼 차가운 커피를 마시면서 물었다. "아는 사이야?"

자신에게는 전혀 보이지 않았지만 '직원'이라고 힘주어 말하는 서유의 말에 볼드체가 되어 있을 것 같았다.

반갑게 악수하던 강우가 차를 가리키며 설명해주었다. "왜 전에 차바퀴 펑크 난 적 있다고 했잖아요, 그때 알려주셨던 분이에요."

혜이는 그제야 알겠다는 듯 고개를 끄덕였다. 착하네.

그사이 꾸벅 인사하며 커피를 받은 강우는 짐짓 혜이의 뻔뻔함을 탓했다. "이거 선배가 시켰죠? 괜히 죄송합니다."

"아니에요. 돈 받을 건데요, 뭐."

"안 줄 건데?"

장난스레 대꾸하던 혜이가 슬쩍 서유의 팔을 잡아끌었다. 누가 형사 아니랄까 봐 힘도 셌다. 왜 그러냐는 서유에게 혜이는 빨대 끝을 잘근 깨물며 물었다. 속으로.

저 사람이야? 생각이 보이지 않는 그대?

서유가 작게 고개를 끄덕이자 혜이의 시선이 노골적으로 진을 훑기 시작했다. 당황한 서유는 혜이의 팔을 찰싹 때렸다.

아, 왜.

리딩, 읽을 수 없음

"뭘 그렇게 훑어봐. 실례잖아."

"우리 서유 골머리 썩게 만든 게 누군가 좀 봐야 할 거 아냐. 그나저나 저 사람이랑 대화하느라 놓친 거 아니지? 일부러 다른 피해자들도 언급했는데."

"아니라니까."

"그럼 저 사람은. 생각이 안 보인다면 생각을 숨길 수도 있는 거잖아."

"나도 그렇게 생각했는데……."

서유는 넉살 좋게 강우와 대화를 나누는 진을 보며 고개를 저었다. 역시 아닌 것 같았다.

표정을 살피던 혜이는 깔끔하게 수긍했다. 네가 그렇다면야.

"빨리 안 타고 뭐 하세요."

어느새 조수석에 앉은 강우의 부름에 혜이는 자연스럽게 운전석에 올라탔다.

"커피 고마워, 나중에 연락할게."

멀어지는 차를 향해 손을 흔들던 서유는 흐린 하늘을 보고 걸음을 옮겼다. 비가 쏟아지기 전에 회사로 돌아가야 했다. 쫄딱 젖은 생쥐가 되고 싶진 않았다.

"저 사람들, 형사예요?"

회사 건물로 향하던 서유는 진의 목소리에 고개를 돌렸다. 자신과 똑같이 선물 받은 마린룩을 그대로 입은 진이 천진난만한 표정을 짓고 있었다. 소년미, 청량미 같은 온갖 용어를 갖다 붙여도 될 듯한 모습이었다.

서유는 말없이 고개를 끄덕였다.

"와, 맞혔다."

저 멀리 번개가 번쩍였다. 이내 세상이 갈라질 듯한 천둥소리와 함께 세찬 빗줄기가 쏟아졌다.

인상을 찌푸린 진이 얼른 오라는 듯 서유에게 손짓했다. 이미 물에 빠진 생쥐 꼴이 된 상태였다. 서유는 달리면서도 계속 축축하게 젖어가는 진의 머리만 봤다.

"어떻게 아셨어요?"

"네?"

"제 친구 형사인 거요, 어떻게 아셨나 해서."

두 사람은 소위 말하는 형사 복장은 아니었다. 차에는 경고등도 없었다. 강우와 안면이 있었어도 형사라고 알린 것 같진 않았다.

회사 건물에 도착해 빗물을 대충 털어내던 진은 문을 열어주며 장난스레 대답했다. "그냥."

"……"

"가요, 우리 혼나겠다."

서유는 말없이 고개를 끄덕였다.

등 뒤로 다시 한번 천둥소리가 울려 퍼졌다. 어쩐지 그 소리가 경고처럼 들려, 서유는 귀를 막았다.

***

다섯 번째 천둥이 내려쳤다. 나름의 대기업이지만 궂은 날씨에 무슨 일이 생길지는 모르기에 서유는 5초에 한 번씩 저장 버튼을 눌렀다. 일기예보에선 일주일 후부터라던 장마가 벌써 시작한 듯했다. 입고 있는 옷을 바라본 서유는 작게 한숨을 내쉬었다. 머리가 지끈거리는 이유는 비단 감기 기운 때문만은 아니었다.

옷장에 있어야 할 놈을 입은 게 더 문제지.

비에 쫄딱 젖은 채 사무실에 들어왔던 진과 서유는 동시에 에취, 하고 재채기했다. 사무실 전체에 물비린내가 퍼졌다. 다행히 비가 오기 전에 와 있어 멀쩡했던 소라가 수건을 갖다주며 호들갑을 떨었다.

"세상에, 이게 무슨 일이야. 진짜 일기예보 믿으면 안 되겠다, 그렇지."

"그러게요. 아플 정도로 내리더라고요."

"감기 걸리겠다. 어쩜 좋아, 빨리 물기 좀 닦고 와요. 그래도 갈아입을 옷은 있어서 다행이네."

무슨 의미인지 이해하지 못하던 서유는 소라의 속을 보고 눈을 질끈 감았다. 그러나 도로 뜬 후에도 소라의 시선은 여전히 서유가 들고 있던 쇼핑백을 향해 있었다. 그래, 갈아입을 옷이라도 있는 것은 분명 다행이었다. 그 옷이 두 번 다신 쳐다보고 싶지 않은 마린룩이었다 한들 축축하고 후줄근한 것보단 나았다.

"천둥 참 시끄럽기도 하다. 김 대리, 디자인은 얼마나 마무리 됐어요?"

"거의 다요."

"진 씨는 레이아웃 확정?"

"네!"

일들은 잘해. 하연의 속내를 본 서유는 슬쩍 프로그램을 종료했다. 물기 있는 상태로 에어컨 바람을 계속 쐬느라 지끈거리고 멍하던 머리가 순식간에 맑아졌다.

"두 사람 모델 하느라 힘들었는데 비까지 맞고, 오늘은 내가 좀 봐줄게요. 조금이라도 일찍 들어가요."

"진짜요?"

"맘 바뀌기 전에 얼른 가시죠."

"팀장님, 사랑합니다!"

어머, 귀여워라. 하연의 속내에도 그저 조용히 감사하다는 말만 내뱉은 서유는 짐을 챙겼다. 진은 신났는지 휘파람까지 불기 시작했다. 한마음 한뜻이 된 모든 사람의 속내가 보였지만 서유는 일부러 못 본 척했다. 부러우면 비 맞으라고 할 수는 없는 노릇이었다. 남을 팀원들을 생각해 올라가려는 입꼬리를 필사적으로 내리고 있건만, 진은 정말 아이인가 싶을 정도로 기쁨을 숨기지 않았다. 나이는 자신과 별반 차이 나지도 않는데 저리 행동하는 모습이 부러우면서도 신기했다.

"서유, 우리 따지면 운 좋은 거죠?"

"아마도요."

떠들썩하게 회사 사람들에게 인사를 하는 진과 달리 서유는 조용하고 신속히 사무실을 빠져나갔다. 팀원들의 부러워하는 마음이 서서히 질투로 변하는 중이었다. 그러니까 뭐든지 적당히 해야 했다.

"서유, 집 멀어요?" 엘리베이터 버튼을 누른 진이 물었다.

서유는 1에서 2로 바뀌는 전광판을 바라보며 고개를 끄덕였다. 버스를 타고 30분은 가야 하니 가깝진 않았다.

"차 없어요?"

"제가 운전을 안 해서."

"우산도 없죠?"

"가다가 사야죠, 뭐."

숫자는 4에서 5로 바뀌었다. 운전을 안 한다고 하면 다들 면허가 없느냐고 물었고, 면허는 있다고 하면 왜 안 하느냐고 물었다. 서유는 그저 운전이 무섭다고 대답했다. 도로 주행을 나갔을 때 앞 유리가 사람들의 속내로 가득 차 눈앞이 깜깜했으니 무서운 건 사실이었다.

"그럼 내가 데려다줄까요?"

"네?"

띵, 엘리베이터가 도착하는 소리가 울렸다. 먼저 올라탄 진이 비가 너무 많이 오지 않느냐며 방긋 웃었다. 눈을 깜박이던 서유는 뒤따르며 괜찮다는 듯 고개를 저었다. 1층 버튼을 누르자 엘리베이터 문이 닫혔다.

"번거롭게 안 그러셔도 돼요."

"서유, 감기 온 것 같아서. 아프면 힘들잖아요."

"……진 씨는 눈썰미가 참 좋은 것 같아요."

서유는 줄어드는 전광판의 숫자만 응시했다. 그래, 눈썰미. 커피시럽도, 혜이의 직업도 눈썰미로 설명할 수 있는 일들이었다. 그러나 다시 피어오른 의심은 쉬이 사라지지 않았다. 시선을 돌린 서유는 일부러 살짝 웃으며 생각했다.

'그럼 부탁할게요. 우리 집은 해고동 백인아파트예요.'

이건 일종의 도박이었다. 하지만 땡, 엘리베이터가 도착하는 소리와 함께 들린 진의 대답은 다소 엉뚱했다.

"눈썰미가 뭐예요?"

"……관찰력이 좋다는 뜻이에요. 그러니까, observant."

"아, 그런 얘기 많이 들어요."

정말 알다가도 모를 사람이었다. 차를 지상에 세웠다는 진은 정문으로 올 테니 절대 먼저 가지 말라며 사라졌다. 서유는 훤칠한 뒷모습을 보며 고개를 갸웃거렸다. 솔직히 말해 상대방의 속을 파악하는 일에는 서툴렀다. 그럴 필요가 없었으니 훈련이 되지 않았다는 편이 맞았고 그 탓에 진을 볼 때마다 머릿속이 터질 지경이었다. 30년 인생에 처음 만난 난제는 너무나도 어려웠다. 서유는 아직 젖어 있는 머리카락을 빗으며 바깥을 보았다. 지나가는 사람들의 속내가 우산에도 가려지지 않았다.

앞머리 고데기 다 풀렸네.

이놈의 비 진짜, 늦으면 큰일 나는데.

비 맞더니, 감기 걸리겠다.

아, 신발에 물 다 들어갔어.

차라리 이게 속이 편해 자연스레 건너편에 있는 사람들의 속내까지 훑던 서유는 문득 멈칫했다.

비 맞더니, 감기 걸리겠다. 잠깐. 이 속마음의 주인은……. 지나가는 사람들과 우산, 차에 가려 누구인지는 보이지 않았지만 분명 탈의실에서 봤던 인물이었다. 묘하게 들뜨고, 신난 글자들. '설마.' 서유의 속을 봤는지 글자가 한층 들뜬 기색으로 변했다.

맞아, 나야.

'이 미친놈아, 너 뭐야.'

오, 그런 모습은 색다르네. 그래도 알아내는 건 네 몫이야.

저게 진짜. 성질이 난 서유는 로비 문을 열었다. 뭐가 그리 웃긴지 웃음으로 도배된 속이 거슬렸다.

옷 잘 어울리잖아. 너무 싫어하진 마.

애정 섞인 글자가 왼쪽으로 이동했다. 서유는 행여 놓칠세라 시선을 고정한 탓에 정작 앞을 살피지 못했다. 덕분에 누군가와 부딪쳐 넘어진 다리가 금세 따가워졌다. 피가 나나 확인할 새도 없이 고개를 들었지만 이미 놓친 속내는 보이지 않았다. 속으로 욕을 하던 서유는 뒤늦게 자신과 똑같이 넘어진 남성을 부축했다.

"죄송합니다, 제가 미처 앞을 못 보고…….."

"이거 놔!"

택배기사로 보이는 남성이 심하게 기침을 내뱉으며 매몰차게 손을 뿌리쳤다. 민망해진 서유는 멋쩍게 양손을 문지르다 바닥에 떨어진 상자를 주웠다. 안에서 덜거덕거리는 소리가 났다. 설마 부러졌을까. 취급 주의 딱지는 없으나 모를 일이었다.

"죄송해요, 만약에 망가졌으면 제가……."

"내놔!"

다급히 상자를 낚아챈 남성이 건물 안으로 바삐 걸음을 옮겼다. 허공에 손을 움켜쥔 꼴이 된 서유는 다리 부분의 흙먼지를 털곤 로비로 돌아왔다. 그새 택배기사는 보이지 않았고 비는 더 세차게 내리고 있었다.

미친놈도 모자라 택배기사까지, 한꺼번에 벌어진 상황에 정신이 없던 서유는 일단 핸드폰을 꺼냈다. 혜이가 저장된 단축 번호를 누르자 단조로운 통화 연결음이 반복됐다. 재수 없게 옆으로 넘어져 까진 무릎을 살피던 서유는 도로 고개를 들었다. 마침 핸드폰을 쥐고 바삐 지나가는 택배기사가 보였다.

"아, 기사……."

─ 여보세요.

"……."

─ 여보세요, 서유야?

"……우혜이, 지금 당장 내가 말하는 주소로 가."

―뭐?

서유는 출발하는 택배 차량을 눈으로 좇았다. 여태껏 본 적 없는 새빨간 속내가, 차량 위로 그 열망만큼이나 크게 보였다. 그 자식만 죽으면, 난 자유야.

"지금 사람 하나가 죽게 생겼다고!"

05

화이트보드 위에 나란히 붙은 사진 넉 장. 그중 나유나의 사진 옆에 사진 한 장을 더 붙인 혜이는 알사탕을 굴렸다. 얼굴 하나 보이지 않게 완전 무장한 C, 재경의 발견에 자극을 받은 노원이 2팀이 모아둔 나유나 집 근처 CCTV를 종일 들여다본 끝에 찾은 것이었다. 다른 두 건과 달리 사망 추정 시각에 피해자의 원룸 근처를 지나가는 것만 찍혔으나, 지금으로서는 C의 존재만으로도 연결고리인 셈이었다.

잠시 들른 2팀 팀장은 수심이 가득했다. 슬슬 종결을 내리려던 자살 사건이 연쇄 살인 중 하나일지도 모른다니.

"천식 치료 외에 다른 특이사항은 없었는데."

"근데 똑같은 놈이 찍혔잖냐."

"돌겠네. 나 다른 사건도 있어서 일단 간다."

남성, 키는 178에서 180 정도, 해고동 사건에서 연속 목격, 유력 용의자. 강지수 사건에선 현장까지 들어갔다 나온 것이 확인됐으나 2분도 안 되는 짧은 찰나였나. 그동안 할 수 있는, 혹은 해야 할 일이 무엇일까.

혜이의 시선이 모자로 향했다. 얼핏 보면 검은색으로 착각할 정도로 검붉은 색상. 아까 방문한 레드패션이 자연스레 연상되는 색이었다. 그러나 레드패션의 홈페이지에 비슷한 색상의 모자가 판매되고 있지는 않았다. 혜이는 모자의 뒷부분에 박힌 문양을 한참 바라보았다. 화질이 좋지 않아 로고 정도로 추정만 가능했다.

"그래서 저놈 목적이 뭐냐……." 슬렁슬렁 혜이의 곁에 다가온 노원은 손수 탄 커피를 홀짝이며 고민했다.

말없이 입안에서 사탕만 굴리던 혜이가 화이트보드를 턱짓으로 가리켰다. "팀장님 생각은 어떠세요."

"현재로선 피해자를 약에 취하게 만들어 살해했을 가능성이 크지."

"그럼 케타민은 마취용으로만 쓰고, 범인이 그런 짓들을 했다는 건데."

"후, 진짜 땅콩버터 무지막지하게도 먹였더라."

부검 결과서를 떠올린 노원이 이마를 싸맸다. 와작, 사탕 깨지는 소리가 하늘을 찢을 듯이 울리는 천둥에 묻혔다. 혜이는 사건 현장 사진을 차례대로 늘어뜨리며 생각에 잠겼다.

죽어도 싼 애 찾는 것도 일인데.

서유가 봤다고 한 속내가 머릿속을 맴돌았다. '죽어도 싼 애.'

바람을 피운 조윤수와 강지수, 특종을 잡고 협박을 일삼았다던 주용민은 그렇다 쳐도 백민석과 나유나는 죽어도 싸다고 불릴 만한 요소가 없었다. 사진 속 피해자들은 모두 편하게 죽지 않았다. 분명 오랫동안 고통받았을 터였다. 일종의 심판일까.

그때까지 조용하던 강우가 한마디 거들었다. "피해자가 입은 옷들도 이상하지 않아요?"

"내 말이. 한겨울에 반소매, 한여름에 에어컨도 안 켜고 후드티. 할 필요도 없던 복대. 뭔 의미냐."

"그 이상한 옷들을 범인이 입힌 거면, 무슨 메시지인 거 아닙니까?" 노트북에 코를 박고 있던 재경이 한마디 얹었다.

대화를 듣던 혜이는 피해자들의 복장을 다시 한번 살폈다. 서유도 옷이 이상하다고 동의했었다. 각 사건에서 이상한 부분을 꼽자면…….

"그나저나 이거 뭐 하는 거로 보이십니까?"

"……둘이 마주쳤네? 얘 마스크도 벗은 거야? 아, 모자 챙만 아니면 얼굴 보일 뻔했는데."

"그래서 보고 있는데 행동이 영 이상해서 말입니다. 대화하는 건 아닌 것 같습니다."

계속 CCTV만 살펴보던 재경과 강우의 대화에 혜이도 화면

밝기를 최대한 높인 노트북 가까이 다가갔다. 조윤수의 뒤쪽에서 찍힌 CCTV가 조윤수를 마주 보고 서 있는 C의 모습을 보여주었다. 방전된 것처럼 멈춘 조윤수를 확인한 혜이는 C의 행동을 유심히 지켜봤다. 살짝 팔을 올린 C는 허공을 가리키며 무어라 말하고 있었다.

"이때 집 가서 죽으라고 협박했나?"

"힘으로 제압한 것도 아닌데 이렇게 얌전한 건 이상하지 않습니까?"

"그런데 마스크는 왜 벗은 거야."

짚이는 것이 있는지 동영상 재생 속도를 늦춘 강우가 메모지를 가져와 뭔가를 적기 시작했다. 영상을 계속 보며 중얼거리던 혜이는 외투 주머니에서 웅웅 울리는 핸드폰을 확인했다. 아직 퇴근하지 않았을 서유의 연락이었다. 영상에 눈을 고정한 채 전화를 받은 혜이는 세찬 빗소리를 들었다. 그새 빗줄기가 더 거세진 상태였다.

"여보세요. ……여보세요, 서유야?"

"서유 씨랑 우 형사님 보면 참 부럽지 말입니다. 전 저런 친구 없는데."

"……죽자."

"……죽자."

그렇다고 말이 심하십니다. 칭얼거리려던 재경은 동시에 같은 말을 내뱉은 혜이와 강우를 번갈아 봤다. 정작 두 사람도 놀라긴 마찬가지였다. 노원은 상황을 파악하느라 죽어라 인상만 썼다.

당황한 강우가 영상을 가리키며 얼버무렸다. "아니, 죽자고 말하는 것 같아서……."

"아니, 너한테 한 말이…… 잠깐 누가 죽는다는 건데? 너 일단 가만히 있어. 야, 야!"

웬만해선 큰 소리를 내지 않는 혜이의 목소리가 커지자 움찔한 재경은 노원의 팔뚝을 붙잡았다. 여자라고 깔보며 조사에 협조하지 않던 조직폭력배를 상대할 때도 도리어 웃던 사람이었다. 그런데 저렇게 큰 소리를 내다니, 무슨 일이 생겨도 단단히 생긴 게 분명했다.

***

원래 양전하던 사람이 터지면 더 무섭다고 했다. 남몰래 떨고 있는 재경을 발견하지 못한 혜이는 전화를 끊었다. 머리를 쓸어 넘기는 동작에서 초조함이 묻어났다. 곧바로 나갈 채비를 하는 혜이를 노원이 다급히 붙들었다.

"너 갑자기 어디 가냐."

"저도 자세히는 모르겠어요. 나중에 연락할게요. 강우야, 동영상 설명 부탁해."

"야, 우혜이, 우 씨! 인마!"

하여튼 제멋대로였다. 멀어지는 혜이의 뒷모습을 보던 노원은 설명하라는 듯 강우를 건드렸다. 느리게 재생되는 영상을 확대한 강우가 C의 입 모양을 천천히 따라 했다.

"주우욱자, 라고 말하는 것 같지 말입니다······."

"그거 제 말투입니다."

"좀 쓰자."

붙잡힌 팔을 빼낸 노원이 제대로 자리 잡고 CCTV를 계속 앞으로 돌려 봤다. 옆으로 밀린 재경은 이제 강우의 팔을 꼭 잡고 있었다. 얘가 왜 이래, 팔을 빼려던 강우는 생각보다 강한 아귀힘에 놀랐다. 하긴 막내 이미지가 강해서 그렇지 재경은 무도 특채였다.

"저, 우 형사님이 그렇게 소리치는 거 처음 봤습니다."

"귀한 광경이지."

"따라가야 하는 거 아닙니까?"

"괜히 갔다 방해만 될지도 몰라."

"목매달고 죽자."

"그렇다고 목매달고 죽으라는 건 너무하잖습니까!" 노원의 말에 재경이 울먹이며 대답했다.

노원은 무슨 헛소리냐며 동영상을 가리켰다. "목매달고 죽자고 말하는 것 같다고. 너희 꼭 붙어서 뭐하냐?"

서로를 보던 강우와 재경은 그대로 의자를 끌고 노트북 앞에 다가왔다. 놀고 있다, 핀잔한 노원이 동영상을 좀 더 앞에서 재생시키며 한 글자씩 따라 말했다.

"너희 말 듣고 보니까 목, 매, 달, 고, 죽, 자. 맞지 않냐?"

"그러게요."

"대체 이거 뭡니까, 진짜 목매달고 죽었잖습니까. 무슨 저주도 아니고."

재경의 말이 끝나기가 무섭게 번개가 번쩍였다. 전기가 나갔는지 사무실이 순식간에 껌껌해졌다. 다른 팀 사람들이 투덜대는 목소리가 들렸다. 곧바로 불은 들어왔지만 강력 1팀의 건장한 남녀 둘은 말없이 서로만 바라봤다.

"제대로 확인하게 전문가 불러 이놈들아, 저주는 무슨."

"옙."

그러나 그들의 상사는 감봉 외엔 무서운 것이 없었다.

***

대한민국에 누군가를 죽여버리고 싶다고 생각해보는 인물은 드물지 않았다. 김 부장 진짜 죽여버릴까, 너 죽고 나 살자, 신이시여 저 새끼 죽이고 천국 가겠습니다 등은 서유 본인도 살면서 무의식 중에 몇 번은 했던 생각이었다. 죽인다는 말은 그만큼 쉬운 문구였고, 오히려 정신 건강을 챙기는 일종의 최면이었다. 그래서 서유는 단 한 번도 '죽여버릴까'라는 속내를 보고도 놀라거나, 신고한 적이 없었다.

죽여버릴 거야. 죽여버리면 돼. 그럼 나는 편해져.

그렇지만 이번엔 달랐다. 글자 하나하나마다 살기가 느껴지는 속내는 처음이었다. 도대체 무슨 원한이 있길래 이토록 살인을 열망하는지 묻고 싶을 정도로 새빨갛고 커다랬다. 그런 마음으로 택배기사가 연달아 곱씹는 주소는 분명 죽일 사람의 주소일 터였다. 멀어지는 택배 차량을 동동거리며 보던 서유는 손톱을 물어뜯었다. 혜이에게 주소를 알려주긴 했지만 중부서는 반대편이라 거리가 있었다.

쫓아가야 할까? 간다고 할 수 있는 건 없었다. 그렇다고 그냥 있을 수도 없었다. 정말 누군가가 죽는다면?

머릿속에 살인 사건을 알리는 9시 뉴스 헤드라인이 나타났다. 얼굴도 모를 인물이 제멋대로 그려진 순간 서유는 머리를 쥐어뜯었다. 진짜, 이건 저주였다. 끔찍한 저주.

"서유! 미안해요. 오래 기다렸죠. 차 키가 안 보여서 찾다가 너무 젖어서, 옷 좀 갈아입느라 늦었어요. 얼른 타요!"

허겁지겁 택시를 찾던 서유의 귀에 클랙슨 소리가 울렸다. 그새 다시 말려뒀던 마린룩을 입은 진이 조수석 창문을 열고 얼굴을 보였다. 미처 생각할 틈도 없이 차에 올라탄 서유는 앞만 응시했다. 멀어지긴 했지만 여전히 택배기사의 속내가 눈에 보였다. 열망만큼 글자도 커서 다행이었다.

"어, 다쳤어요? 피 나요."

"괜찮아요. 별것 아니에요."

"그래도 얼른 집 가서 치료해야겠어요. 서유, 어디 살아요?"

"……저 윤화아파트요."

당장 택배기사를 쫓아가 시간을 끌어야 한다는 생각에 나온 거짓말이었다. 진을 끌고 간다는 사실이 마음에 걸렸지만 도착하고 나서 바로 돌려보내면 그만이었다. 소매치기, 성추행범, 바바리 맨까지는 그렇다 쳐도 살인범은 위험도가 컸다. 혜이가 알면 오랜만에 화를 낼지도 몰랐다. 안 지 10년이 넘었지만 화내는 모습을 본 것은 딱 한 번, 대학에 떨어지고 독립에 실패해 홧김에 죽고 싶다고 했을 때뿐이었다. 그때 처음 봤던 혜이의 무표정은 절대 또 보고 싶지 않았다. 그러나 그냥 지나칠 수도 없었다. 내 탓이 아니라고 무시하고 신경 쓰지 않으려 해도 그럴 수 없는 이유는 분명 단 하나였다.

죽어도 싼 애 찾는 것도 일인데 이제 좀 놀자.

망할. 세찬 빗줄기에 와이퍼까지, 시야를 가리는 것은 많았지만 서유는 필사적으로 택배기사의 속을 확인했다. 살기는 시간이 지날수록 사그라들기는커녕 점점 성장하는 중이었다. 진짜 원수라도 되는 걸까. 이제 택배기사는 살인 방법까지 복기했다.

확인하고, 상자에서 칼 꺼내서, 찌르면 돼.

아까 그 상자 안에 있는 게 칼이었다니. 뭐라 티도 못 내던 서유는 옆에서 들려온 말에 그만 경악하고 말았다.

"……어? 나도 거기 사는데."

"네?"

"서유, 많이 놀랐구나. 나도요!"

아직도 길이 헷갈린다며 내비게이션에 주소를 찍는 진은 남의 속도 모르고 참 밝았다. 핸드폰을 꽉 붙잡은 서유의 손이 하얗게 질렸다. 피가 식는다는 기분을 이렇게 느끼고 싶진 않았다. 일이 꼬여도 이렇게 꼬일 수가 있을까. 이러면 돌려보낼 수도 없었다. 지금이라도 사정이 생겼다며 내리고 택시를 타야 할까. 고민만 하는 사이 부적처럼 손에 꼭 쥔 핸드폰이 진동했다. 혜이였다. 서유는 구세주를 만난 심정으로 전화를 받았다.

"혜이야, 나 어쩌지."

— 뭘 어째, 내가 묻고 싶은 말이야. 이 주소 뭔데. 가고 있는 나도 나지만 도대체 누가 죽는다는 거야?

"그게…… 설명하려면 좀 복잡한데 어떤 택배기사가 사람 죽일 거라고 생각하길래 일단 쫓아가고 있거든."

— 쫓아가고 있다고? 김서유, 너 미쳤어?

순식간에 커진 혜이의 목소리를 감당하지 못한 서유는 전화 볼륨을 줄였다. 반응은 역시나 예상대로였지만 귀에서 살짝 떼도 큰 목소리는 예상보다 격했다. 생각보다 훨씬, 훨씬 화가 났다는 뜻이었다.

— 너 도대체 무슨 생각으로 쫓아가는 거야? 바바리 맨 잡는 거랑 똑같은 줄 알아?

"미안해, 잘못했어. 근데 정말 그렇게 피가 뚝뚝 떨어지는 생각은 처음 봤단 말이야. 가만히 있을 수가 없는데 어떡해."

서유가 잔뜩 움츠러들면서도 분명히 내뱉자 건너편에서 한숨 소리가 들려왔다. 그사이 윤화아파트를 가리키는 표지판이 나타났다. 택배기사도 표지판을 봤는지 죽이겠다는 속내가 더욱 불타오르고 있었다. 살짝 휘청거리는 택배 차량은 빗길에서 사고가 나지 않는 것이 용할 지경이었다. 서유는 내비게이션으로 남은 거리를 확인했다. 10분도 채 남지 않은 상태였다.

"나 조금 있으면 아파트에 도착할 것 같은데, 너는?"

─ 아직 좀 걸려. 너 택시 탔니?

"그게……."

"……서유 몇 동 살아요?"

─ 너 사람 죽을 수도 있다는 곳에 누굴 데려가는 거야?

손가락이 다시금 볼륨 버튼을 눌렀다. 서유는 혜이가 이 정도까지 큰 소리를 낼 수 있었는지 처음 알았다. 잠시만요, 하고는 사회성이 가득 담긴 미소를 지은 서유는 진에게 양해를 구하고 창가에 찰싹 달라붙었다.

이내 입술이 소곤거렸다. "그냥 데려다 달라고만 하려고 했는데 이 아파트 산대. 나도 미치겠어."

─ 너 진짜…….

"잘못했어. 앞으로 안 나댈게."

영락없는 새우 자세의 서유가 웃겼는지 진이 부드럽게 웃었다. 속도 모르고.

"아니에요, 천천히 통화해요. 나는 705동 살아요."

"지금 뭐라고 했어요?"

아량 넓은 진의 배려에 한없이 소곤거리던 서유의 목이 휙 돌아갔다. 뚝 소리가 울려 퍼졌다.

"몇 동 사신다고요?"

"705동이요."

"⋯⋯혹시 호수는."

"1004호요. 엔젤, 예쁘죠?"

딴에는 농담이었는지 웃으며 말한 진이 반응을 살폈다. 그러나 아쉽게도 서유는 동그랗게 뜬 눈으로 진의 얼굴을 보는 것 외에 아무 말도 하지 못했다. 다른 때라면 그렇다며, 반응 한마디 정도는 했을 텐데 안타깝게도 타이밍이 최악이었다. 민망해졌는지 목덜미를 문지른 진은 헛기침을 뱉었다.

"이거 아재 개그예요?"

"⋯⋯아, 아니요. 예뻐요."

"그죠? 나 처음에 호수 보고 진짜 마음에 들었거든요."

"⋯⋯혹시 다른 가족이랑 같이 사세요?"

"아니요. 나 혼자요. 가족은 미국에 있어요."

진은 웃는 낯으로 "마린룩 말리길 잘했다, 안 그랬으면 또 젖은 상태로 갈 뻔했다, 서유도 마린룩 잘 어울린다, 다음에도 같이 촬영하면 좋겠다" 등등 계속 말을 이었다. 그러다 아직 통화 중이라는 것을 깨닫곤 미안하다며 입을 잠그는 시늉을 했다. 하지만 서유는 대충 네, 라고 답할 뿐이었다. 지금은 혜이가 뭐라 하는 소리도 들리지 않았다. 윤화아파트 705동 1004호.

    윤화아파트 705동, 1004호. 그 집 주인만 죽이면 난 자유야. 편해질 수 있어.

천둥소리는 정말 경고였던 걸까. 새빨간 눈앞의 속내와 대조되게 아무것도 보이지 않는 옆을 번갈아 보던 서유는 남몰래 머리를 쥐어뜯었다. 당장 세워달라고 하고 싶었으나 애석하게도 차는 이미 아파트 입구로 들어선 상태였다. 서유의 머리가 통, 통, 작게 유리창을 두드렸다. 혜이야, 어떡해.
"택배기사가 죽이겠다는 사람이, 진 씨야."
— 뭐?
혜이의 외마디 소리가 울려 퍼졌다. 답도 못 한 서유는 애꿎은 안전벨트만 꽉 붙잡았다. 잠깐 의심하긴 했지만 사람 좋게 웃기만 하는 저 인물이 누군가의 살인 충동을 불러일으킬 것 같진 않았다. 도대체 뭔 짓을 하고 다닌 거예요. 서유는 차마 묻지 못한 말을 속으로 삼켰다. 진짜 미칠 것 같았다.

***

그렇다고 창문에 머리만 박고 있을 수는 없었다. 어쨌든 일은 벌어졌고 택배기사의 타깃은 서유의 바로 옆에 있었다. 적어도 당장은 누군가 죽을 걱정은 없다는 뜻이었다. 주변의 아파트 풍경을 발견한 서유는 최대한 긍정적으로 생각하기로 했다.

"우리 다 왔는데, 어떡해?"

─ 너⋯⋯ 너 일단 차 밖으로 나오지 마. 알았지.

"다 왔다니까?"

─ 어떻게든 붙잡아. 절대 차에서 내리지 마. 절대.

그러나 혜이가 말하는 사이 이미 구옥 아파트로 들어간 차는 705동 앞에 멈춰 섰다. 택배 차량 바로 뒤였다. 아까와 마찬가지로 작은 택배 상자를 든 남성이 차량에서 내려 705동 현관으로 들어갔다. 마른침을 삼킨 서유는 눈동자를 굴렸다. 곧바로 엘리베이터를 탄 듯 시뻘건 글자가 위로 올라가기 시작했다. 날씨 탓인지 주위엔 지나다니는 사람 하나 없었다. 이런 게 머피의 법칙인가.

"어, 서유, 동은 어디예요? 우리 지하 엘리베이터 없으니까 바로 앞까지 갈게요."

"그, 게⋯⋯."

본래의 계획은 단순하고 명쾌했다. 진을 돌려보낸다. 아까 부딪친 것을 빌미로 변상하겠다며 혜이가 올 때까지 택배기사를 붙잡는다. 그러나 살인 타깃과 함께 있을 때의 계획은 세워본 적도 없던 탓에 머리가 움직이지 않았다. 일단 택배기사와 멀어지는 게 우선이었다. 겨우 최대한 먼 동을 찾으려던 서유는 팍팍 튀는 택배기사의 붉은 속내에 그만 시선을 뺏겨버렸다.

뭐야, 없어?

진이 집에 없다는 것을 알았는지 분노로 가득 찬 속내가 잔뜩 커졌다. 서유는 답하는 것도 까먹고 글자만 쳐다봤다.

서유를 따라 창밖으로 위를 바라보던 진이 물었다. "……동도 같아요?"

"네? 아니, 그게."

"음, 그럼 우산 꺼내야겠다. 잠깐만요. 우산이 트렁크에 있어서. 아까 꺼낼걸."

죽이면 난 편해져. 죽이면 난 편해져. 못 죽이면 안 돼.

새빨갛고 커다란 글자가 다시 내려오기 시작했다. 미처 붙잡기도 전에 내린 진이 트렁크로 향했다. 허공만 휘저은 서유는 고개를 돌렸다. 엘리베이터가 1층에 도착했는지 붉은 글자의 움직임이 멈췄다. 저건 또 왜 저렇게 빠른 걸까. 트렁크 쪽과 아파트 현관을 번갈아 보던 서유는 "에이씨"라고 중얼거리며 조수석을 뛰쳐나갔다. 우산을 펼치고 다가오던 진이 놀란 표정을 지었다.

"서유, 안에 있으라니까요. 비 맞는데."

"괜찮아요. 바로 앞인걸요. 근데 정말 죄송한데 제가 두고 온 게 있어서. 다시 회사로 가주시면 안 될까요?"

공부 머리와 센스는 별개였다. 서유는 민폐 작전밖에 짜지 못한 자신의 두뇌를 욕했다. 하지만 어떻게든 이 장소에서 벗어나야 했다. 저런 속내인 사람과 진을 마주치게 둘 순 없었다. 잠시 얼떨떨한 표정을 짓던 진은 싫은 내색 하나 없이 고개를 끄덕였다. 정말 천사였다. 절로 그런 생각을 한 서유는 힐끔 현관 쪽을 확인했다. 속내가 점점 가까이 다가오고 있었다. 가뜩이나 큰 글자가 더 또렷해지자 마음이 급해진 서유는 우산을 낚아채며 진을 조수석에 밀어 넣었다.

"죄송하니까 운전은 제가 할게요."

"네? 서유, 운전 안 한다고."

"죽어!"

갑자기 세찬 빗소리도 뚫고 고성이 울려 퍼졌다. 화들짝 놀란 서유는 뒤를 돌아봤다. 두 눈이 시뻘게진 택배기사가 손에 칼을 들고 달려들었다. 빈말로라도 정상적으로 보이진 않았다. 당황한 서유는 우산을 펼쳐서 앞으로 쭉 뻗었다. 찌익, 천이 찢어지는 소리와 함께 시퍼런 칼날이 쑥 들어왔다. 서늘한 감각이 서유의 팔뚝을 스쳤다. 소름이 돋는 느낌이 이런 거구나 싶었다. 쿨럭, 거친 기침 소리와 함께 우산이 갈가리 찢겼다. 넝마가 된 우산 너머, 분노로 가득 찬 택배기사가 다시 한번 칼을 휘둘렀다.

"죽어!" 방해하지 마! 죽여야 해!

"서유!"

칼을 발견하고 놀란 진이 서유를 감싸며 몸을 숙였다. 그러나 완벽히 피하진 못했는지 하얀 마린룩에 붉은 얼룩이 퍼졌다. 상처는 신경 쓰지도 않은 진이 도리어 서유를 살폈다.

"괜찮아요? 저 사람 뭐예요?"

너무 놀라 입이 굳어버린 서유는 그저 택배기사를 쳐다봤다. 조수석에 칼을 꽂은 남성이 삐걱거리며 움직였다. 남성의 머릿속은 보는 것조차 두려웠지만 눈을 뗄 수 없었다.

죽어, 죽어, 죽어, 죽어, 죽어, 죽어.

"서유, 괜찮아요? 다쳤어요?"

"피, 피해요. 빨리."

고개도 끄덕이지 못한 서유는 그저 진을 꽉 붙잡고 밀었다. 어느새 거칠게 칼을 빼낸 택배기사가 가까이 걸어왔다. 눈이 완전히 뒤집힌 남성의 팔이 서서히 올라갔다. 보기만 해도 소름이 돋았지만 어째서인지 그쪽으로 자꾸 시선이 향했다. 저 정도의 열망은 처음 본 탓인지도 몰랐다.

죽여야, 내가 편해진다고. 제발 죽어.

한순간 보인 간절함은 무엇일까. 자신을 감싸는 손길에 겨우 정신을 차린 서유는 반사적으로 핸드백을 들었다. 칼을 막을 수 있을지는 모르겠지만 다른 것이 없었다. 이번에도 뚫리지만 않기를. 간절히 바란 서유는 본능적으로 눈을 감았다. 예상과 달리 뭔가가 박히는 느낌이 전혀 없었다. 대신 쨍그랑, 금속이 떨어지는 소리가 귓가에 울렸다. 한참 동안 굳어 있던 서유는 조심스레 눈을 떴다.

괜찮아? 걱정이 가득한 속내를 보는 순간 왈칵 울음이 터져버렸다. 아, 김서유, 울면 못생겼는데. 무례할 수도 있는 속내였으나 지금은 반갑기만 했다.

"……내가 너 때문에, 제 명에 못 살겠어." 택배기사의 팔을 뒤로 꺾어 누른 혜이가 칼을 걷어차며 힘겹게 말했다.

몸부림치는 몸을 더 꽉 누른 혜이는 주머니에서 수갑을 꺼내 남성에게 채웠다. 형식적인 절차를 외우는 목소리는 전화 통화 속에서 서유에게 소리치던 목소리와는 딴판이었다. 당신이 내뱉는 모든 발언은 법정에서 불리하게 작용할 수 있으며, 변호사를 선임할 수 있고, 필요하다면 국선 변호사도 선임할 수 있습니다. 이게 귀찮은데, 안 하면 또 큰일이야.

"살인 미수 현행범으로 체포합니다."

수갑을 채운 혜이는 움직임이 없는 택배기사를 흘깃 보곤 그 자리에 털썩 주저앉았다. 기절했네. 세차게 내리는 비가 시야를 가렸지만 다 큰 두 사람이 아이처럼 놀란 얼굴은 훤히 보였다. 아니, 한 명은 우는 얼굴인가. 혜이는 자신보다 큰 키로 달려들어 안긴 채 우는 서유의 등을 토닥였다. 보자마자 한 소리 할 생각이었는데 막상 놀라서 우는 걸 보니 그저 헛웃음만 나왔다. 무사해서 참 다행이었다.

"우리 서유, 큰일 했네."

"혜, 혜이야. 나, 나."

"우는 건 좋은데 저기 네 직장 동료분 계신다."

서유를 토닥인 혜이는 아직도 얼이 빠진 진에게 입 모양으로 괜찮으냐 물었다. 어안이 벙벙한 상태던 진은 고개를 끄덕이며 무심코 영어로 감사를 전했다. 그의 기나긴 감사 인사를 듣던 혜이는 그저 간단히 대답했다.

"유어 웰컴."

울먹이던 서유는 어느새 잦아든 빗줄기에 고개를 들었다. 언제 흐렸느냐는 듯 맑아진 하늘에 무지개가 걸쳐 있었다.

***

얕은 상처라도 다쳤으니 병원에서 제대로 치료를 받아야 했지만, 서유도 진도 응급 처치만 받고 바로 경찰서에 가기를 택했다. 서유는 병원이라면 넌더리가 났고, 진은 어찌 된 상황인지 빨리 파악하고 싶다고 했기 때문이었다. 그 결과 서유와 진은 비에 쫄딱 젖어 수건만 둘둘 만 채 참고인 조사를 받았다.

"그러니까 아예 초면, 모르는 사람이라는 거죠?"

"네, 처음 봐요."

"서유 씨도?"

"네."

그들을 흘깃 보던 노원의 시선이 어디론가 향했다. 마찬가지로 쫄딱 젖은 옷만 대충 갈아입은 혜이는 율무차를 홀짝였다. 지금은 따뜻한 것이 좋았다. 그 천하태평한 모습에 노원이 한 자 한 자 느리지만 정확하게 내뱉었다.

"그러니까, 서유 씨가 우연히 그 인간이랑 부딪쳐서 택배 상자를 봤는데 주소가 없었다?"

"네."

"그래서 이상했는데 또 우연히 그 사람 품에 있던 칼을 봤다?"

"쟤가 눈이 좀 좋아요."

그걸 말이라고 하는지. 노원은 일단 턱 끝까지 치밀어오르는 화를 참았다.

"그래서 너한테 연락하고도 걱정이 돼서 따라갔는데 또 우연하게도 그 사람이 죽이려던 게 같이 따라가준 저 남자였다, 이거지?"

"그렇죠."

너무 담담한 반응에 결국 속이 터진 노원의 입에서 고함이 튀어나왔다. "그럼 인마, 얘기를 하고 같이 가야지. 왜 너 혼자 가!"

참고인 조사를 하던 강우가 저럴 줄 알았다며 고개를 저었다. 그러나 노원이 괄괄한 성격인 줄은 알았지만 저 정도로 소리치는 모습을 처음 본 서유는 깜짝 놀랄 수밖에 없었다. 겉으로 드러나지 않은 노원의 머릿속은 온통 걱정과 잔소리였다. 참는 중이구나 싶어 서유는 한 번 더 놀랐다.

"팀장님, 귀 아파요. 다들 우리 쳐다보네."

"서유 씨도 서유 씨다. 형사 친구래도 경찰 됐다 뭐에 써? 칼을 봤으면 바로 경찰에 신고부터 해야지."

"마침 저한테 전화하던 중에 봐서 그대로 얘기했대요. 애가 많이 놀라서 저도 가면서 사정을 알았고, 상황이 너무 급해서 연락할 틈도 없었어요. 그래서 붙잡고 데려가면서 연락드렸잖아요."

그래도 다음부턴 안 그러겠습니다아. 능구렁이처럼 빠져나가는 혜이의 태도에 노원은 헛웃음만 나왔다. 느닷없이 서유가 불렀다며 나가더니 성추행범을 잡아오고, 소매치기를 잡아온 적이야 있었지만 이번엔 상황이 달랐다. 살인 미수범이었다. 대낮에 칼을 들고 달려든 미친놈. 쟤도 뭔 액이 꼈나. 노원의 속내를 본 서유는 속으로 조용히 동의할 수밖에 없었다.

"아무래도 건이 건이다 보니까 바로 돌아가시긴 좀 힘들 것 같은데…… 신변 보호 요청서 다 쓰셨으면 일단 근처에서 좀 씻으실래요? 바로 앞에 찜질방이 있어요."

"아, 네……."

"선배, 다 혼났으면 같이 가시죠. 팀장님, 저도 진 씨 보호할 겸 씻으러 갔다 오겠습니다."

"오냐. 신재경이 너는 나랑 그 택배기사 좀 보러 가자."

옙, 대답하며 일어나는 재경의 머릿속은 태연한 겉모습과 달리 약간의 두려움이 서려 있었다. 서유는 자신의 팔을 이끄는 혜이를 따라갔다. 겉으로는 생각보다 평온해 보여도 경찰서의 속은 그 어느 곳보다 시끄러웠다. 바로 옆에 있는 강우와 혜이도 농담을 주고받고 있었지만 머릿속은 새까맣게 엉켜 있었다. 눈을 비빈 서유는 고개를 들었다.

비가 그친 하늘에 노을이 지고 있었다.

2장
추측

06

"서유 씨, 아무리 그래도 다음부턴 쫓아가시면 안 돼요."
"……네, 죄송합니다."
"진 씨도 많이 놀랐을 텐데 잠깐이라도 좀 쉬어요."
"아, 네."
무슨 생각을 하는지 진은 찜질방을 가는 내내 말이 없었다. 서유는 축축한 옷에만 신경을 쓰며 바닥을 보고 걸었다. 오늘 하루에만 옷을 몇 번 갈아입는지 기억도 나지 않았다. 반대로 간절하게 죽으라고 외치던 허준구의 속은 잊을 수가 없었다. 걸어가는 발자국마다 피가 떨어지듯 빨간 속내가 박혔다. 아무 속내도 보고 싶지 않았으나 머릿속에 박힌 붉은 글자는 도통 지워지지 않았다. 자연히 혜이의 팔을 잡은 손에 힘이 들어갔다.

"괜찮아? 다친 데 아프면 말해."

"……괜찮아. 그냥, 그냥."

혜이는 그저 서유의 손만 마주 잡아주었다. 말을 하지 않으니 해줄 수 있는 게 없었다.

앞서가던 강우가 갈아입을 옷을 사자며 근처 옷 가게를 가리켰다. 일부러 웃는 낯으로 가게에 들어간 서유는 자신을 부르는 목소리를 듣고 그대로 멈춰버렸다.

"서유, 회사에 두고 온 거 있다면서요. 안 가도 돼요?"

어떻게든 상황을 피하려고 생각해냈던 민폐 작전의 여파였다. 진은 쓸데없이 기억력이 좋았다. 눈을 질끈 감았던 서유는 표정을 갈무리하고 아무렇지 않은 척 돌아봤다. 늘 미소가 걸려 있던 진의 얼굴이 무표정했다. 기껏 다잡았던 마음이 흔들린 서유의 목소리가 조금 떨렸다.

"아, 다시 보니까 챙겼더라고요."

"그 사람이 나 노리는 거, 어떻게 알았어요?"

곧바로 돌아온 질문에 머릿속이 텅 비어버렸다. 이렇게 돌직구로 물어올 줄 몰랐다. 대답 없이 혜이를 찾던 서유는 입술을 깨물었다. 발 빠르게 벌써 강우와 옷을 고르느라 멀어진 상태였다. 이젠 비도 안 오는데 다시금 몸이 축축해진 기분이었다. 이도 저도 못한 서유는 등을 돌리고 걸려 있는 옷만 만지작거렸다.

"아까 설명한 대로요."

"택배에 주소 없었다면서요. 서유, 우리 집 주소 듣고 놀랐잖아요."

"……그건 같은 아파트인 게 놀라서."

"서유 집, 우리 아파트 아니잖아요."

어떻게 변명해야 하나 가동되던 두뇌가 정지했다. 여전히 등 뒤에서 진이 바라보는 것이 느껴졌다. 천천히 고개를 돌리자 도무지 속을 알 수 없는 표정이 눈에 들어왔다. 모르겠다. 서유는 입 안이 버석거리기 시작했다.

"서유, 어떻게 알았어요?"

"……진 씨는 우리 집 아닌 거 어떻게 알았는데요."

"그건……."

"아닌 거 알면서 왜 그냥 갔는데요?"

이판사판이란 심정으로 묻자 진의 얼굴에 난처함이 스쳤다. 서유는 엘리베이터에서 정말 마지막이란 심정으로 주소를 읊었던 것이 떠올랐다. 그때 본 것이 분명하다고 생각하자 절로 주먹에 힘이 들어갔다. 같이 놀자더니, 능력을 이용해 사람을 죽이려고 했다. 차를 갖고 오는 척 일부러 자신을 로비에서 기다리게 만들고, 일부러 택배를 회사에 부르고, 일부러 택배기사의 속을 읽게 만들고, 일부러 군말 없이 아파트에 데려다준 것이 틀림없었다. 그것 말곤 설명이 되지 않았다.

그래도 아니라고 여겼는데. 불현듯 드는 생각에 분했다. 사람 하나 죽을까 봐 전전긍긍하는 조금 전의 자신이 얼마나 우스웠을까. 자꾸만 조소가 흘러나왔다.

서유는 진을 노려보며 속으로만 말했다. 가지고 노니까 재미

있어? 네 속도 좀 보여줘봐, 그때처럼. 이건 너무 불공평하잖아.

"둘이 왜 그래, 옷 다 골랐어?"

"아, 아직……."

당황한 듯한 진이 말을 얼버무렸다. 그 모습조차 가식으로 보여 서유는 속으로 혀를 내둘렀다. 의심을 풀자마자 바로 이렇게 엿을 먹이다니, 어째서인지 죽을 뻔했다는 사실보다 놀아났다는 사실이 더 화가 났다. 뭘 어떻게 했는지는 몰라도 그런 끔찍한 속을 보게 만들어놓고 피해자인 척하는 모습은 어이가 없었다. 여긴 경찰이 있으니까 사리기라도 하는 걸까.

"……강우야, 네가 이것 좀 대신 계산해줘. 김서유, 너는 잠깐 나와봐."

"네. 진 씨는 고르셨어요?"

강우의 물음에도 진은 말없이 가게 밖으로 나가는 서유와 혜이의 뒷모습만을 쫓았다. 고개를 갸웃거리던 강우는 대충 무난한 검은색 옷을 하나 더 고르곤 계산대로 향했다. 자신과 키가 비슷한 만큼 얼추 맞을 것 같았다.

***

혜이는 근처 골목으로 들어가 서유의 양손을 붙잡았다. 감정을 삭이려는 듯 입을 앙다물고 있었는데 화났다는 뜻이었다. 갑자기 무슨 이유인지는 몰라도 단단히 골이 났네.

똑바로 눈을 마주치자 서유는 뭐가 그리 마음에 안 드는지 툭 내뱉었다. "저 사람이 범인이야."

"좀 알아듣게 설명해주겠니."

"의심을 지우자마자 칼을 들이밀어? 첫날부터 커피 주고 챙기고 신경 쓰는 척할 때부터 알아봤어야 했는데."

"네가 생각해도 지금 앞뒤 안 맞는 말 하는 거 알지?" 혜이는 보채지 않고 침착하게 말했다.

가끔 서유는 흥분하면 제대로 정리되지 않은 문장을 내뱉곤 했다.

"내 기분을 다 맞히더라니까." 속아 넘어갔던 것이 억울해진 서유는 마구잡이로 말했다.

엽기적인 살인 행각을 벌인 범인이 진이라는 확신이 든 순간 머릿속에 여태까지의 일이 몰려들었다. 은근히 사람 곤란하게 하고, 내가 의심하니까 의심하지 않도록, 앞에선 엄청 챙기는 척하고. 말을 들을수록 혜이는 골똘히 생각에 잠겼다. 한참 증거들을 말하던 서유는 혜이의 이마에 나타난 작은 느낌표를 발견하고 되물었다.

"아니, 내 생각에 그건……이라니? 그게 뭔데?"

우리 서유 어쩌니.

"그러게, 어쩌다 저런 미친놈이 내 옆에 있냐. 어쨌든 빨리 증거 잡아. 나랑 오래 지내지도 않았는데 내 속을 너무 잘 읽는다 했어. 보이니까 읽지."

"누구를 알아가는 데 깊이와 시간이 꼭 비례하는 건 아니란다."

예상과 달리 담담한 혜이의 말에 서유의 표정이 살짝 일그러졌다. 이유를 알고 싶어서 속내를 봐도 널 어쩌면 좋니 하는 알 수 없는 말뿐이었다. 이젠 하다 하다 혜이마저 생각을 숨긴단 말인가. 서유는 어쩐지 억울해졌다. 이제 보니 속을 숨기는 건 그렇게 불가능한 일이 아니었다. 사람은 누군가 보고 있다는 걸 인지한다면 속마음에 신경을 쓸 수 있었다.

"안 이상해? 이상하잖아, 우리 집이 아닌 걸 알면서 왜 아무 말 없이 갔는데."

"아닌 걸 아는 척할 수가 없어서 아닐까."

"내 말이 그 말이잖아. 속 보는 걸 숨기는 게 아니고 뭐야."

"일단 진정해. 설령 그게 진짜라도 진 씨는 용의자에 전혀 해당되지 않으니까."

생각 좀 정리하고 오라며 혜이는 다시 가게로 향했다. 홀로 남은 서유는 지나치게 평온한 혜이의 반응을 이해할 수 없어 눈동자만 굴렸다. 워낙에 웬만한 일에는 놀라지 않으니 엄청난 반응을 기대하진 않았지만 너무 뜨뜻미지근했다. 진이 남의 속을 보는 게 맞다면, 당연히 그 살인범이라는 뜻일 텐데 정작 형사의 반응이 시원찮았다. 혜이의 말을 곱씹던 서유는 그래도 감이 잡히지 않아 벽만 봤다. 가게 안 사람들의 속내가 눈에 훤히 보였다. 전부 보이는데 왜.

"혜이, 쟤는 그래도 속을 모르겠지."

***

노원은 눈앞의 남성을 보며 혀를 끌끌 찼다. 허준구, 57세, 택배기사. 가정 폭력 신고가 여러 차례 들어왔었으며 결국 이혼까지 한 인물이었다. 어디에도 진과의 접점은 없었다. 아들이 한 명 있었으나 해외여행은 나간 적도 없고, 현재는 지방에서 근무 중이었다. 진은 작년부터 한국에서 살면서 수도권 밖으로 나간 적이 없는 사람이었다.

"허준구 씨, 누구한테 사주를 받은 거면 얘기를 해주셔야 조금이나마 감형이 되지 말입니다."

대답 대신 가래 섞인 기침이 취조실을 채웠다. 재경이 어떡하느냐는 듯 쳐다봤지만 노원으로서도 방법이 없었다. 핸드폰 최근 통화 기록에는 똑같은 번호만 찍혀 있었고, 발신자는 대포폰이었다. 정황상 누군가의 사주를 받고 대신 죽이려던 것이 분명했다. 그러나 허준구는 벌써 몇 번째 묻는지도 모를 질문들에 제대로 된 답을 하지 않고 있었다. 이건 뭐, 차라리 물건을 상대하는 게 나을 지경이었다.

"허준구 씨, 이 번호 주인은 누굽니까?"

혜이와 서유, 진은 하나같이 입을 모아 말했다. 정신이 온전치 않아 보였고, 말 그대로 미친 사람처럼 죽으라는 말만 외치며 달려들었다고. 그러나 지금은 딴사람처럼 너무 얌전했다. 신경질적으로 머리를 헝클던 노원은 밖에서 부르는 손짓을 보고 잠시 취조실을 나갔다. 허준구의 모발 검사를 하러 갔던 감식관이었다.

"뭐 나왔습니까."

"자세한 건 정밀 검사해봐야겠지만, 케타민이 나왔습니다."

"또 이거냐……."

마른세수를 한 노원은 앓는 소리를 냈다. 어떻게든 답을 끌어내보려 계속 말을 거는 재경이 눈에 들어왔다. 알겠다는 듯 고개를 끄덕인 노원은 다시 취조실로 들어가 책상을 탕 내리쳤다. 애꿎은 재경이 흠칫했다.

"이봐, 마약 혐의까지 뒤집어쓰기 싫으면 그냥 툭 까놓자고. 누가 사주했어."

케타민? 재경의 소곤거림에 노원은 손으로 동그라미 표시를 그렸다. 죽겠네, 진짜. 얼굴을 쓸어내리며 재경이 중얼거리자 말 한마디 없던 허준구가 고개를 들었다.

"……어."

"뭐라고요? 좀 크게 말해보쇼."

"……죽어, 난 안 죽어, 난 안 죽어, 난 절대 안 죽어!"

재경은 눈에 핏발이 선 채 고함을 내지르는 행동을 보고 그대로 굳어버렸다. 수갑을 채운 팔이 긁혀 피가 나는데도 허준구는 멈추지 않고 온몸을 마구 흔들었다. 안 죽어, 난 안 죽어, 난 안 죽어, 죽여야 해, 죽여야 편해져. 고장 난 인형처럼 비슷한 말만 반복하는 형상에 노원의 눈살이 절로 찌푸려졌다. 넋이 나가 있던 서유와 진의 심정이 이해됐다.

"그러니까 누가 당신더러 죽이라고 했냐고!"

"시간이 없어, 오늘 죽여야 한댔어, 오늘, M은 오늘이야."

"M?"

밖에서 사람들이 들어와 발작하는 듯한 허준구를 붙잡았다. 재경은 울부짖는 그의 입에서 들린 단어를 용케 알아듣고 인상을 썼다. M은 오늘이라니, 무슨 뜻일까. 이니셜? 그러나 진의 이름 어디에도 M은 없었다. 서유의 이니셜도 마찬가지였다.

"신재경이, 일단 일어나."

"예?"

언제 전화를 받았는지 핸드폰을 신경질적으로 바지 주머니에 쑤셔 넣은 노원이 씹어뱉었다. "그놈의 이상한 사건이 또 생겼다. 어떤 사람이 느닷없이 가게에서 본인 목을 칼로 그었대."

재경은 허준구를 노려보는 노원의 눈빛을 바라보다 서둘러 취조실을 나섰다. 도통 일이 어떻게 되어가는지 알 수가 없었다. 정말 저주라도 도는 게 아닐까. 부적을 갖고 다녀야 하나 고민되기 시작했다.

***

뭐야, 분위기 왜 이래. 씻고 돌아오는 길, 강우는 슬쩍 주위를 훑었다. 옷 가게에서부터 이상하다고 느꼈지만 서유와 진 사이가 어째 심상치 않았다. 그러니까, 나쁜 의미로. 커플룩까지 입었던 사람들이 갑자기 왜 저러나 싶었지만 누구 하나 이유를 물어볼 정도로 친밀한 사이는 아니었기에, 강우의 시선은 자연스레 혜이에게 향했다.

"선배, 저 두 사람 무슨 일 있어요?"

"응, 있는 것 같긴 한데."

"한데요?"

"서로 생각하는 게 조금 다를걸." 혜이는 두 사람을 번갈아 보며 장난스레 대답했다.

수수께끼 같은 말에 강우의 고개가 자연스레 갸우뚱해졌다. 가끔 혜이는 정말 누구도 이해 못 할 소리를 했다.

선배 생각은 진짜 좀 읽어보고 싶다.

강우의 속내를 본 서유는 속으로 대답했다. 전 혜이 생각을 읽어도 모르겠어요. 씻는 내내 혜이의 속을 염탐했지만 궁금증을 정확히 풀어줄 수 있는 생각은 보이지 않았다.

다른 시야로도 한번 봐봐. 기껏 본 속마음은 이게 다였다. 그만 좀 노려보렴. 뒤통수 닳겠다.

혜이의 말에 찔린 서유는 원망을 담았던 시선을 슬쩍 돌렸다. 가끔은 자신의 능력을 혜이가 더 잘 써먹는다는 생각이 들었다.

해가 떨어져도 덥냐.

손잡아도 되나? 잡을까?

얘 바보야? 잡으라고 떠먹여줘도 못 잡아.

자신의 속마음이 훤히 보이는 줄 모르는 사람들이 스쳐 지나갔다. 그중 지나가는 한 커플의 동상이몽을 보고 만 서유는 희미한 미소를 지었다. 조금 전까지만 해도 속마음 때문에 죽을 뻔하고 머리가 아팠는데, 그걸 본 덕에 웃음이 나오는 것이 아이러니했다. 자신이 단순한 건지 생각이 없는 건지는 모르겠지만 조금 마음이 가벼워졌다. 크게 한번 심호흡을 한 서유는 혜이의 말처럼 다른 시야로 보기로 했다. 그러나 더 큰 의문점이 남았다. 진은 그 주소가 서유의 집이 아닌 걸 알면서도 왜 아무 말이 없었는지, 애초에 아닌 건 어떻게 알았는지.

"아, 나 볼펜 다 썼는데."

"서에 볼펜 하나 없겠니."

"그거 하나 없더라고요, 다 망가져선. 우리도 대청소 한번 해야 돼요."

장난스럽게 말한 강우는 마침 눈앞에 보인 팬시점을 가리켰다. 그나마 분위기를 바꿔보려 계속 말을 하던 사람이 사라지니 순식간에 조용해졌다. 운전할 때는 그렇게 말이 많던 진도, 씻고 나온 이래 먼저 말을 걸지 않는 한 한마디도 하지 않고 있었다.

노트를 훑어보던 혜이가 친근하게 물었다. "잘 씻었어요? 생각해보니 강우랑 같이 씻는 게 불편했으려나."

"아, 아니요. 나 찜질방 좋아해요."

"다행이네요. 진 씨 여자친구 있어요?"

"네?"

다소, 아니 매우 뜬금없는 질문에 되묻는 진의 목소리가 삐걱거렸다. 어머, 반응 봐. 귀엽네. 혜이의 속을 본 서유는 질렸다는 듯 고개를 저었다. 얌전해 보이는 외모와 달리 혜이는 장난기가 심했다. 그리고 그냥 툭 던진 짖궂은 농담에 진은 보기 좋게 걸려들었다. 저런 모습을 보면 확실히 순진한 건 맞았다.

"있어요? 없나? 그러고 보니 몇 살이랬더라."

"어, 없어요. 저, 저 한국 나이로 서른두 살이요."

"그럼 나보다 한 살 연하네요. 누나라고 해도 돼요."

사람 데리고 참 잘 논다. 자신을 향해 남몰래 윙크하는 혜이에게 떫은 표정으로 답한 서유는 이내 고개를 돌렸다. 계속 장난에 휘말려 전부 대답하는 진의 목소리가 끊이지 않았다. 혜이가 쉽게 놔주지 않겠다고 판단한 서유는 문구 코너로 향했다.

슬쩍 본 계산대 쪽에는 사람이 미친 듯이 많았다. 강우도 계산을 빨리 끝내긴 글러 보여 마음을 내려놓은 서유는 진열된 물건들을 구경했다. 인파가 왜 이리 넘치나 했더니 대부분이 세일 중이었다. 그만큼 사람들의 속마음도 바글바글했다.

이거 이참에 쟁여놓을까.

보조 배터리가 어디 있더라.

아, 지난주에 제값 다 주고 샀는데. 조금만 참을걸.

그거 별로예요. 뒤 돌면 다른 거 있는데. 그 마음 알죠. 눈에 보이는 속내에 홀로 답하던 서유는 한 속내를 발견하곤 멈칫했다.

키가 비슷한 다른 사람의 속내에 겹쳐져 뒷부분은 보이지 않았다. 건물, 물체 그 어떤 것도 뚫고 보이는 속내를 가릴 수 있는 요소는 두 가지밖에 없었다. 다른 사람의 속내나, 얼굴.

칼로 목을…….

칼. 어쩐지 섬뜩한 단어 조합이라 불안해진 서유는 혜이에게 돌아갔다. 재미나게 진을 놀리던 혜이가 왜 그러느냐며 물었다. 서유는 왼손으로 건너편을 가리켰다. 귀 뒤로 마스크 끈이 보이는 여성이 무언가를 손에 쥔 채 가만히 서 있었다.

"저 사람 좀 이상해."

"감기 걸렸나 보지. 안 더울까 싶긴 하다."

"아니, 그게 아니고……."

"꺄악!"

미처 말이 끝나기도 전에 비명이 울려 퍼졌다. 마침 가까이에 있던 강우가 여성에게 달려갔다. 옆에 있던 혜이도 순식간에 뛰쳐가는 모습이 슬로 모션처럼 지나갔다. 채 눈도 깜빡이지 못하던 서유의 시야가 가려졌다. 어깨를 감싼 누군가가 눈을 덮어주고 있었다. 서유는 그제야 자신이 떨고 있다는 사실을 깨달았다.

"보지 마요."

눈을 가린다고 서유의 세상이 조용해지진 않았다. 헐 죽은 건가, 뭐야 뭔데, 나 지금 뭘 본 거야, 지금 목 그은 거 맞지? 등등 소란스러운 상황만큼이나 팬시점에 있는 사람들의 속마음도 시끄러웠다. 눈이 아팠다. 여성이 커터 칼로 목을 긋는 장면이 눈앞에서 몇 번씩이고 재생됐다. 몇 번이나 죽었고, 몇 번이나 쓰러졌다. 견딜 수 없어진 서유는 앞을 가린 손을 치웠다.

진이 걱정하는 표정으로 서유의 앞에 서서 눈을 맞췄다.

"서유, 괜찮아요? 저기 보지 마요."

"……그, 그 사람은."

"구급차 불렀어요. 괜찮을 거예요."

서유는 입만 뻐끔거리며 아무 말도 하지 못했다. 어떤 심정인지 다 안다는 듯 큰 손이 어깨를 토닥였다. 시야를 가득 채운 눈동자가 다른 속내들이 보이지 않게 만들어주었다. 괜찮아요. 계속 되뇌는 진의 입 모양을 보던 서유는 천천히 고개를 끄덕였다.

"비켜주세요!"

얼마나 시간이 지났을까, 이내 사이렌 소리와 함께 구급차가 도착했다. 흰 정장이 새빨갛게 변한 채 실려가는 사람이 보였다. 자연스레 시선을 주던 서유는 다급히 뒤를 따라갔고, 순식간에 놓친 꼴이 된 진이 놀라 서유를 불렀다.

"뭐야…… 이거."

멀어지는 구급차를 쫓던 서유는 믿을 수가 없어 멈춰 섰다. 구급차를 보내고 한숨 돌리던 혜이가 서유에게 다가왔.

"서유야, 왜 나왔어." 오늘 너무 많은 일을 겪어서 놀랐구나.

뻣뻣이 굳은 상태를 이해한 혜이는 서유를 토닥이려다 피투성이인 자신의 손을 발견했다. 이 손으로 달래봤자 위로가 될 것 같진 않았다. 말없이 손을 등 뒤로 감춘 혜이는 일이 벌어지기 전을 떠올렸다. 그때부터 실려간 여성에게 이상함을 느낀 서유가 무언가를 봤던 것은 분명했지만 지금은 물을 때가 아니었다.

"서유야, 일단 오늘은."

"……하나씩 보였어."

사람들을 통제하던 강우는 의미를 알 수 없어 눈썹을 찌푸렸다. 그러나 바로 뜻을 파악한 혜이는 구급차가 떠난 방향을 돌아봤다. 언젠가 호기심에 사람들의 속내가 어떤 식으로 보이냐고 물었을 때. 서유는 깊게 고민할 필요도 없이 답했었다.

— 메시지 뜨는 느낌? 대신 말풍선은 없고 글자만.

분명 속내는 전광판에 불이 들어오듯이 한꺼번에 나타난다고 했었다. 다른 생각으로 바뀌어도 전기가 끊겼다가 다시 연결되듯, 한꺼번에. 그런데 하나씩 보였다고?

넋을 놓았던 서유는 주변을 둘러봤다. 여전히 사람들의 머리에는 속내가 나타났다. 하루에도 수십 번씩 바뀌는 속내였지만 타이핑하듯 한 글자씩 바뀌는 경우는 없었다. 예전에도, 지금도. 서유와 혜이의 시선이 부딪쳤다. 서유는 입술을 깨물며 자신이 본 속내를 곱씹었다. 실려가던 여성의 머리에는 분명히 글자가, 하나씩 나타나고 있었다.

이, 번, 에, 는, 못, 막, 았, 네.

07

신고를 받고 달려온 노원은 피투성이인 혜이와 강우를 발견하고 한 번, 생각보다 가까운 사건 현장에 두 번 놀랐다. 말세의 징조일까. 당시에는 코웃음을 쳤지만 지난번 재경의 말마따나 정말 저주라도 도는 건 아닌가 싶었다. 그렇지 않고서야 계속 관할서 근처에서만 이런 상황이 생기는 것은 말이 안 됐다.

"한 15분 동안 이러고 있었네."

CCTV를 확인하던 노원의 입에서 긴 한숨이 나왔다. 분명 매장에 들어올 때는 평범하던 사람이, 갑자기 커터 칼 앞에서 멈춰 선 채 거의 15분을 움직이지 않고 가만히 서 있었다. 그러곤 칼을 하나 집어 미련 없이 목을 그어버렸다. 상황상 자해나 자살 시도는 부정할 수 없었으니 현장 사람들에게서도 그다지 얻을 것은 없었다. 카드 사용 내역과 주변 탐문으로 이 매장에 들어오기 전에 마스크를 구입했다는 사실과, 눈빛이 어딘가 멍했다는 것만 확인했을 뿐이었다.

"병원에선 아직 연락 없지."

"네."

"미쳐버리겠구먼."

혹시나 그 시커먼 C놈이 어디 없나 싶어 계속 CCTV 영상을 돌려보던 노원은 뻑뻑해진 눈알을 문질렀다. 이젠 필수품이 된 인공눈물도 거의 떨어졌다. 뭔 놈의 경찰서에 인공눈물도 볼펜도 없는지, 있는 게 없었다. 노원이 속으로 투덜거리는 사이 강우의 핸드폰이 우렁차게 울렸다.

"어떻게 됐어? ……어, 어."

전화를 받는 강우의 표정이 어두웠다.

눈동자를 이리저리 굴리던 노원은 물끄러미 그 모습을 쳐다봤다. 진과 서유를 경찰서에 바래다준 후 바로 병원으로 향한 혜이와 달리, 강우는 노원과 현장에 남았다. 수술실은 그에게 유독 반갑지 않은 장소였다.

쩝, 이마를 긁적인 노원은 달라는 듯 손을 내밀었다. 건네받은 핸드폰 너머로 재경의 목소리가 들렸다.

― 목의 동맥이 너무 깊게 베인 탓에 더 이상 손쓸 방법이 없었다고…….

노원의 입에도 쓴맛이 돌았다. 턱을 괸 손바닥에 닿는 감각이 까슬거렸다. 면도하지 않은 탓만은 아니었다. 누군가의 사망 소식을 듣는 것은 몇 번이나 반복돼도 익숙해지지 않았다.

"그…… 신원은."

― 42세 고지영, 주소는 반중동입니다. 얼마 전 이혼했고, 열두 살 아들이랑 살고 있었답니다. 잠시 전남편과 얘기해봤는데 이혼 사유에 대해서는 묵비권을 행사 중입니다. 아직 우 형사님이 더 대화 중이고 일단 소지한 유서는 없었습니다.

뭔 생각이었는지 찍혀 있으면 좋으련만, 재경의 보고를 듣던 노원은 질리도록 봤던 CCTV의 촬영 기술이 괜히 아쉬워졌다. 그러나 불가능한 판타지를 상상해봤자 현실이 될 리는 없었다. 새삼 피곤함을 느낀 노원은 머리를 헝클었다.

"……케타민 검사 요청했지."

─ 네. 그리고 의사 말로는, 아무리 사람이 죽기로 결심해도 본능적으로 방어기제가 있어서 동맥 같은 걸 그어도 깊게는 안 긋는답니다. 근데 고지영 씨는 누굴 죽이려고 할 때처럼 자상이 깊었다고 했습니다.

"그래 보인다."

가까이에서 함께 듣던 강우는 일시 정지 상태의 CCTV를 보며 동의했다. 정확한 상황은 기억나지 않았지만 얼핏 봤던 고지영은 분명 일말의 망설임도 없이 목을 그었다. 영상만 앞으로 돌려보던 강우는 마스크를 낀 얼굴에 집중했다. 조윤수에게 무어라 말하던 C의 입 모양을 정밀히 파악한 결과는 예상과 비슷했다.

집 가면 목매달고 죽자.

조윤수의 앞에서 C는 굳이 마스크를 벗고 또박또박 내뱉었다. 꼭 입 모양을 보라는 듯이. 정말 조종이라도 한 걸까.

─ 팀장님, 저예요. 고지영 씨, 내일부터 휴가라 아들이랑 기차 여행 가기로 한 예매 내역을 확인했어요. 그리고 무엇보다 감기도 아니었고 평소에 마스크는 답답하다고 싫어했대요.

"역시나 죽을 이유는 없군. 그렇다면 C놈 짓이라고 쳤을 때 마스크…… 이것도 이상한 복장에 포함인 건가?"

─ 마스크…… M?

☆☆☆

　수첩을 보며 생각에 잠겨 있던 재경이 느닷없이 영어 단어를 외쳤다. 고개를 갸웃거리는 모습은 확신은 없지만 할 말이 있는 눈치였다. 핸드폰 가까이 다가온 얼굴을 발견한 혜이는 말없이 재경의 수첩과 자신의 핸드폰을 교환했다. 허준구를 취조하며 재경이 적어둔 글자들이 수첩을 빼곡히 채우고 있었다.
　"팀장님, 허준구가 M이 어쩌고 했잖습니까."

　　난 안 죽어, 안 죽어, 안 죽을 거야. 죽는다는 말에 반응함. M. 이니셜? 백진. 김서유. M 아님. 무엇?

　"연관이 없을지도 모르지만 허준구도 케타민이 나왔으니 혹시나 해서 말입니다. 그 이상한 복장들이 이니셜을 나타내는 게 아닐까 싶습니다."
　― 이니셜을 합치면 범인의 메시지를 알 수 있다?
　― 아, 서유 씨랑 진 씨가 입은 거 마린룩이잖아요. 그것도 M이에요.
　― 야, 처음부터 써봐. 복대가 영어로 뭐냐?
　바로 옆의 열띤 추리와는 달리 혜이는 재경의 수첩에 적힌 메모를 보며 다른 것에 집중하고 있었다.

시간이 없다고 함, M은 오늘, 오늘 죽여야 난 편해져.

죽이면 왜 편해지는 걸까. 공포? 협박? 사람을 움직이게 만드는 원동력……. 고민하던 혜이의 눈에 주변이 들어왔다. 수많은 환자들. 의사들. 자신처럼 생과 사의 갈림길에 있는 인물. 자신과는 달리 누군가의 목숨을 좌지우지할 수 있는 인물.

― 일단 카디건은 C, 셔츠는 S. 근데 이렇게 단어가 돼요?

"……지금 상황에선 C가 케타민을 단순히 마취용으로 쓴 건 아니죠?"

― 그렇지. 이거 봐선 약으로 정신을 혼미하게 만들고 무슨 수를 써서 자살하게 만들었다는 건데.

"그럼 이건 어때요. 멀쩡한 사람도 정신을 놓게 만드는 C라는 미친놈이, 가뜩이나 정신 불안한 사람을 더 정신 놓게 만들고 쓰다 버릴 장기 말로 이용했다."

아무리 그래도 사람 정신을 그렇게 마구 휘두를 수 있습니까, 라고 반문하려던 재경의 눈이 휘둥그레졌다. 유독 밭은기침을 자주 하던 허준구가 단순한 감기가 아니었다면. 수화기 너머 강우의 목소리가 유레카를 외치는 뉘앙스로 들려왔다.

― 의사! 허준구가 정말 심신이 힘들 정도로 어디가 아프다면, 의사 말은 믿을 수밖에 없겠죠.

"이번엔 진짜 약에 케타민을 섞었을지도 모르겠습니다. 그럼 마약 브로커보다 의사 쪽을 더 중점으로 찾아봐야지 말입니다."

─ 오케이. 너희 일단 서로 복귀해서 진료 기록 뒤져봐. 허준구랑 직접 말도 좀 해보고. 그건 우혜이, 네 전문이잖냐.

"네. 팀장님은요?"

─ 내 촉에 분명히 여기도 C가 있었다. 여기 상점가 다 뒤지는 한이 있더라도 그 시커먼 놈 찾기 전엔 안 들어가.

노원의 단호한 말에 망연자실한 강우의 목소리가 들렸다. 저도요? 전화가 끊긴 탓에 답은 듣지 못했지만 안 봐도 뻔했다.

피식 웃은 혜이는 자리에서 일어났다.

"오늘 둘 다 못 보는 거 아닌가 몰라."

"좋은 것 같습니다."

장난스러운 말에 진심인 대답이 돌아왔다. 재경은 늘, 솔직했다.

***

경찰서에 도착하고 혜이가 병원으로 떠난 후, 간단한 참고 조사를 끝낸 서유는 사정없이 손톱을 물어뜯었다. 굴러가지 않는 머리로 생각을 정리하기가 쉽지 않았다. 경찰서에 수없이 드나드는 사람들의 속내는 아까보다도 정신없었다. 바로 근처에서 사건이 발생한 탓인 듯했다. 아무것도 보지 않으려면 고개를 숙이는 것밖엔 답이 없었다.

서유는 아까 본 생각들을 떠올리기 위해 양 볼을 짝 쳤다. 지나가던 형사가 흠칫했지만 지금은 사람들의 사소한 반응에 신경을 쓸 겨를이 없었다. 딱, 딱, 길어진 손톱이 부딪히는 소리가 유독 크게 들렸다.

속내는 한 글자씩 나타났다. 마치 글을 쓰는 것처럼. 하나씩.

피해자들이 마지막으로 했던 생각. 범인의 것 그 자체라고 느껴질 만큼 적나라하게 남아 있던 감정들. 자살할 이유가 없지만 자살한 사람들. 상식적으로 이해되지 않는 사망 방식. 그리고 오늘 본 속내. 사람의 속내를, 조작할 수 있다면.

황당무계하지만 현재로선 가장 합당한 추론에 서유의 입에서 앓는 소리가 삐져나왔다. 말이 안 됐다. 생각이 보이는 것도 말이 안 되는 건 알지만 이건 더 말이 안 됐다. 눈에 보인들 타인의 것이었다. 그걸 어떻게 좌지우지한다는 말인가. 내 마음대로 된다면 비위 맞추고 살 필요도 없었다.

"백진 씨? 몇 가지 좀 더 여쭤볼게요."

"아, 네."

머리를 쥐어뜯던 서유의 옆에서 일어난 진이 형사를 따라갔다. 여전히 저 사람의 머리는 깨끗했다. 저 사람만 깨끗했다.

서유의 눈동자가 천천히 경찰서 안을 훑었다. 밖은 벌써 깜깜해진 지 오래였지만 서유에게 보이는 풍경은 낮과 별반 다를 바가 없었다. 여기저기서 퐁퐁 피어나는 속내들을 보던 서유의 손이 천천히 올라갔다.

설마 싶지만, 만약 진짜라면?

정말 이런 식으로 사람들을 죽였다면, 아니 죽게 만들었다면 잡을 방법은 없었다. 어정쩡하게 들린 채 굳어 있던 손이 다시 애꿎은 머리카락을 쥐어뜯었다. 오늘 빠진 머리카락을 모으면 가발이 만들어질지도 몰랐다.

뭐야, 안 해봐?

딩동, 상태 메시지처럼 벽에 글자가 나타났다. 서유는 자기도 모르게 벌떡 일어났다. 촉 여신이 오늘 좀, 이상하다. 가까이 앉아 있던 형사 몇 명이 서유를 신경 쓰기 시작했다.

별명이 촉 여신이야? 어울리네.

'너 거기 똑바로 있어.'

잡으려고? 먼저 내가 누군지 맞히라니까.

'네가 누군지가 뭐가 중요한데.'

더는 놀아나고 싶지 않았다. 바삐 밖으로 향하는 서유를 따라 벽에 동동 떠 있던 속내도 움직였다. 뭐가 그리 신나는지 밝은 기운이 가득했다. 그 순수함에 넌더리가 났던 서유는 이어서 나타난 글자를 보고 멈춰버렸다.

중요해, 우린 똑같으니까.

'……'

게임 상대방이 누군지는 알아야지. 그게 규칙이야. 규칙을 어기면 어떻게 될까?

이번에는 못 막았네. 아까 봤던 글자가 머리에서 되새겨지자 눈동자가 뻑뻑해졌다. 뭘 어떻게 할 수 있느냐고 뻐기기엔 이미 죽은 이가 너무 많았다. 그때 형사 하나가 조심스레 다가왔다. 사무실 한가운데에 서서 벽만 보는 서유를 이상하게 여긴 눈치였다.

"무슨 문제 있으세요?" 넋이 나갔네.

"……아니요. 아무것도 아니에요."

살짝 웃어 보인 서유는 아무렇지 않은 척 다시 자리로 돌아와 앉았다. 벽 너머의 상대방도 어딘가에 걸터앉았는지 속내의 위치가 조금 낮아졌다. 난 네가 똑똑해서 좋더라. 바로 눈앞에 있는데도 얼굴 하나 확인할 수 없다는 사실이 분했다. 이를 가는 서유의 속내가 다듬어지지 않았다.

'너랑 같은 능력이 있다는 이유로 나한테 이런다는 거야?'

아까 하려던 건 마저 안 해?

'내가 널 알아내면 뭐가 바뀌는데?'

확신이 없어서 그런가. 하긴, 넌 확실한 걸 좋아하지.

아주 본인 할 말만 한다. 자신을 잘 아는 척 구는 태도에 짜증이 치미려는 순간, 벽에 보이던 속내 하나가 순식간에 지워졌다. 위치로 봐선 경찰서 내부에 있는 사람의 것은 아니었다. 지우개로 지우듯 사라지는 모습에 서유의 눈이 커졌다. 이번에도 처음 보는 광경이었다. 속내가 사라진 자리에는 보란 듯이 다시 글자가 한 글자씩 나타났다.

야호 해야지. "야호!"

"웬 미친놈이 이 밤중에 야호거리냐."

별놈 다 보네. 일하던 형사 한 명이 바깥에서 들린 소리에 헛웃음을 내뱉었다. 허무맹랑한 추측이 증명되자 서유의 입이 점점 벌어졌다. 혼란스러울 속을 봤을 것이 분명한데도 상대방의 속내는 천연덕스럽게 한 글자만 나타났다.

짠.

'……말도 안 돼.'

몰랐다는 게 더 말이 안 돼. 보이잖아. 지우고 싶다는 생각 안 해봤어?

안 해봤느냐고? 그럴 리가. 도대체 자신의 눈 혹은 정신은 뭐가 문제길래 이런 것들이 보이는지 원망해온 지난날이 셀 수도 없이 많았다. 제발 보이지 않았으면, 사라졌으면 하는 생각에 애꿎은 눈만 비비느라 하루도 눈동자가 붉지 않았던 적이 없었다. 그 과정들을 겪은 결과 서유는 타협과 수긍을 택했다. 이건 어쩔 수 없는 일이야. 그래, 사람들의 속내를 '직접' 지울 생각은 단 한 번도 하지 못했다.

택배기사 일은 정말 미안해. 설마 쫓아갈 줄은 몰랐어.

허, 속내를 읽은 서유는 기가 막혔다. 사람을 약 올리려는 것이 아니라 진심이라는 사실이 더 어이가 없었다. 그 분노를 읽었는지 살인마는 연달아 사과하며 화났느냐고 물었다. 일방적으로 친근하게 구는 글자를 노려보는 서유의 눈매가 한없이 매서워졌다. 그 따가운 눈빛 탓에 벽 쪽에 앉아 있던 형사는 죄도 없지만 자신이 무언가를 잘못했는지 계속 고민하는 중이었다.

네가 어디까지 정의로울지 궁금한 건데 네가 죽으면 어떡해. 처리했으니까 화 풀어.

뭐? 서유는 다시 벌떡 일어났다. 이제 보니 벽에 보이던 속내는 본래 있던 곳에서 이동하고 있었다. 그래, 하루에 사건을 두 개나 겪는 건 우리도 드문데, 촉 여신 힘내요라고 생각할 뿐, 형사들은 이제 서유의 행동을 신경 쓰지 않았다.

벽에 동동 떠다니던 속내가 얄밉게 인사했다. 또 보자, 촉 여신.

이내 수많은 다른 글자 사이에 섞인 속내는 더 이상 눈에 띄지 않았다. 서유는 곧장 유치장으로 향했다. 처리, 미친놈은 '처리'라고 했다. 심장이 불안하게 뛰었다. 복도로 나가자 마침 형사와 얘기를 마쳤는지 돌아오던 진이 다가왔다.

"……서유, 있잖아요."

그러나 신경이 다른 곳에 쏠린 서유에겐 들리지 않았다. 겨우 꺼낸 말이 무시당했으나 진은 굴하지 않고 서유를 따라갔다.

***

경찰서로 돌아가는 차 안, 재경은 한 가지가 아쉬운지 입을 열었다. "근데 제 추측은 영 틀린 것 같습니다. 이상한 복장들의 이니셜을 이어도 뭔지 감도 안 잡힙니다. 거꾸로 해도 말이 안 되고. 복대 영어가 너무 많지 말입니다."

답답한 마음에 살짝 창문을 연 혜이도 이니셜에 초점을 맞춰 보았다. 카디건. 반소매 셔츠. 탱크톱. 복대. 후드티. 마스크. 동으로 끊는 걸까. 그렇게 치기엔 반중동과 초람동은 하나뿐이었다. 핸드폰으로 '복대'를 검색하던 혜이는 영 들어맞는 결과가 없는 화면을 톡톡 두드렸다. 몸매 교정용 같다던 재경의 말이 머리를 스치자 잠시 멈췄던 손가락이 다시 검색창을 터치했다.

"어쩌면 우리가 다 와서 헤매는 건지도 몰라. 지금 너처럼."

"아니, 갑자기 주차하는 법이 헷갈렸지 말입니다. 그럴 때 있지 않습니까?"

서에 다 도착해선 엉뚱하게 주차에서 헤매던 재경이 변명했다. 각을 맞춰 주차를 마무리하는 모습에서 억울함이 느껴졌다.

혜이는 차에서 내리며 장난스레 말했다. "신 경사님, 운전하면서 조셨나요. 체포……."

"아닙니다!"

"……."

"우 형사님?"

재경은 갑자기 말이 없어진 혜이에게 다가갔다. 지나가는 사람과 부딪쳤는데도 반응 하나 없는 것이 이상했다. 꼭 아무 생각이 없는 사람 같았다. 처음 보는 모습에 당황한 재경은 혜이의 어깨를 흔들었다.

"우 형사님!"

조심해. 잠시 멍해졌다가 불현듯 떠오른 생각에 혜이는 눈을 깜박였다. 언제 다가왔는지 눈앞에서 재경이 자신을 강하게 흔들고 있었다.

"조심해."

"예? 옙."

이상한 기시감을 느끼며 주위를 둘러보던 혜이는 핸드폰을 확인했다. 여전히 검색창이 깜박였지만 뭘 입력하려 했는지 기억나지 않았다. 하얀 네모 창을 바라보던 혜이는 이내 핸드폰을 집어넣었다. 그새 잊어버렸다면 별로 중요하지 않다는 뜻이겠지 싶었다.

재경이 신기하다는 듯 중얼거렸다. "우 형사님이 사건을 맡았는데 멍때리는 거 처음 봅니다."

"그런가, 사람이 멍때릴 수도 있지. 뭔가 강제로 종료된 컴퓨터 느낌이긴 했지만."

"어, 저도 그랬는데. 우 형사님, 비유가 찰지십니다."

"비유 더 해줄까, 다시 전원 켰으니까 움직이자. 넌 진료 기록 확인하고, 난 허준구 면담."

오케이? 오케이. 마주 보며 손가락으로 오케이 사인을 그린 두 사람은 각자 할 일에 맞춰 움직였다. 유치장으로 향하며 조금 전 상황을 곱씹던 혜이는 문득 서유가 신경 쓰였다. 괜찮으려나.

"혜이야!"

"깜짝이야."

유치장 쪽으로 발길을 돌리는 순간 마치 기다렸다는 듯이 서유의 목소리가 튀어나왔다. 생각에서 벗어난 혜이는 현실로 돌아왔다. 막으려는 순경들과 들어가려고 밀어붙이는 서유 사이로 어쩔 줄 몰라 하는 진이 보였다. 예상하지 못한 상황에 혜이는 눈빛과 속내로 대화를 시도했다.

"……지금 이게 무슨 상황이야?" 기운차 보여서 다행이긴 한데 네가 거길 왜 들어가.

"내가 오죽하면 이러겠어. 급해, 잠깐이면 되니까 그 아저씨 보기만 하게 해줘."

서유의 표정에 간절함이 서렸다. 눈동자를 이리저리 굴리며 분위기를 파악하던 혜이는 순경에게 사람 좋은 미소를 지으며 부탁했다. 면회 시간은 지났으나 약간의 융통성을 기대해야 할 순간이었다.

"잠깐만 부탁해요. 제가 같이 있을게요."

혜이의 말에 막아서던 순경들이 바로 비켜섰다. 덕분에 중심을 잃고 고꾸라질 뻔했던 서유를 진이 다급히 붙잡았다. 그 와중에도 무슨 신줏단지 모시듯 최소한만 건드리는 태도였다. 그 행동이 이해되지 않은 서유의 눈빛을 어떻게 받아들인 건지 시선을 피한 진이 곧바로 손을 뗐다. 결국 쿵, 넘어진 서유는 다시 한번 진을 바라봤다. 아니, 노려봤다.

"급하다며."

"아."

"야, 김서유."

다급히 들어가는 서유를 뒤따른 혜이는 유치장 가까이 다가갔다. 진도 조용히 따라왔다. 다행히 허준구는 얌전히 모로 누워

자고 있었다. 안도의 한숨을 내쉰 혜이는 서유를 철창에서 떨어뜨렸다. 무슨 꼴을 보려고 그렇게 가까이 다가가. 그러나 자신과 달리 서유의 눈동자는 불안한 듯 흔들렸다.

아까까지 막아서던 순경 한 명이 자리에 앉으며 설명했다. "약 먹고 내내 자기만 하니까 들어와도 소용없다고 했잖아요."

"약이요? 무슨 약?"

서유를 살피던 혜이가 약이란 단어에 과하게 반응했다. 조금 전과 판이한 태도에 순경도 덩달아 뻣뻣이 굳어버렸다.

"그, 수면제요. 불면증이라고, 자고 싶은데 잠이 안 오니까 약 달라고 계속 소리치더라고요. 물이랑 약을 갖다주는 그 잠깐도 못 견디고 엄청 시끄러웠어요."

"……저 사람 좀 깨워주시겠어요." 혜이가 굳은 목소리로 부탁했다.

순경은 자신이 뭘 잘못했나 싶어 슬금슬금 철창으로 다가갔다. 그러나 철창문을 열며 아무리 생각해도 잘못한 건 없었다. 범죄자라도 불면증이라 힘들다는데, 주면 안 된다는 법은 자신이 공부했던 책 그 어디에도 적혀 있지 않았다. 뭐야, 왜 저래. 속으로 불평한 순경은 모로 누운 허준구를 흔들어 깨웠다. 그러나 아무런 반응이 없었다.

"……이 아저씨가 왜 이래. 이봐요, 허준구 씨?"

"……죽었어."

"에이, 무슨 말씀을 하시는 거예요."

낮게 가라앉은 서유의 말에 목덜미가 서늘해진 순경이 부정했다. 아까보다 조금 크게 어깨를 흔들자 턱, 허준구의 몸이 그대로 엎어졌다. 꽤 크게 바닥에 부딪혔음에도 미동 하나 없었다. 순경은 뻣뻣하게 굳은 목을 억지로 움직였다. 철창 밖에서 어딘가를 노려보는 서유의 눈동자가 오싹했다.

서유는 말없이 허준구의 머리를 바라봤다. 이 망할 새끼.

숨바꼭질이야, 술래는 너.

괴로운 듯 남은 속내는, 단 세 마디였다.

08

"……죽었다고요." 진의 목소리가 정적을 깨우며 유치장을 가득 채웠다.

철창 안을 알 수 없는 표정으로 보는 모습이 낯설었다. 묻고 싶은 것이 많았으나 서유는 말을 삼켰다. 철창으로 다가가 허준구를 살피는 혜이의 속내는 담담한 표정과 달리 분노와 의문으로 뒤엉켜 있었다. 입술을 깨문 서유는 창밖을 노려봤다.

도장이라도 찍은 듯 선명하게 허준구를 통해 남긴 세 마디에 울분이 터졌다. 숨바꼭질은 지랄, 누가 한대? 상대방은 자꾸 혼자 멋대로 게임을 시작했다. 지금은 혜이를 보는 것 외에 할 수 있는 일이 아무것도 없다는 사실에 짜증이 났다.

……눈에 띄는 외상은 없고.

혜이는 최대한 침착하게 시체가 된 허준구를 살폈다. 속이 답답하고, 자꾸 당하기만 하는 현실이 마음에 들지 않았다. 하지만 감정을 그대로 쏟아낸다고 죽은 사람이 돌아오는 것도 아니었다. 엎드린 상태의 허준구를 바로 눕히니 유독 붉은 시반이 눈에 띄었다. 입과 코에서는 아몬드 냄새가 풍겼다. 청산가리 같은데. 이젠 **독극물도 그냥 막 쓰네.** 훑어보던 혜이의 시선이 한 곳에 닿았다.

"……혹시 오늘 면회 왔던 사람 있어요?"

"아, 아들이 면회 마감 직전에 왔었습니다. 옷가지랑 신발 챙겨온 거 말곤 이상한 점은 없었어요."

"아들하고 면회하고 돌아와서는 바로 자겠다고 눕더니 잠이 안 온다고 아주 난리를 난리를……."

아들이라. 혜이는 천천히 자리에서 일어났다.

"수면제 줬다는 얘기 좀 자세히 해줄래요."

"아, 그, 그러니까 저랑 김 순경은 여기 계속 있었고요, 박 순경이 화장실 갔다가 왔을 때 막 수면제 달라고 소리를 질러서. 마침 일어나 있던 박 순경이 갖다줬……을걸요."

"예, 제가 갖다줬는데…… 정량만 줬습니다. 정말로요."

"그게 몇 시예요."

"한 한 시간쯤 됐습니다."

순경들의 대화를 듣던 혜이는 서유를 바라봤다. 무언가 할 말이 많아 보이는 서유의 고개가 일단은 끄덕여졌다. 진실 여부와는 별개로 순경들은 전부 사실을 말하고 있다는 뜻이었다.

"아, 우 형사님 여기 계셨습니까. 허준구, 폐암 말기에다 양극성 장애 환자였답니다. 태운대 병원에 확인했고 나유나도 거기 다녔다고 하는데…… 여기 분위기 왜 이럽니까."

"……재경아, 서 내 CCTV 다 긁어와."

"예?"

혜이는 가만히 누워 있는 허준구를 훑었다. 유독 새것처럼 보이는 신발이 눈에 띄었다. 죽은 자는 말이 없었다. 그러니 죽은 자들을 통해 범인이 전하려는 메시지가 무엇인지, 확인할 차례였다.

***

유치장에 있던 피의자가 사망했다는 사실에 서가 발칵 뒤집어졌다. 그를 취조했던 1팀과 2팀은 자다가 날벼락을 맞은 서장의 전화를 받아야만 했다. 그사이 독살 의심 정황을 듣고 거의 뒤로 넘어간 서장의 목소리가 달달 떨렸다. 평탄한 말년 생활이 끝난 서장의 말은 끝나지 않았다.

ㅡ 너희는 사건을 해결하는 거냐, 만드는 거냐? 그 이상한 자살사건 갖고 자꾸 다른 관할까지 들쑤신다고 나한테 연락이 얼마나 온 줄 알아? 그래도 내 새끼들이라고 감싸줬더니만 뭐, 독살? 경찰서에서? 게다가 약을 준 건 경찰?

"자살 아니고요, 서장님은 그냥 퇴직 얼마 안 남아서 관심 없으셨던 거잖아요. 기사나 잘 막아주세요. 바빠서 끊을게요."

― 야, 야!

뚝, 깔끔하게 전화를 끊은 혜이는 그저 담담히 말했다. 일하자. 서유는 그 순간 일심동체가 되는 팀원들의 속내를 보았다. 역시 우혜이라는 감탄과, 어떻게 저럴 수 있느냐는 경악. 친구였지만 왜 안 잘리는지 의문이었다. 속으로 손뼉을 치던 서유는 남몰래 정말 손뼉을 치다 머쓱하게 머리를 만지는 진을 분명 목격했다.

"흐하암."

그리고 현재, 늘어지게 하품을 하던 재경은 슬쩍 눈치를 살폈다. 심각한 상황이라지만 생리적으로 나오는 현상을 막을 방법은 없었다. 조심스럽게 한껏 벌렸던 입을 닫자 옆에서 진의 목소리가 들렸다.

"파리 두 개 들어갔어요."

"……그런 농담도 할 줄 아십니까?"

"많이 피곤하잖아요. 우리가 볼게요."

"아니, 도와주시는 건 감사하지만 제가 경찰이지 말입니다."

정신을 차리기 위해 졸음 깨는 껌을 입에 넣은 재경이 다시 CCTV에 집중했다. 요즘엔 CCTV만 보고 있었다. 분명 힘들게 경찰 시험을 준비하며 꿈꿨던 미래는 이렇지 않았는데. 이러려고 열심히 공부했나 의문이 들던 재경은 머리를 흔들었다. 아니, 이것도 중요한 업무야. 모든 수사의 바탕. 초심으로 돌아가게 만들어준 진에게 속으로 감사를 표한 재경은 CCTV를 다시 살피려다 멈칫했다. 서유와 진이 너무 자연스럽게 함께 보고 있었다.

"근데 두 분, 이렇게 같이 보셔도 됩니까?"

"이 아저씨 죽인 사람이 나 죽이려고 했을 수도 있잖아요."

"서 내에 없던 것도 아니고 관계자이자 발견자니까. 용역 쓰는 셈 치자."

우 형사님이 괜찮다고 하면 그런 거겠지. 잠시 생각하던 재경은 다시 모니터에 집중했다.

그때 유치장 CCTV 화면만 쳐다보던 순경 한 명이 말했다. "여기, 허준구가 들어오잖아요. 그렇죠? 이러고 얌전히 옷 갈아입더니 갑자기 엄청 난리 쳤어요."

"그래 보이네요." 철창을 마구 흔드는 허준구를 보며 혜이가 대답했다. 하지만 머릿속엔 의문이 가득했다. 왜 기뻐하는 것 같지.

"순경님들 증언대로 약 건네주는 과정에 큰 문제는 없지만 말입니다."

재경은 다른 CCTV 파일을 열었다. 유치장 면회실에 앉아 있는 허준구와 반대편에 앉은 남성이 보였다. 재경의 입에서 기나긴 한숨이 튀어나왔다.

"신분증 확인은 어떻게 된 겁니까. 어떻게 아들이라고 뺑치는 사람도 못 잡습니까?"

"아니, 분명히 맞다고 생각했는데…… 이거 면목 없습니다."

내가 눈깔이 삐었나, 뭐지 진짜. 면회 당시 함께였던 순경은 속으로만 중얼거렸다.

혜이는 화면을 응시했다. 검붉은 모자와 마스크를 쓴 채 면회 장소로 들어온 인물은 허준구의 아들이 아니었다. 당연했다. 지방에서 일하는 사람이 체포 몇 시간 만에 옷가지를 바리바리 싸 들고 올 순 없으니까. 들어오자마자 허공에 손을 휘저은 면회자는 이내 자리에 앉았다.

"일단 몽타주는 만들겠네."

"옷가지는 제대로 확인한 거 맞습니까?"

"……."

"지금은 침묵이 금이 아닙니다."

"아니, 저도 분명 확인했다고 생각은 하는데 이 상황을 보니 확신이 안 들어서……."

순경들은 이미 자신감이 바닥난 상태였다. 감봉, 정직, 그 외에도 수많은 불행 시나리오가 머릿속을 뒤덮었다.

왜 하필 내가 맡았을 때.

진짜 의심도 못 했는데, 왜지?

청산가리는 도대체 어떻게 먹은 거야. 생각해보니까 신발까지 챙겨 온 건 이상하네. 그런데 뭔가를 줬다 해도 허준구는 그게 뭔 줄 알고 먹은 건데?

물음표만 이어지는 속내를 보니 서유는 순경들이 조금 안쓰러워졌다. 그들 탓이 아닌데.

"별로 오래 있진 않았네."

"예, 대화는 짧았습니다."

자리에서 일어난 면회자는 나가려다 말고 순경의 머리 위를 가리켰다. 그 순간 혜이와 재경의 시선이 부딪쳤다. 서유는 그들의 머릿속에 떠오른 공통적인 단어를 발견했다. C.

"아까 그거 다시 볼 수 있어요?"

"예? 예."

갑자기 진이 유치장 영상을 언급했다. 재경은 신속히 조금 전 영상을 다시 틀었다. 아예 자리 잡고 앉아 마우스를 몇 번 달칵거리던 진은 일시 정지 버튼을 눌렀다. 건네주던 옷을 놓친 순경이 떨어진 옷가지를 주우려고 하자 허준구가 함께 줍는 장면이었다. 진이 멈춘 영상 속 어딘가를 가리켰다.

"주머니에 손."

"네?"

"뭐를 손에 쥐고 꺼내요."

뜬금없는 말에 재경은 눈을 가늘게 뜨고 손가락을 따라갔다. 정지된 화면으로는 가늠하기가 힘들었다. 표정을 살피던 진이 속도를 늦춰 다시 재생시켰다. 헐. 얌전히 보던 재경의 입이 떡 벌어졌다. 분명 허준구의 손이 순경의 바지 뒷주머니에 들어갔다 나오고 있었다.

혜이는 이후 영상을 확인했다. 주머니에서 꺼낸 무언가를 수면제와 함께 삼키는 허준구의 모습이 보였다. 모두의 시선이 천천히 주머니 주인에게 향했다.

재경이 벌떡 일어나며 크게 외쳤다. "왜 독극물이 그쪽 옷에서 나옵니까!"

"아, 아니, 저 진짜 모르는 일이에요. 억울해요!"

"그렇지만 이건……."

"순경님, 면회자 만났을 때 아무 생각 안 들었던 적 있어요?"

억울해 미치려는 순경에게 한 줄기 빛이 떨어졌다. 서유의 질문에 순경은 격하게 고개를 끄덕였다.

"네, 네. 있어요."

"변명하지 말고 제대로 생각해봐. 너 지금 살인범되게 생겼어."

"변명할 거면 안 했다 하지! 분명히 느닷없이 혼이 나갔어."

"그러고 보니 오 순경님도 면회 내내 꼼짝도 안 하지 말입니다." 재경이 다시 면회실 영상을 틀며 말했다.

순식간에 화살이 쏠린 순경은 눈치만 살폈다. 내가 봐도 오래 멍때렸네.

혜이는 기가 죽은 순경들을 뒤로하고 서유를 한쪽으로 끌어왔다. 속을 볼 수는 없었지만 오랫동안 봐온 경험으로 미루어 볼 때 무언가를 알고 있는 것이 분명했다.

"나 없는 사이에 본 거 전부 상세하게 말해봐."

"C가 누군지부터 알려줘."

"……우리 관할에서 계속 나타난 용의자. 온통 새까맣게 가리고 있어서 키랑 남자라는 거 빼곤 아무것도 몰라. 쓰고 있는 모자가 유일한 단서."

"허공 가리키면서 뭐라 했지."

혜이의 눈이 커졌다. CCTV에 뭐가 있긴 있구나. 설명을 재촉하는 눈빛에도 서유는 어떻게 설명해야 하나 막막해졌다. 아무리 생각해도 논리적으로 풀 수 있는 일이 아니었다. 결국 겨우 열린 입에서 결론부터 툭 튀어나왔다.

"사람 생각을 조종해."

"……뭐라고?"

"CCTV 보니까 맞아. 그 사람이 손으로 가리키니까 속내가 바뀌어. 왜 몰랐냐고 친절하게 설명도 해주더라."

"만났어?"

다소 크게 튀어나온 혜이의 목소리에 옹기종기 모여 CCTV를 보던 다섯 명이 일제히 반응했다. 서유는 다급히 혜이의 입을 막으며 멋쩍게 웃었다. 고개를 갸웃거리던 시선들이 다시 모니터로 향했지만 진의 시선은 다소 느리게 돌아갔다. 아까부터 자꾸 지끈거리는 관자놀이를 문지른 서유는 낮게 속삭였다.

"너 원래 잘 안 놀라는 애잖아. 왜 이래?"

"만났으면 재깍재깍 얘기를 해야지."

"그래서 아까 전화한 거야. 근데 바로 택배기사를 보는 바람에 정신이 없었고, 너 가고 나서도 경찰서 밖에 있는 거 속내만 봤어."

"두 번!"

"평소엔 속으로 잘만 말하는 애가 오늘따라 왜 자꾸 이러실까."

다시 큰 소리를 내려던 혜이의 입이 틀어막혔다. 빠르게 오늘, 아니 어제 있었던 일을 전부 설명한 서유는 손을 뗐다. 그래, 그 많은 일이 며칠도 아닌 단 하루에 발생한 것이었다. 그 사실을 깨닫고 나니 머리가 다시금 미친 듯이 지끈거렸다.

"허공을 휘젓는 건 원래 있던 속내를 지우는 거야. 그럼 넋을 놓게 돼. 그때 순경님 옷에 독극물을 넣어놨겠지. 죽은 아저씨, 이제 자유로워진다고 좋아하더라."

"자유라……."

"뭐 탈출 방법이라면서 뻥친 거 아니겠어? 아픈 척해서 탈출하는 건 고전이잖아. 그게 이승에서의 탈출인 줄은 몰랐겠지만."

설명을 마친 서유가 혜이의 입에서 손을 뗐으나 혜이는 눈만 깜박였다. 이유를 찾을 수 없는 자살. 케타민으로도 이해할 수 없던 사망 방식. 용의자가 없는 사망. 죽으라고 말하는 듯했던 C의 모습. 이상한 미행을 하던 강지수의 남자친구. 결정적으로 서유에게 남긴 메시지. 상식적으로는 받아들일 수 없는 일이었지만, 속내를 조종한다면 모든 퍼즐이 들어맞았다.

차츰 혜이의 머릿속이 정리되고 있었다. 가만히 보던 서유는 결론적으로 나타난 글자를 확인하고 한 걸음 뒤로 물러났다.

그럼 너도 해봐.

"……싫어."

확실히 해야 할 것 아냐. 나도 아까 C한테 당한 것 같으니까 그 느낌이 맞는지 비교해볼게.

"뭐?"

다시금 튀어나온 높은 목소리가 다섯 명의 관심을 끌었다. 방금 전과 정반대의 포지션으로 변한 혜이와 서유가 머쓱하게 웃고 있어 재경은 머리를 긁적이며 물었다.

"두 분, 뭐 하십니까?"

"미안, 금방 갈게."

혜이는 숨이 막혀 손을 탁탁 치는 서유를 끌고 좀 더 구석으로 향했다. 손을 치우자 얼굴이 빨개진 서유가 숨을 몰아쉬었다.

"넌 손이 커서 코까지 다 막힌다고."

"나도 뭔가 했는데 네 말 듣고 나니까 생각났어. 아까 들어올 때 한순간 아무 생각 안 들었거든. 그러니까 진짠지 알 수 있을 거야. 해봐."

"싫다고…… 무서워."

입술을 깨문 서유는 눈을 질끈 감았다. 번거롭고 거추장스럽게만 느껴졌던 자신의 능력이 처음으로 두려워졌다. 나는 네가 무서워. 자신을 괴물 보듯 보고 무서워하던 부모님의 심정이 처음으로 이해가 되기 시작했다. 사람의 생각을 마음대로 하다니, 진짜 괴물이나 다름없었다.

아니야.

바닥을 향한 터라 깜깜하기만 하던 서유의 세상에 불쑥 글자가 나타났다. 시야 한가득 들어오는 크고 강한 속내를 보던 서유는 천천히 눈을 떴다. 어느새 바닥에 쪼그리고 앉은 혜이가 서유와 시선을 마주치곤 웃었다.

"지금 네가 괴물 같다고 생각하는 것 같은데, 괴물은 자기 능력을 두려워하지 않아. 자랑스러워하지."

"……"

"너, 걔랑 똑같지 않아. 넌 달라."

"……C인가 뭔가 너지. 너도 속내 보이지."

"넌 굳이 안 봐도 다 알겠네요."

몇 번이고 나눴던 언젠가의 대화를 반복하는 두 사람의 얼굴에 미소가 번졌다. 양손을 만지작거리던 서유는 결심한 듯 작게 대답했다. 확인해보자.

고마워. 혜이가 따라 고개를 끄덕였다.

그 모습을 보던 서유는, 지금 자신의 머릿속을 혜이가 볼 수 없어 정말 다행이라고 여겼다.

***

온몸이 뻐근하고 위에서 누군가 짓누르는 것처럼 움직이기가 힘들었다. 힘겹게 눈을 뜬 서유는 비몽사몽간에 주위를 살폈다. 여기가 어딘지 분간이 안 가 억지로 몸을 일으키자 깨질 듯이 머리가 아팠다. 결국 통증을 이기지 못한 서유는 그대로 풀썩 드러누웠다. 이상하게 몸이 으슬으슬 추웠다.

"서유 씨, 깼어요?"

계속 감기려는 눈꺼풀에 패배하고 다시 잠에 빠지려는 순간 누군가의 목소리가 들렸다. 서유는 다시금 눈을 뜨고 몸을 일으켰다. 종이컵을 들고 서 있던 강우가 누워 있으라며 손을 내저었다.

"그냥 있어도 돼요. 몸도 안 좋은데 어제 잠도 못 자고 우리 일까지 도와주셨잖아요. 고마워요."

"아니, 제가 뭘요."

콜록, 말을 끝내자마자 기침이 나왔다. 아무래도 어제 맞은 비가 후폭풍을 몰고 온 듯했다. 여름 감기는 개도 안 걸린댔는데 괜히 서러워졌다. 사리 분별이 안 될 정도로 두통이 심해 밖에서 들어오는 햇빛도 제대로 못 느끼던 서유는 순간 벌떡 일어났다. 햇빛?

"지금 몇 시예요?"

"11시 조금 넘었어요."

"미쳤나 봐. 우혜이, 얘는 뭘 하느라 안 깨운 거야."

완전 지각이었다. 그것도 무단 지각. 멍한 정신으로 소지품부터 챙기던 서유는 진의 부재를 깨닫고 속으로 욕을 부르짖었다. 자기 혼자 살겠다, 이건가. 아무리 사이가 서먹해졌기로서니 이렇게 치사하게 엿을 먹이냐 싶어 마음이 날카로워졌다. 그래, 이쪽도 살인범의 도움은 사양이었다. 서유는 아직 진에 대한 의심을 떨치지 못한 상태였다.

"괜찮아요, 진 씨가 사정 다 얘기해서 오늘 서유 씨 연차 쓰는 거로 정리됐대요. 아, 연락은 팀장님이 받으셨어요. 선배는 서장님한테 깨지러 가선 아직도 함흥차사거든요."

"아…… 여러모로 신세 져서 죄송합니다."

"아니에요, 그나저나 괜찮아요? 열이 엄청나서 걱정했는데."

다시 털썩 주저앉던 서유는 어리둥절해졌다. 그러고 보니 혜이와 대화를 나눈 이후로 기억이 없었다. 정말 조종이 가능한지 직접 확인해보기로 했고, 그다음에…… 몽롱한 정신으로 기억을 더듬던 서유는 머리를 흔들었다. 술로 필름이 끊겨도 이 정도로 기억이 안 난 적은 없었다. 콜록, 다시 기침이 나왔다.

"비도 맞고 어제 놀랄 일이 많았으니까, 몸도 힘들었나 봐요. 선배랑 얘기하다 갑자기 쓰러졌대요. 저랑 팀장님 돌아오니까 다들 서유 씨만 보고 있더라고요. 우리도 깜짝 놀랐죠."

"……안 그래도 바쁘신데 신경 쓰이게 했네요."

"에이, 서유 씨한테 신세 진 게 얼만데 그게 무슨 말이에요. 응급실 가야 하는 거 아닌가 했는데 선배가 서유 씨 병원 안 좋아한다고, 일단 약 먹이고 보자고 하더라고요. 선배 말 듣길 잘했네요."

마시라며 건네주는 유자차를 받은 서유는 말없이 종이컵만 만지작거렸다. 목이 부었는지 삼키기가 힘들었다. 억지로 몇 모금 마시던 서유의 눈에 주변이 들어왔다. 어제보다 조금 평온한 분위기였지만 속은 변함없이 복잡했다.

가만히 생각하던 서유는 무심코 강우의 속내를 보곤 슬쩍 눈길을 내렸다. 묘한 죄책감이 들었다. 봐도 될 범위를 넘어선 내용이었다.

복잡한 서유의 속을 모를 강우는 뒷머리를 긁적이더니 가볍게 말을 이었다. "나도 병원 싫어하는데, 꼭 그렇게 말하면 다들 겁쟁이 취급하더라고요."

"······그렇죠."

"이런 말, 상황이랑 안 맞는 거 아는데······ 좀 반갑네요."

"······남들한테 약이라고 나한테도 약이라는 법은 없잖아요."

잠시 말이 없던 서유가 웃으며 답하자 강우도 슬쩍 입꼬리를 올렸다. 동질감 드네. 조금 편해진 강우의 속내를 확인한 서유는 마음이 놓여 따뜻한 유자차를 다시 삼켰다. 선물보단 저주라고 생각하는 능력이었지만, 가끔은 이렇게 상대방에게 필요한 말을 해줄 수도 있었다.

***

드디어 서장의 기나긴 잔소리가 끝났는지 혜이가 목을 이리저리 돌리며 들어왔다.

"잘 혼났어요?" 장난스레 묻던 강우는 서유에게 미처 못 한 말을 덧붙였다. "진 씨가 걱정 많이 하더라고요. 잠도 제대로 못 잤을걸요. 그래도 자기까지 빠지면 안 된다고 꿋꿋이 회사 갔어요."

"······그래요?"

"나중에 커피라도 사주면 엄청 좋아할 것 같아요. 선배가 왔으니까 그럼 전 이만."

강우는 혜이와 배턴 터치를 하며 노원 쪽으로 향했다. 그 뒷모습을 보는 서유의 눈앞에 손바닥이 등장했다. 손을 흔들던 혜이는 시선을 따라가더니 옆에 털썩 자리 잡았다. 반했어?

"그렇지만 소개해주진 않을 거야. 형사는 남편 직업으로 별로거든."

"친구 직업으로는 괜찮은 줄 아나."

"괜찮지. 범인의 생각을 봤어요, 하는 말에도 바로 출동해주니까." 웃으며 답한 혜이는 서유의 이마에 손을 얹어보았다. 열은 내렸네.

반박할 말이 없던지라 서유는 다시 유자차만 마셨다. 입속에 들어오는 건더기가 떫었다. 콜록, 아까보다는 조금 나아진 기침이 나왔다. 억지로 건더기를 씹던 서유의 입에서 웃음이 터졌다. 꼰대. 제대로 서장을 욕하고 있는 친구의 속을 보니 깨져도 단단히 깨진 듯했다. 어쩐지 멋대로 끊더라니.

"그러길래 왜 그렇게 끊어."

"우리 서장님은 믿어주는 게 아니라 방목이야. 그래 놓고 뒤늦게 뭐라 그래."

"그래도 조용한 거 보면 진짜 잘 막아주셨나 봐. 근데 팀장님은 심기가 꽤 불편해 보이시네."

"어제 팬시점 사건은 C 그림자도 발견 못 했거든."

혜이는 지난밤을 회상했다.

갑자기 서유가 쓰러지는 바람에 정신이 없던 찰나, 잔뜩 처진 노원과 강우가 복귀했다. 충혈된 눈이 무색하게 매우 풀죽은 상태였다. 뭐라도 건졌다면 지쳤어도 생기는 있었을 것이기에 혜이는 보이지 않는 속을 짐작했다. 못 찾았네, 근데 돌아왔고. 같은 추측을 그대로 입 밖으로 내뱉은 재경 덕에 노원의 자존심은 너덜너덜해졌다.

"어쩔 수 없지. 여태까진 그나마 같은 인상착의여서 찾은 거고, 우린 C 특징을 아무것도 모르니까."

"몽타주는? 아, 그것도 조작했겠다."

"응. 웬 배우 닮았단 말만 하더라."

너무 무능력하지. 진심 섞인 속내에 서유는 고개를 저었다. C의 행동으로 짐작하건대 분명 재미로 이런 행동을 한 것이 틀림없었다. C가 허준구를 이용해 남긴 메시지 역시 글만 보면 장난기가 가득했다. 등을 토닥이던 서유는 문득 CCTV 노동에 지쳐 있던 재경의 부재를 깨달았다.

"재경 씨는?"

"진 씨 경호. 피의자가 사망하긴 했지만 사주한 사람은 못 찾았잖아."

5분에 한 번씩 보고 중이라며 흔들어 보이는 핸드폰이 마침 띠링, 울렸다. 참 착실해. 혜이가 보여준 문자는 정말 5분마다 도착해 있었다. 성실함에 놀란 서유는 그제야 자신의 핸드폰을 찾았다. 연차 처리는 됐겠지만 직접 회사에 연락은 해야 했다.

"……뭐가 이렇게 많이 왔어."

체감으로는 길게 느껴지는 하연과의 짧은 통화를 끝낸 화면에 문자가 가득했다. 팀장, 소라, 그 외 직장 동료들. 진이나 노원이 얘기를 어떻게 했는지는 몰라도 평소 잘 모르던 사람들까지 괜찮으냐고 문자를 보낸 상태였다. 수많은 메시지를 보니 사회생활을 아주 허투루 하지는 않았다는 생각과, 답을 일일이 해야 하나 하는 고민이 동시에 들었다. 화면을 톡톡 두드리던 서유는 마침 울린 문자 내용을 확인했다.

[깼어요? 다들 걱정해요. 나도 걱정 엄청 받았어요. 오늘도 일찍 가래요. 우리 회사 참 좋아요.]

[병원 안 가도 감기약 꼭 먹어요.]

[그리고, 미안해요. 나 때문에.]

발신인의 이름을 보던 서유는 답장을 하는 대신 화면을 끄고 혜이의 어깨에 기댔다.

'미안해요…… 미안…….'

다시 머리가 아파왔다.

"진 씨 말이야, 뭘까."

"뭘 것 같은데."

"내 입장에선 진 씨가 C라는 정황이 너무 딱 들어맞아. 그래서 다른 걸로 생각 못 하겠어."

"그 닮았단 배우, 얼핏 보면 진 씨 느낌도 나더라."

어깨에서 머리 무게가 사라졌다. 허전해진 어깨를 문지른 혜이는 서유의 눈빛을 느끼며 이어 말했다.

"근데 진 씨는 그때 형사랑 얘기 중이었어."

"정말? 그렇게 여기게 만든 거 아니고?"

"CCTV 무시하지 말아줄래. 그리고 진 씨 키가 훨씬 큰 거 너도 확인했잖아."

"돌겠네, 진짜."

"……있잖아, 내가 C라면 진 씨를 이용했을 거야."

머리를 감싼 서유는 표정으로 무슨 뜻인지 물었다. 혜이는 자신의 머리를 톡톡 건드리며 속내만으로 의견을 전달했다.

네가 진 씨의 이걸 못 본다면 그 사람도 못 본다는 뜻이잖아. 네가 의심하기 딱 좋은 사람이라는 걸 그 사람도 알겠지.

"……그쪽으론 생각 못 했는데."

아니면 이런 심리를 역으로 이용해서 진짜 진 씨일 수도 있고. 지금 키가 깔창일지 누가 알아.

"넌 나더러 뭘 어쩌라는 거야."

"애초에 네가 진 씨 만난 지 한 달은 됐니? 이거 첫 사건은 작년이야. 시기가 안 맞잖아."

어깨를 통통 두드리는 혜이의 말에 서유는 입을 다물었다. 기지개를 켜던 혜이가 이상한 낌새를 눈치챘다. 서유의 눈동자가 데구루루 옆으로 굴러갔다. 친구의 얼굴을 양손으로 붙잡은 혜이는 억지로 눈을 맞췄다.

"전에도 알던 사람이야?"

"그랬으면 기억 못 할 리가."

"그럼 지금 그 반응은 뭔데."

"그냥 무작위로 그런 짓을 했던 건 아닐까, 허황한 생각을 좀 해봤어. 언젠간 자기 같은 사람이 발견하지 않을까 하는 기대감으로."

우린 똑같잖아. 미친놈은 분명 그렇게 말했다. 동일한 능력인 것은 분명했기에 바로 부정할 수 없었다. 그 탓에 불현듯 들었던 생각이 부끄러워진 서유는 말끝을 흐렸다. 그러나 의외로 반응이 없던 혜이의 머리는 팽팽 돌아가는 중이었다. 가능성이 아예 없다고는 할 수 없겠네. 진 씨 알리바이를 확인할 필요가 있겠다.

"이 의견을 받는다고?"

"지금 우리가 가진 거라곤 속내를 조종한다는, 증거로는 써먹지도 못할 정보뿐이니까. 밑져야 본전이지."

"아니, 키를 줄일 수가 있어?"

"우리가 본 게 대역일 수도 있지. 사람도 조종하는데 이 정도면 현실적이야."

밥 먹으러 가자며 일어난 혜이가 어깨를 감쌌다. 머릿속이 복잡해졌던 서유는 뒤이은 말을 듣고 입안 살을 씹었다.

"그런 생각은 대체 어떻게 한 거야? 정말 우리 쪽 수사 컨설턴트 하자니까."

이래서, 말하기 싫었다.

"……됐네요. 배고파."

"그래, 밤새도록 앓았으니까 당장 맛있는 거 먹으러 가자. 그리고 이거."

대수롭지 않게 넘긴 혜이가 서유의 팔에 무언가를 채워줬다. 신변 보호용 스마트 워치였다. 사용법 설명보다 절대 빼지 말라는 당부가 더 길었다.

"난 안 죽인댔는데."

"미친놈 말을 믿니? 진 씨도 줬으니까 차고 있어. 오늘 임시 숙소 갈 수 있을 거야."

"나는 어쩌다 휘말린."

"그게 아니지. 남들은 보복 범죄 대비로 알 테니까 신경 쓰지 말고, 이럴 때 경찰 친구 좀 써먹어."

"찾았다!"

설명을 마친 혜이는 갑자기 환호성을 지르는 노원과 강우까지 밥 먹으러 가자고 부르곤 팔을 이끌었다. 서유는 내내 버석거리는 입안을 훑으며 기침을 내뱉었다. 손목에 찬 워치가 어쩐지 족쇄같이 느껴졌다. 어떻게 그런 생각을 했느냐, 혜이는 기특하다는 듯 말했지만 서유에게는 다르게 다가왔다. 나와 같은 사람이 어딘가에는 있지 않을까 하는 기대감.

내가 항상 했던 생각이니까.

미친놈과 자신은, 똑같았다.

09

"서유 씨, 많이 먹어. 아플 땐 잘 먹어야 해."

"네, 감사합니다." 아빠처럼 고깃덩어리를 얹어주는 노원에게 서유는 그저 웃으며 대답했다. 정말 자식 챙기는 마음인 것이 보여 괜히 민망해졌다.

그사이 설렁탕에 소금을 뿌리던 혜이는 마음대로 노원의 고기를 가져갔다.

"맨날 굴리셔서 아픈 애는 챙겨주지 않으시니 알아서 먹을게요."

"야, 인마. 너 제일 큰걸."

"그럼 저도."

눈치를 보던 강우도 노원의 그릇에서 고기를 쏙 가져갔다. 순식간에 뽀얀 국물만 남은 그릇을 마주한 노원이 혀를 끌끌 찼다. 교육을 잘못했어. 자신의 탓인 듯해 고기를 돌려줘야 하나 고민하던 서유는, 불평하는 것과 달리 평온한 노원의 속내를 보곤 가만히 있었다. 이러는 게 일상이었다.

"그런데 어젠 못 찾으셨다더니."

"면회 온 놈 가방이 뭔가 익숙하잖아. 그래서 다시 봤더니 건너편 가게에 찍혀 있던 사람 거랑 똑같더라. 팬시점 밖에서 잠깐 보더니 사라졌어."

"다 연결됐단 증거는 있네. 얼굴은요?"

"안 찍혔다."

채 식지 않은 국물을 입에 넣은 노원이 뜨거움을 참지 못하자 쳐다보지도 않은 강우가 찬물을 내밀었다. 흘린 국물을 닦으며 혓바닥을 식힌 노원은 서유에게 무어라 물었다. 많이 데였는지 열린 입에서 혀 짧은 소리가 났다.

"그 딘 씨란 사담, 해사에서는 어때? 어데 보이까 사담 괜찮더만."

"다들 좋아해요. 친절하고 일 잘하고, 성격 좋고."

"넌 이해력도 좋다. 저 말을 어떻게 알아듣고." 보란 듯이 국물을 후후 불어먹은 혜이가 말했다.

대꾸하지 않은 서유는 친구의 허벅지를 살짝 꼬집었다.

재미있잖아. 찰싹, 결국 더 얻어맞고 따가워진 허벅지를 문지른 혜이가 덧붙였다. "회사에서 아이돌이래요, 아이돌."

"인기 많을 만하잖아요. 인물 좋지, 자상하지."

"누가요?"

고기를 씹던 서유는 갑자기 들린 목소리의 주인공을 보고 사레가 들렸다. 휴대용 선풍기를 든 재경과 진이 자연스레 합석했다. 아직 시계는 회사 점심시간 30분 전을 가리키고 있었다. 일찍 가라는 게 이렇게 일찍이었다니, 전에 없던 파격적인 배려에 서유가 놀란 사이 재경은 메뉴를 보곤 질린 표정을 지었다. 이 더운 날에 설렁탕?

"이열치열입니까? 전 콩국수 먹으렵니다. 형님은 뭐로 하시겠습니까?"

"나는 설렁탕."

"뭐야, 둘이 친해졌어?" 강우가 물었다.

"친해졌습니다!" 재경이 신난 목소리로 대답했다. 잘생긴 형님, 생겼다.

순수하게 기뻐하는 속내가 보여 서유도 웃었다. 함께 있으면 기분이 밝아지는 사람이다 보니 혜이가 비타민이라 부르는 것도 이해가 갔다. 물론 너무 밝은 재경에게 도리어 기가 빨리는 것 같은 사람도 있긴 했다. 예를 들자면 노원이라거나.

"서유, 이제 좀 괜찮아요?"

"……네, 어제 저 돌봐주셨다면서요. 감사합니다."

"아니에요, 그래도 약 꼭 먹고요."

옷 가게 이후 제대로 된 대화는 나눈 적이 없었기에 여전히 주고받는 말이 어색했다. 괜히 밥만 입에 욱여넣던 서유는 자신들을 은근하게 보는 눈빛을 깨달았다. 쟤네 분위기가 왜 저리 이상해. 노원의 속내를 훑은 서유는 모르는 척 깍두기만 씹었다. 다행히 재경이 비타민답게 톡톡 튀어주었다.

"허준구랑 고지영, 뭐 좀 나왔답니까?"

"김 팀장한테 연락 왔다. 허준구 혈액 검사로는 청산가리 맞고, 부검 들어갈 거래. 고지영 쪽은 일단 2팀이 맡기로 했다."

"이 정도면 케타민 때문이라도 합동 수사나 광역수사대에 넘어가겠는데요."

"일 크게 벌이기 싫은 눈치야. 그냥 알아서 정보 교환해야 돼."
숟가락으로 설렁탕을 뒤적이던 노원이 마음에 안 든다는 목소리로 내뱉었다.

원인을 알 수 없는 연쇄 사망. 모두 케타민이 나왔을 뿐 사망 방식이 일정하진 않았기에 현실적으론 연쇄 살인으로 엮기 힘들었다. 2팀과 함께하기로 한 것만도 큰 결정이었다. 무엇보다 경찰서 내부에서 살인 사건이 생긴 만큼 눈에 띌 일은 피해야 했다.

……라는 서장님 말씀이니 까라면 까야지. 그래도 자존심 때문인가 수사는 계속하게 해주시네.

노원의 속내를 본 서유는 설렁탕을 먹으면서도 생각했다. 지금 이 대화들을 내가 그냥 듣고 있어도 되는 건가. 질문을 던진 채 콩국수를 기다리던 재경은 어느 정도 만족했는지 다른 질문을 던졌.

"아, 그 사망자들 이상했던 옷 말입니다, 허준구도 포함해야 한다고 보십니까?"

"그렇지 않을까. 면회 온 사람은 C고. 면회 끝나고 순경 옷에서 청산가리 꺼낸 거 보면."

"입 막으러 빨리도 왔네. 자기 죽을 줄도 모르고 죽이면 안 죽는다고 그렇게 난리를 쳐댄 거냐."

진이 살짝 움찔했다. 혜이와 강우가 동시에 눈으로 노원을 타박했다. 민망해진 노원이 괜히 헛기침을 하자 진은 참 티 나게 깍두기 정말 맛있다며 웃었다.

"큼, 일단 오늘 허준구 담당의를 만나봐야죠. 근데 그렇게 치면 허준구는 이상한 부분이 뭐더라."

"신발이 완전 새거였다며. 근데 그건 운동화도 아니고 뭐냐."

"에스파드류요."

"그럼 신발이니까 S, 예?"

알파벳을 읊던 강우의 귀에 낯설고 유려한 발음이 들렸다. 에스…… 뭐요? 막 나온 설렁탕 그릇에 들어갈 정도로 열심히 먹던 진에게 모두의 시선이 쏠렸다. 딸꾹, 당황했는지 진의 입에서 딸꾹질이 튀어나왔다. 서유가 물을 건네줬지만 딸꾹, 더 심해졌다.

"나…… 뭐 잘못했어요?"

"진 씨, 방금 뭐라고 한 거예요?"

"에스파드류, 그 아저씨가, 신고 있던 신발, 이요. 그거 되게, 편해요."

여전히 진정되지 않은 딸꾹질 탓에 중간중간 멈춰가면서도 진은 끝까지 말을 맺었다. 강력계 1팀의 씹는 속도가 서서히 느려졌다. 하나가 되는 속내를 본 서유는 남은 설렁탕을 한꺼번에 입에 넣었다. 서둘러 밥까지 전부 꿀꺽 삼키기가 무섭게 노원이 식탁을 쾅, 두드리며 일어났다. 진의 딸꾹질이 멈췄다.

"진 씨, 우리 좀 도와주쇼."

"예? 예."

"야, 다 일어나."

"팀장님, 저 이제 받았지 말입니다!"

억울한 재경이 외쳤지만 막내의 목소리는 그 누구도 들어주지 않았다. 서유는 하는 수 없이 콩국수를 서글프게 보는 재경의 등을 가만히 토닥여줬다. 나중에 사줄게요. 그 말에 진심으로 감동하는 모습이 귀여웠다.

***

"이건 aloha shirt."
"그럼 a……."
서유는 시체 사진을 거부감도 없이 잘 보는 진을 물끄러미 쳐다봤다. 사건 현장이야 자신도 직접 봤지만 시신들의 속내를 보느라 경황이 없었다 쳐도, 진은 동요도 없이 평이했다. 일곱 개나 되는 사진을 하나하나 보며 말하는 모습이 누가 모델 아니랄까 봐 촬영 사진을 모니터링하는 중 같았다. 진이 알려주는 정확한 용어를 듣던 혜이가 조용히 다가왔다.
"남자 복대도 코르셋이야?"
"몸매 교정용은 쇼핑몰 같은 데서 종종 그렇게 써."
"그리고 마지막은 e!"
진의 말을 받아 적던 재경이 마침내 다 됐다는 듯 외쳤다. 휘갈겨 쓴 글자가 얼핏 보였다. cardigan, aloha shirt, tank top, corset, hood, mask, espadrille. 앞 글자만 따면……. 머릿속으로 단어들을 나열하던 서유의 입에서 헛웃음이 나왔다. 반응은 제각기 달랐지만, 모두의 머리에 똑같은 단어가 뜨고 있었다.

"이 새끼 난 놈이네."

"와."

굳이 굳이 남긴 메시지가 뭔가 했더니, 이렇게 체포 의지에 불을 지필 줄은 몰랐다.

혜이는 자기도 모르게 중얼거렸다. "그래, 꼭 잡아줄게."

화이트보드에 붙은 새까만 사진. 옆에 크게 쓰여 있는 C, 그가 남긴 메시지는 참 허무하고도 어이 없었다. c, a, t, c, h, m, e.

CATCH ME. 나를 잡아봐.

속으로 욕만 하던 재경이 볼펜을 집어 던졌다. 서유는 범인을 잡겠다는 열망으로 불타는 속내들 가운데 유독 고요한 머리를 응시했다.

화이트보드만 보는 진의 생각을, 여전히 알 수 없었다.

***

준비됐다는 듯 혜이가 고개를 끄덕였다. 마음 정리되면 해. 서유는 여전히 내키지 않았지만 손을 들었다. 손으로 눈앞을 가려도 속내가 가려지진 않았다. 늘 그랬다.

머뭇거리던 손이 결심한 듯 속내를 지우는 것처럼 움직였다. 천천히 해도 ㄷ…….

정말 지우개라도 쥔 것처럼 손이 지나간 곳마다 이리저리 존재하던 속내가 사라졌다. 멀리 서 있는 혜이의 눈빛은 소위 말하는 멍때리는 것처럼 흐릿했다.

자신의 손을 보던 서유는 혜이의 멍한 눈동자를 쳐다보며 말했다. "가자."

말을 마치자마자 혜이가 걸어왔다. 잠깐 행동에 의문은 가졌지만 이내 대수롭지 않게 넘기고 있었다.

"됐어?"

서유는 혜이의 질문에 고개만 끄덕였다. 이젠 눈뿐만 아니라 손, 입까지 싫어졌다.

"나한테 안 들려도 상관이 없구나."

"안 가리켜도 돼. 진짜 나한테 조종할 수 있다는 거 알려주려고 일부러 그랬나 봐."

"너한텐 참 친절하다."

혜이는 어제 경찰서에 도착했을 때 잠시 멍했던 것이 떠올랐다. 한순간 어리둥절할 뿐 이내 별생각이 들지 않으니 의문을 가질 것도 없었다. 다 와서 주차를 헤맸던 재경도 같은 맥락일까. 걘 어쩌다 이런 능력을 알았을까. 생각을 멈춘 혜이는 아까 실험했던 거리를 수첩에 마저 적었다.

"중간에 자동차 같은 장애물이 있어도 가능하고."

경찰서 뒤편 주차장에는 다행히 사람이 없었다. 땡땡이 오해를 받기 전에 돌아가려면 속내를 조종할 수 있는 범위를 가능한 한 빨리 알아야 했다. 혜이는 앞서 적었던 내용을 확인했다. 한번 속내를 지우면 다른 생각을 쓸 때까지 멍한 상태가 계속됐다. 설령 누군가가 건드리더라도 동일하니 꼭두각시가 되는 셈이었다. 대단하네, 감탄을 숨기지 않은 혜이는 경찰서 건물을 가리켰다.

"이번엔 건물 안에 있을게."

"……."

"김서유?"

답이 없는 서유는 자신의 손을 빤히 보는 중이었다. 또 능력을 저주라고 원망하고 있는 듯했다. 그 모습을 지켜보던 혜이는 일부러 수첩을 탁, 소리 나게 접었다. 흠칫한 서유가 아무렇지 않은 척 손을 내렸다.

"어, 어? 다음 실험하자."

"잠깐 휴식."

경찰서 건물 뒤로 드리운 그림자에 들어가 털썩 주저앉은 혜이가 옆을 탁탁 두드렸다. 서유는 작게 기침을 하며 군말 없이 옆에 앉으려다, 벌떡 일어났다. 그림자 속이라 해도 아스팔트 바닥은 너무 뜨거웠다. 친구의 원망스러운 눈초리를 느꼈을 텐데도 혜이는 어깨만 으쓱했다. 뭐가 뜨겁다고.

"넌 이게 안 뜨거워? 달걀도 익겠는데."

"안 익더라."

"해봤냐."

시덥잖은 대답에 놀라지도 않은 서유는 주차장 바닥에 엉덩이만 댄 채 다리를 세우고 앉았다. 날이 더웠지만 선선한 바람이

땀을 식혀 견딜 만했다. 평온한 분위기 속에 들려오는 매미 울음소리가 꿈만 같았다. 어쩌다 평범한 생활이 꿈같아졌는지 모를 일이다.

쓴웃음을 짓던 서유는 불쑥 나타난 알사탕을 받으며 물었다.
"넌 나 무섭고, 보기 싫을 때 없었어?"
"무표정하면 무섭고, 나한테 성질부릴 때는 보기 싫지. 네 성격이 좀 나쁜가."
"그 뜻 아닌 거 알잖아."

나도 내가 싫고 무서운데, 넌 어떻게 그래. 말로 하지는 못하고 속으로만 질문한 서유는 도르르, 사탕을 굴려 먹는 혜이의 눈에만 집중했다. 일부러 머리 쪽은 보지 않았다. 직접 입으로 듣고 싶었다. 손부채질을 하던 혜이가 다시 입에서 사탕을 굴리는 동안 바람에 나뭇잎 몇 개가 떨어졌다.

"그동안 봤으면서도 모르니."
"그래서 더 궁금한 거야. 부모란 사람들도 내가 무섭다고 보지 않고 있는데."

여덟 살 어린아이가 처음 자신의 눈에 보이는 세상을 부모에게 말했을 때. 그들은 믿지 않았고, 왜 이런 일이 자신들에게 생겼는지 원망하다 종국에는 그들의 아이를 피했다. 무언가를 받아들이는 단계는 원망, 분노, 수용이라고 했던가. 그런 부모의 속내를 적나라하게 보고 병원에 갇히며 서유는 원망했고, 분노했고, 마지막에는 결국 수용했다. 부모라도 완벽하게 의지해서는 안 된다는 사실을.

알사탕을 깨물려다 다시 굴리기만 한 혜이는 턱을 괬다. 지금 서유의 모습은 고등학생 시절, 비밀을 말해줄 때와 똑같았다.

"그땐 좀 겁났어."

"……언제?"

"고등학교 때. 아무렇지 않은 척하면서 손은 벌벌 떨곤 할 말 있다고 하는데, 사람 죽였다고 할까 봐."

언제인지 깨달은 서유의 입꼬리가 살짝 올라갔다. 혜이의 속내를 본 순간, 어이가 없어 바로 "안 죽였거든!" 하고 외쳤던 찰나의 정적과 그 뒤 혜이의 반응은 잊으려야 잊을 수 없었다.

"안 죽였다니까, 그럼 도박했느냐고 했잖아. 어떻게 사고가 다 그쪽으로 튀어."

"경찰 지망생의 머릿속이 그렇지 뭐."

"다 그러진 않네요."

"어쨌든, 난 꿀릴 게 없어서 그런가 안 무서웠어. 앞으로도 그럴 거고."

혜이는 말없이 머리를 가리켰다. 내가 그럴 것 같았으면 나한테 네 비밀을 말 안 했겠지. 서유는 가만히 고개를 끄덕였다. 그동안 봐온 혜이를 알았기에 두려워하면서도 말할 용기를 낸 것이었다.

예전부터 지금까지 한결같은 혜이는 장난 반, 진심 반으로 말했다. "솔직히 C는 좀 무서운데, 넌 안 무서워. 넌 쫄보라 그런 짓 못 하잖아." 안 그래?

혜이의 입에서 도르르, 알사탕이 다시 굴렀다. 서유는 말없이 혜이를 껴안았다. 말로는 덥다고 떨어지라면서도 토닥이는 손길이 느껴졌다. 괜스레 울컥한 서유는 입술을 꾹 깨물다 굳이 헛기침하며 떨어졌다. 일부러 외면했는데도 혜이의 웃는 모습이 훤히 보였다. 귀엽다니까.

깨끗이 지워버리고픈 속내를 노려보던 서유는 문득 손으로 혜이의 머리를 가렸다. 물음표가 뜬 속내가 버젓이 보였다. 속내는 물리적으로 존재하지 않았다. 그렇다면.

"우혜이, 실험 하나 더 하자. 내 손목 잡아봐."

"갑자기?"

혜이는 어리둥절해하면서도 서유의 손목을 잡았다. 그 상태로 서유의 손가락이 움직였다. 깔짝거리는 모양새를 보던 혜이는 위화감을 느꼈다. 여태까지와 달리 멍한 감각이 전혀 없었다. 실험한 대로면 당연히 속내가 지워져야 하는데.

마침내 손가락을 멈춘 서유가 말했다. "다 추상적인 개념이었어."

***

속내를 지우는 것도 액션에 불과하니 그 행위를 억제하는 것도 동일할 것 같았다, 언뜻 이해하기 어려우면서도 단순한 설명이었다. 관념적인 건가. 어쨌든 새로운 사실을 정리한 혜이는 수첩을 처음부터 훑었다. 대문짝만하게 적어둔 'CATCH ME'가 존재감을 뽐냈다.

"……에스파드류나 코르셋은 보통 바로 안 나오잖아. 그렇게 메시지를 남긴 건 그쪽 일하는 나한테 남긴 거겠지."

속을 본 서유가 담담히 말했지만 혜이는 조용했다. 아니면 C 자신이 관련 있다고 알려주는 것이거나.

"……M은 오늘이어야 한다고 허준구가 그랬대."

"……원래는 진 씨였을 거야."

서유는 입술을 깨물었다. 진이 마린룩을 입는다는 걸 알 수 있는 사람은 회사 사람들과 레드패션 관계자뿐이었다. 평소보다 일찍 퇴근시켜준 하연, 마린룩을 선물로 준 제하, 애초에 마린룩 아이디어를 냈던 여준, 회사로 택배를 자주 시키는 소라, 모두 의심스러웠다. 분명 호의뿐이었는데 그 안에 다른 속내가 숨어 있던 걸까. 평소 수도 없이 속내를 봤던 사람들이었으나 누구도 믿을 수 없어졌다. 다 안다고 생각했는데 오히려 전혀 알 수 없는 지경이 되었다. 그나마 있던 이점마저 사라진 지금 서유는 자신의 눈을 뽑고 싶어졌다.

"속내를 조작하니까 남자라는 것도 불확실해. 혹시 짐작 가는 사람 있어?"

"……모르겠어. 근데 자길 알아내래."

"……일단 범위 실험도 마저 하자." 어지간히 너한테 친밀감 느끼나 보네.

다소 어두워진 표정을 보던 혜이는 경찰서 앞에 가 있겠다고 말하곤 천천히 움직였다. 단순한 추측과 확신은 분명 다른 의미였다. 순식간에 함께 일하던 동료들과 주변 사람들을 의심해야 하는 상황에 부딪힌 서유의 속이 어떨지 예측도 쉽지 않았다. 그러나 잔인한 상황이지만 한편으로는 정황 증거로 용의자를 좁힐 수 있어 다행이었다.

"문제는 허준구인데."

아무리 생각해도 살고자 하는 욕망을 가장 잘 이용할 수 있는 인물은 의사였다. 담당 환자들에겐 신 같은 존재일 터였고, 나유나도 같은 병원에 다녔다는 사실은 C가 의사일 가능성을 높여주었다. 그러나 현시점에서는 거리가 멀어졌다. 그렇다면 C는 허준구를 이용하기 위해 의사를 조종한 것일까. 굳이? 너무 비효율적이었다. 차라리 의사는 연결고리일 가능성이 컸다.

일단은 TaT 직원들과 레드패션 직원 중 피해자들과 허준구, 모두에게 접점이 있는 사람을 찾을 수밖에 없는 듯했다.

한숨을 뱉은 혜이는 경찰서 앞에서 문득 생각했다. 관념적이면 사방이 단절된 곳도 안 통할까?

잠시 멍하니 서 있던 몸이 어느 순간 경찰서 화장실에 들어가 있었다. 이렇게 큰 건물이 가로막고 있어도 가능하다니. 이제 마지막 순서인 건물 안이었다. 창문도 닫힌 공간을 보며 한참 동안 기다리던 혜이는 울리는 핸드폰을 확인했다. 서유였다.

─ 안 돼. 사방이 단절된 곳은 안 되는 거 맞나 봐.

"오케이, 고생했어, 이제 들어와."

수첩에 마지막으로 적은 혜이는 강지수 사건의 CCTV를 떠올렸다. 1분도 안 돼서 나왔던 C. 서유에게 전할 메시지를 쓰러 들어갔던 것이 틀림없었다. 놀자고 했던가. 미친놈. 고개를 저으며 강력팀으로 들어가려던 혜이를 누군가가 불렀다. 신고 센터 직원이었다.

"무슨 일이세요?"

"어제 우 경위님이 현장 검거하신 허준구요, 비슷한 시간에 신고 전화가 왔었어요. 칼 든 괴한이 사람을 죽였다고."

"……'죽였다'고요?"

"네, 근데 신고 위치가 경찰서 근처더라고요. 현장이랑 반대 방향이잖아요. 허준구도 죽고…… 좀 이상해서."

"……알려주셔서 감사해요."

경찰서 앞에서 신고 전화를 했다. 그럴 수 있는 사람은 살인을 사주했을 C뿐이었다. 하지만 왜 직접 신고를……. 혜이는 그 자리에 멈춰 섰다. 지금까지는 허준구가 경찰에게 자신의 정보를 불까 봐 C가 직접 움직였다고 생각했지만, 신고 전화가 C라면 말은 달라졌다. '일부러' 잡히게 할 생각이었다는 뜻이다. 경찰서 앞에서 신고한 것도 잡혀오는 모습을 확인하려던 건가?

"뭘 확인해?"

"너 어제 CCTV 봤을 때, 허준구나 C의 머릿속에 이상했던 점 없었어?"

영문 모를 속내를 보던 서유는 다급함을 느끼고 기억을 더듬었다. 감기로 정신이 없는 와중이었던지라 영 흐릿했지만 몇 가지는 확실했다.

"아저씨는 계속 안 죽어, 했는데 뭐랄까 욕망이라기보단 자기최면 느낌? C는…… 벌주려다 말았다고 했어. 그래서 이미 죽여놓고 무슨 소리야 했지."

"이번엔 메시지 없었어? 다른 건?"

"……메시지는 없었고, 그러고 보니 그 아저씨 때문에 꼬였다고 했나."

속내를 조종할 수 있다는 사실에 정신이 팔려 미처 말 못 했다는 서유에게 혜이는 손을 내저었다. 꼬여? 머리를 쓸어 넘기며 고민하던 머릿속에 한 가지 생각이 스쳤다. 가설에 정신이 팔린 혜이는 무작정 서유를 끌고 강력팀으로 향했다.

"잠깐만, 나 계속 여기 있어도 돼?" 당황한 서유의 목소리는 혜이의 귀에 닿지 않았다.

***

"그러니까, 허준구 씨가 양극성 장애 환자이긴 했지만 그렇게 과도한 케타민을 처방한 적은 없다니까요. 애초에 효과가 별로 없다고 판정한 지도 오래입니다. 다음 예약 환자 있는데 언제 끝납니까?"

170센티미터 중반 신장의 정신과 의사는 사건에 휘말린 것이 성가신지 시종일관 비협조적인 태도였다. 강우는 속이 뒤틀리는 것을 느끼며 억지로 입꼬리를 올렸다. 분명 초면인데 자꾸 낯익은 느낌이 드는 것도 거슬렸다. 일단 눈앞의 상황에 집중하기로 했지만, 폐암 담당 의사를 보는 편이 좋았을 것 같다는 생각이 사라지지 않았다. 강우는 이런 사람들을 웃는 낯으로 잘도 상대하는 혜이가 그리워졌다.

사건 바로 며칠 전 정신과를 방문했던 허준구의 소지품 중엔 약이 없었다. 이를 이상하게 여긴 강우는 그리 내키진 않지만 태운대 병원 정신과를 찾았다. 단순히 병원이 싫다고 거부하기엔 사안이 급했다. 케타민의 구매 경로를 살피러 직접 북부서로 간 노원을 조금 원망한 강우는 속으로 이너피스를 외쳤다. 점점 혜이에게 존경심이 들었다.

"잠깐이면 됩니다. 허준구 씨의 삶의 의지가 정말 강해 보였기에 드린 질문이었습니다. 몸에서 케타민이 검출되기도 했고요."

"아, 갑자기 변해서 좀 놀라긴 했습니다. 항상 약물 남용으로 위세척하러 실려 왔거든요."

너무 예상외의 말에 기계적으로 받아 적던 강우의 손이 멈췄다. 그러거나 말거나 본인의 스케줄만 신경 쓰는지 의사는 알아서 설명을 덧붙였다.

"아픈 걸 싫어해서 자해하진 않았지만 늘 수면제 과다복용 같은 자살만 시도했습니다."

"자살 시도를 했다고요?"

"네, 이젠 그것도 소용없으니 같이 먹지 말라는 약들을 한꺼번에 먹어서 실려 오곤 했죠. 폐암 말기라 차라리 죽고 싶은 심정도 이해가 안 가는 건 아니지만 좀 심했어요."

의사의 설명을 들은 강우는 혼란에 빠졌다. 취조 영상에서 허준구는 분명 자신은 안 죽는다고, 죽여야 편해진다고 몇 번이고 중얼거렸다. 잠깐, 편해진다? 불현듯 강우는 다른 가능성이 생각났다.

"그럼 편히 죽고 싶어 했다는 말씀이죠."

"그렇죠."

"그 상태에서 누군가 편히 죽을 수 있는 방법을 알려주겠다고 한다면, 따를 정도였을까요?"

"네? 그 정도로 정신이 쇠약했다고 생각하긴 합니다만…… 뭡니까, 그 질문?" 영문을 알 수 없다는 말투로 의사가 되물었다.

그러나 강우의 귀에 그 질문은 들어오지 않았다. 생각을 뒤집을 필요가 있었다.

"허준구 씨가 바뀐 계기로 짐작 가시는 부분은 있습니까?"

"글쎄요. 마지막으로 봤을 때 웬일로 안 죽을 거라고 계속 되뇌더라고요. 저야 마음을 달리 먹었나 싶어서 계속 그렇게 생각하시면 된다고 했는데……."

의사의 말을 듣고 진료실을 나온 강우는 벽에 기대 생각에 잠겼다. 마지막 말이 계속 머릿속을 맴돌았다. 언뜻 듣기엔 이해가 가지만, 계속 되새겨보면 어딘가 이상한 말.

"죽을 거라고 생각하면 고통스럽게 죽을 거라고 하더라고요."

죽여야 편해진다, 고통스럽게 죽는다. 기껏 하나를 풀었더니 또 하나의 수수께끼가 생겼다. 여태까지와는 달리 정말 죽고 싶어 하는 사람을 죽였다니 갑자기 모든 실타래가 엉켜버렸다. 수첩을 뒷주머니에 쑤셔 넣은 강우는 탐탁지 않은 표정으로 발걸음을 옮겼다.

"윤 경위님!"

로비로 향하려던 강우를 부른 재경이 저 멀리서 달려왔다. 힘없이 늘어졌던 강우의 팔이 생기를 얻어 동료의 어깨를 끌어당겼다. 빨리 나가자는 듯 끌고 가는 힘을 견디지 못한 재경은 캑캑거리며 팔을 두드렸다.

"숨 막힙니다. 무슨 일 있으셨습니까?"

"여기 머리 아프지 않냐. 진 씨도 기다리니까 빨리 가자. 뭐 좀 건졌어?"

"항암 치료 아프다고 그렇게 성질을 부렸답니다. 아픈 걸 죽기보다 싫어했고."

"이쪽이랑 비슷하네. 서에서 다 같이 얘기하자."

"예. 아, 그리고 저 방금 되게 화려한 사람을 봤습니다. 위아래 빨간 슈트 입은 사람이 지나가는데 꼭 모델 같았지 말입니다."

뒷모습만 봤지만 멋졌다며 종알거리는 목소리가 끊이질 않았다. 흘깃 뒤를 확인한 강우는 자신이 나온 정신과 진료실 문이 닫히는 것을 목격했다. 병원에 빨간 슈트라니, 빨강? 강우의 뇌가 재수 없는 의사를 어디서 봤는지 기억해냈다.

"아, 그때 부딪친 사람이구나."

"예?"

"별것 아니야. 가자."

강우는 후배의 목을 휘감은 팔에 더욱 힘을 줬다. 한 번 더 다급하게 탁탁 팔을 친 재경은 자신이 무언가 잘못했느냐며 짓눌린 목소리를 냈다. 그러나 안타깝게도 재경의 앓는 소리는 강우의 안중에서 이미 벗어난 뒤였다.

***

노원은 북부서 구 팀장을 찾았다. 나유나, 조윤수, 강지수, 고지영. 모두 케타민 성분은 나왔지만 약을 구입한 흔적은 없었고, 치료를 받은 기록도 나유나를 제외하곤 눈을 씻고 찾아봐도 보이지 않았다. 범인이 의사일 가능성은 줄어들고 있었다. 허준구는 불규칙적으로 케타민을 구입했던 것까지는 확인이 됐지만, 경찰서에서 독살까지 나온 마당에 얌전히 기다리고 있을 수는 없었다. 자리에 앉아 있던 강력팀 구 팀장이 노원을 발견하곤 급히 달려왔다.

"야, 너희 관할 요즘 왜 그래?"

"수다 떨 시간 없고, 케타민이나 말해봐. 아직도 뭐 못 찾았다고 하면 가만 안 둔다."

구 팀장은 바로 본론으로 들어가는 노원을 끌고 밖으로 나왔다. 잔말 말고 따라오라는 듯 아귀힘이 억셌다. 자신보다 훨씬 덩치가 큰 구 팀장을 이기지 못한 노원은 반항도 못 한 채 속절없이 끌려갔다.

"왜 이래, 진짜?"

"쉿."

도착한 곳은 경찰서 뒤편 인적 드문 구석이었다. 그러고도 주변을 휘휘 돌아본 구 팀장은 사람이 없는 것을 확인한 뒤에야 안도의 숨을 내쉬었다. 정말 덩칫값 못하는 모습이었다. 한심하게 보는 노원을 눈치챈 구 팀장이 억울하다는 듯 담배를 꺼내 물었다.

"네가 내 처지였어도 이랬을 거야."

"아, 재깍재깍 말 안 하냐. 범인 안 잡을 거야?"

비흡연자인 노원이 담배를 뺏자 구 팀장의 눈에 아쉬움이 그득 담겼다. 아무리 새가슴이라지만 그래도 강력계 팀장이라는 놈이 이러는 이유를 알 수가 없었다. 뺏은 담배를 꺾어버린 노원은 인상을 잔뜩 구겼다.

"뭐 마약 브로커가 대통령이라도 되냐?"

"대통령이면 차라리 쉬웠을까."

"뭐라는 거야. 아, 시간 없다고."

"알았어. 주용민 말이야, 너희도 케타민 나왔다는 말에 루트

더 자세히 팠다고 했잖아. 루트가 너무 복잡해서 진짜 죽는 줄 알았다. 너도 알지."

노원은 노고를 알아달라는 듯 칭얼대는 구 팀장의 어깨를 하는 수 없이 토닥였다. 진짜 애도 아니고, 늘 알아서 다 하는 팀원들과 일하다 보니 정작 비슷한 또래가 기대며 다가오자 어색했다. 그래도 서툰 위로나마 동기가 달래주자 기분이 나아졌는지 목소리를 낮춘 구 팀장이 말을 이었다.

"하여튼 그래서 제일 꼭대기 놈을 찾았단 말이지. 근데 이놈이 이미 외국으로 튄 뒤네?"

"뭐라고, 인마?"

"쉬, 목소리 낮춰!"

솥뚜껑만 한 손이 노원의 입을 틀어막았다. 노원은 눈을 부릅뜨고 구 팀장을 노려봤다. 자신의 무능함을 알리고 싶지 않아 이런 모퉁이까지 끌고 왔다고 생각하니 절로 성질이 올라왔다. 결국 참지 못한 노원의 발이 예고 없이 구 팀장의 다리를 걸어찼다.

"야, 이 한심한 놈아! 쪽팔린 줄은 알아서 여기로 데려왔냐?"

"사람이 말을 하면 끝까지 들어! 아, 아파."

걷어차인 정강이를 문지르며 원망스럽게 보던 구 팀장이 이젠 아예 속삭였다. 얼씨구. 이 꼴을 계속 봐야 하나 고민하는 노원에게 구 팀장의 목소리가 하나하나 때려 박혔.

"그 꼭대기 놈 뒤를 더 캐봤는데, 유주기업에서 비서로 일했더라."

"……유주?"

"누구 비서였는 줄 알아?"

얌전해진 반응을 예상했는지 그것 보라는 듯 구 팀장이 뜸을 들였다. 노원의 발이 다시 움찔했다. 알겠어, 손을 뻗어 노원을 진정시킨 구 팀장은 노원의 귓가에 천천히 속삭였다.

"제일 처음 이상하게 죽은 사람. 유주기업 사위, 백민석."

***

얌전히 재경과 강우를 기다리던 진이 병원에서 나오는 둘을 발견하고 창밖으로 손을 흔들었다. 강우는 크게 손을 마주 흔드는 재경이 참 신기했다. 이 녀석 친화력이 사람 좋아하는 강아지 수준이라곤 해도.

"어떻게 반나절 만에 친해지냐."

"형님이, 사람이 참 좋습니다."

"나는 별로여서 팀에 들어오고 일주일 동안 말도 못 붙였습니까아."

"경위님은 인상도 날카로운 편인데, 그때 유독 저기압이셨잖습니까."

수긍하며 차에 올라탄 강우는 시원한 에어컨 바람을 맞으며 살겠다는 소리를 냈다. 그 순간 볼에 시원하다 못해 차가운 음료수가 닿았다. 마찬가지 상황에 놀란 재경이 이상한 비명을 지르자 머리를 빼꼼 내민 진이 장난스레 말했다.

"성공!"

"우아, 고맙습니다. 이거 사러 나가셨습니까?"

"사람 많잖아요. 제임스 본드처럼 갔다 왔어요. 아무도 나 못 봤을 거예요."

"그건 아니라고 봅니다."

"이건 잘 마실게요. 그래도 조심하셔야 해요." 바로 캔 음료를 따 마시던 재경은 강우가 마시는 캔을 보고 신기하다는 듯 물었다. "저 커피 안 마시는 건 어떻게 아셨습니까?"

안전벨트를 하던 강우도 캔을 살폈다. 분명 자신이 마시는 것은 커피였고, 재경은 오렌지 주스였다.

진은 어깨를 으쓱하며 대답했다. "내가 눈쌀미가 좋아요."

"눈썰미 말하는 거죠?"

단어를 고쳐준 강우가 캔을 입에 댄 순간 차가 급발진했다. 덕분에 커피의 습격을 받은 강우는 조금 전 재경처럼 캑캑거렸다. 원래도 날카로운 눈매가 매섭게 운전자를 쏘아봤다.

"그렇게 무섭게 보시니 제가 말을 못 걸었지 말입니다."

"핑계 좋다. 출발한다 말이라도 못 해주냐."

"여기요."

진이 건네준 휴지로 입 주변을 닦은 강우는 이미 갈색 물이 들어버린 옷을 의미 없이 문질렀다. 죄송함다. 좀 미안했는지 눈치를 살피던 재경이 화제를 다른 곳으로 돌렸다.

"그런데 형님, 눈썰미 진짜 좋으시지 말입니다. 윤 경위님 차 펑크 난 것도 알려주셨다고 들었습니다."

"맞아, 옆에서 진 씨가 열심히 알려주지 않았으면 진짜 큰일 날 뻔했어요."

"내가 이렇게 도움을 받을 줄 알고 그랬나 봐요."

진은 아니라는 듯 고개를 저었다. 농담하며 창밖을 보는 표정은 그리 밝지만은 않았다.

아직 임시 숙소가 제대로 마련되지 않은 까닭에 갈 곳이 마땅치 않았던 진은 재경과 강우를 따라왔다. 경찰서에 가만히 있는 것보단 바깥 구경이라도 하고 싶다는 것이 이유였다. 그 마음이 이해는 가지만 다른 이유도 있는 것 같았다. 커피를 마시며 백미러로 진을 살피던 강우는 대뜸 재경이 뱉은 말 덕에 한 번 더 커피를 쏟았다.

"근데 서유 언니랑 무슨 일 있으셨습니까? 두 분 분위기가 사우나 갔다 온 뒤로 조금 다르던데."

강력 1팀의 비타민 재경은 눈치가 있다가도 없었다.

강우는 뭉쳤던 휴지를 펼치고 흘린 커피를 닦으며 화제를 바꿨다. "네가 언제부터 서유 씨를 언니라 불렀냐."

"콩국수 못 먹은 제 슬픔을 알아주신 분은 언니밖에 없었습니다. 언니로 모실 겁니다."

"서유 씨가 너 같은 동생을 원할까."

"……내가 뭘 좀 잘못했어요."

앞좌석의 콩트에도 생각이 많은지 진은 멋쩍게 머리를 긁적였다. 그제야 분위기를 깨달은 재경이 강우에게 입 모양으로 SOS를 요청했다. 신호를 무시한 강우는 손을 뻗어 재경의 볼을 괴롭혔다. 요리조리 피하던 재경이 결국 외쳤다. "사고 납니다!" 계속 콩트가 이어지자 비로소 웃는 진을 확인한 강우는 생각에 잠겼다.

죽고 싶어 했다던 허준구. 어쩌면 이런 말로 사람을 다루기가 더 쉬웠을지도 모른다. 살려줄게, 라는 가망 없는 말보단 죽여줄게, 라는 현실성 있는 말이 더 달콤하게 들렸겠지. 하지만 이해가 안 되는 부분이 있었다.

"경위님, 다 왔지 말입니다."

어느새 주차까지 마친 재경이 이상하다는 듯 쳐다봤다. 헝클어진 머리를 대충 정리한 강우는 아무렇지 않은 척 차에서 내렸다. 그래도 따라붙는 재경의 시선이 느껴졌다.

"아까부터 이상하십니다."

"안 이상해."

"강우, 어디 아파요?"

"안 아파요."

괜히 민망해 앞서 사무실로 들어간 강우의 눈앞에 서오시 지도가 펼쳐졌다. 지도를 붙인 화이트보드 앞에서 바삐 움직이는 사람은 분명 혜이였다. 가까이 다가가자 친구를 도와 지도 위에 자석 하나를 붙이던 서유가 인사를 건넸다.

"오셨어요?"

"예, 근데 두 분 지금 뭐 하세요?"

"강우야, 이거 두 번째 사건 현장에 붙여봐." 고개도 돌리지 않은 혜이가 단추 자석 하나를 던지며 말했다. "넌 세 번째, 난 네 번째."

얼떨결에 자석을 받은 강우와 재경은 영문도 모른 채 자석을 붙였다. 서유와 진은 그 모습을 꿔다놓은 보릿자루처럼 보고만 있었다.

"이건 갑자기 왜……."

"어제 허준구 사건, 사람을 '죽였다'고 신고 전화가 왔었대."

"네?"

"잡혀서 죽인 게 아니라 일부러 경찰한테 잡히게 할 생각이었던 거야. 뭔가 있어."

지도 위에 하나둘씩 자석이 붙었다. 다섯 번째 사건 현장 위에 자석을 붙인 재경은 다른 자석을 찾았다. 그때 투박한 손가락이 남은 자석을 집어 지도 위에 붙였다. 자석 붙이기의 마무리를 장식한 노원을 발견한 재경은 반갑게 외쳤다.

"팀장님, 오셨습니까."

"오냐. 그래서 이게 뭔데."

별 희한한 짓을 다 해요. 노원은 이번 범인의 생각을 도무지 종잡을 수 없었다. 갑자기 튀어나온 유주를 어떻게 받아들여야 할지도 모르는 상태에서 자꾸 또 다른 정보만 늘어났다. 사방으로 흩어진 단서를 연결하려는 노원의 머릿속이 미친 듯이 엉켰다.

"어, 순서대로 이어볼까요?"

지도 위에 붙은 자석들을 전체적으로 보던 강우가 빨간 펜을 들더니 한 줄로 잇기 시작했다. 그래도 종잡을 수가 없어 재경은 인상을 찌푸리고 천천히 뒤로 물러났다. 워낙 지역이 넓어 뭘 의미하긴 하는 건지도 의문이 들었다. 눈에 보이는 거라곤 해고동에서 유독 사건이 자주 발생했다는 것뿐이었다. 계속 뒤로 가느라 누군가를 밟아버린 재경은 황급히 사과했다. 발을 밟힌 진이 괜찮다는 듯 웃는 사이 고개를 이리저리 꺾어보던 노원이 입을 열었다.

"이거, R 아니냐?"

"알? 계란 말입니까?"

"No. Just alphabet."

따라서 고개를 모로 꺾어보던 재경과 진이 말했다. 똑같이 고개를 돌린 강우도 글자를 찾았는지 보인다고 외쳤다. 알파벳이라고 생각하니 대문자 R과 소문자 r 같긴 했지만 뭔가 석연치 않았다.

말을 꺼낸 노원도 마찬가지였는지 이마를 긁적였다. "너무 찌그러졌는데."

아니나 다를까 재경이 반박하며 말했다. "좀 끼워 넣기 같지 말입니다."

"그럼 이건 어때. 진 씨, 이 자석 본인 집 위치에 붙여줄래요?"

지도 옆에 있던 혜이가 여섯 번째 사건 현장의 자석을 떼 진에게 건넸다. 자석을 받은 진이 지도 한 곳에 붙이자 계속 고개를 꺾고 있던 강우의 눈이 커졌다. 아까보다 확실한 Rr이 보였다.

"이번엔 좀 제대로 나왔는데요."

"그럼 뭐야, 글자 만들려고 일부러 경찰서까지 들어와서 사람을 죽였다고? 아니 잠깐만, 여섯 번째는 진 씨를 실패해서 죽인 거잖아. 아무나 골라잡았다 치기엔 준비할 시간이 너무 적지 않아? 다음 타깃을 앞당겨 죽였다 치면 장소는?" 머릿속이 복잡해진 노원의 입에서 필터링 없이 말이 쏟아졌다.

노원의 곁에 슬금슬금 다가간 강우가 그의 옆구리를 쿡 찌르며 말했다. "제발 그만 좀 하세요."

찔린 부분을 문지른 노원은 슬쩍 주변을 살폈다. 재경이 입에 지퍼 잠그는 시늉을 하며 보고 있었다. 팀원들의 충고를 새겨들을 줄 아는 팀장은 고개를 끄덕이며 행동을 따라 했다.

"근데 Rr이 뭡니까. 왜 대소문자 둘 다 썼지."

"줄임말?"

"이니셜 같은 거 아닙니까?"

"RP예요."

의견을 나누는 동료들 사이에서 조용하지만 확신에 찬 목소리가 나왔다. 어느새 다가온 서유를 따라 지도를 본 강우는 다시 선을 연결했다. 점 하나만 더 찍힌다면 P가 될 것 같긴 했다. 하지만. 어떻게 확신하지, P라고.

리딩, 읽을 수 없음

***

"RP면 뭐가 있습니까?"

질문한 재경을 비롯해 집중된 모두의 관심은 그리 많은 수가 아님에도 그 어느 때보다 불편했다. 그런데도 서유의 입에서는 때에 맞지 않게 웃음이 나왔다. 포기한 듯한 헛웃음을 도무지 멈출 수가 없었다.

"레드패션이요. 거기 로고예요."

RP, 레드패션.

저 각진 알파벳은 레드패션 로고의 특징이었다. 완벽하지 않아도 알아볼 수밖에 없었다. 숨바꼭질에 지쳐 좀 알아내라고 용을 쓰는 C의 메시지였고, 이젠 서유도 정말 그 인간을 잡고 싶어졌다. 진과 눈이 마주친 서유는 크게 숨을 내쉬었다. 이렇게까지 힌트를 주다니, 모를 수가 없을 지경이었다.

"거기 지난번에 우 형사님이랑……."

자연스레 묻던 재경은 표정 없는 혜이에게서 두려움을 느끼고 입을 다물었다.

얼굴을 쏠던 노원은 서유를 쳐다봤다. 한 치의 망설임도 없이 단언하는 모습이 이미 예상했다는 것 같았다. 어떻게?

노원이 혜이를 바라보던 시선에 사무실로 들어오는 강력계 2팀이 잡혔다. 들어오자마자 박수를 짝, 친 2팀 김 팀장이 회의실을 가리켰다.

"장노원이, 회의실."

"……알았다."

뭐가 어떻게 된 건지는 모르겠지만 일단은 얻은 정보들을 조합하고 실마리를 찾아야 할 때였다.

화이트보드에 붙여놓은 지도를 보며 뒤통수를 긁적이던 노원이 말했다. "우혜이, 두 사람 임시 숙소까지 바래다주고 와."

"네."

"너희는 지금 당장 자료 들고 나 따라오고. 그리고 우혜이 너, 회의 끝나고 나 좀 보자."

그저 고개만 끄덕인 혜이는 진과 서유를 데리고 밖으로 나갔다. 어쩐지 딱딱해진 분위기에 눈치를 보던 재경은 강우에게 다가갔다. 머릿속이 복잡한 듯 인상을 쓴 탓에 사나운 얼굴이 두드러졌지만 조금 전 혜이보단 덜 무서웠다.

"언니 촉이 이럴 때도 발동합니까?"

"나도 궁금해. 범인의 목적이 뭔지도 모르겠고 죽겠네."

"죽지 마십쇼. 손 부족합니다."

"너는 진짜."

"너희 빨리 안 튀어와!"

속삭이던 1팀은 노원의 호통을 듣고 재빨리 회의실로 달려갔다. 지금은 심기가 많이 불편해 보이는 팀장님의 말을 잘 들어야 할 때였다.

***

혜이는 운전하는 내내 말이 없었다. 앞에 봐. 슬쩍 훔쳐봐도 딱딱한 속내뿐이라 정면을 응시한 서유는 벨트만 만지작거렸다. 바로 옆에 있는데도 말도 걸지 못할 것 같은 이런 분위기가 너무 싫었다.

"진 씨."

"네?"

"작년 11월 23일, 올해 7월 8일, 27일, 8월 8일에 뭐 하고 있었어요?"

뜬금없는 질문이었고 당연히 답은 곧바로 나오지 않았다. 이렇게 노골적으로 알리바이를 물을 줄 몰랐던 서유는 당황한 기색을 숨기지 못했다. 그러나 혜이는 설명조차 해주지 않았다.

"기억 안 나요?"

"……잠깐만요, 찾아볼게요."

"야, 우혜이."

"예전에도 서유를 알았어요?"

"야!"

그제야 고개를 돌린 혜이는 여전히 아무 말이 없었다. 대체 무슨 생각인지 보고 싶지도 않아 서유는 혜이의 눈만 노려봤다.

잠시 백미러로 뒤를 확인하던 혜이가 이내 말했다. "말해."

"너 지금 뭐 하는 거야."

"왜, 드러낼 거면 지금이 딱이잖아. 우리밖에 없고."

"침착하라던 거는 너거든?"

"그건 너한테 보란 듯이 잡아보라고 할 줄은 몰랐을 때의 이야기지!"

끼익. 조용하던 혜이가 언성을 높임과 동시에 차가 갓길에 정차했다. 창밖으로 차 몇 대가 스쳐 지나갔다. 서유는 입술을 꾹 깨물었다. 심정을 모르는 것은 아니었지만 이런 행동은 혜이답지 않았다. 의도를 알 수 없어 결국 속내를 본 서유는 기함할 수밖에 없었다.

나도 방해꾼인가, 그럼 그때처럼 해봐.

"야, 잠깐."

막상 하려니까 겁나? 겁쟁이 새끼.

'저 생각을 지워버려야 해.'

빠앙, 밖에서 미친 듯이 큰 클랙슨 소리가 울려 퍼졌다. 소리가 난 쪽을 보려던 혜이의 시선이 위로 향했다. 머리 바로 위에 뻣뻣하게 굳어버린 서유의 손이 있었다. 눈이 마주쳤다. 하염없이 흔들리던 눈동자가 천천히 움직였다. 양손으로 간절하게 서유의 손을 붙잡은 진이 그대로 팔을 내려놓고 말했다.

"……폭력 반대."

"……."

"혜이, 나 11월은 미국 갔고요, 7월은 일하고 있었어요. 8월은 모르겠어요, 기록 없는 거 보면 집에 있었나 봐요. 그리고……."

"……그래요? 알았어요. 의심하는 거 아니니까 걱정 마요. 그리고 내가 서유 이거요." 말끝을 흐리는 진을 보던 혜이는 웃으며 농담했다.

차가 다시 움직이기 시작했다. 잠시 조용하던 진도 언제 취조를 당했느냐는 듯 '오늘 회사 사람들이 엄청 신경 쓰더라, 솔직히 일 거의 못 했다, 아마 도움 안 되니 일찍 퇴근시켜준 것 같다, 그러면 안 되는데 조금 좋았다'와 같은 사소한 얘기들을 늘어놨다. 원래 호응을 잘해주는 혜이도 진의 얘기 하나하나에 추임새를 넣었다. 두 사람의 대화 덕에 차 안 공기가 조금은 가벼워졌다. 조금 전 일은 착각이었나 싶어질 정도로.

"도착. 여기예요."

그러나 서유는 도저히 기분이 나아지지 않았다. 누구보다 착각이길 바랐지만 아까 들었던 왼손이 무릎 위에서 덜덜 떨렸다. 다른 손으로 감싸며 떨림을 숨기는 서유의 아랫입술이 강하게 깨물렸다. 혜이를 위해서였다고 해도, 아무리 급했다고 해도, 아무 죄도 없는 타인의 생각을 자신이 멋대로 하려 했다는 사실이 끔찍했다.

미동도 없는 서유를 확인한 혜이는 일부러 웃으며 뒤를 돌아봤다. 덩치와 어울리지 않게 쭈그러든 것 같은 진은 빨리 보내줄 필요가 있었다.

"서유랑은 옆집. 열쇠는 여기요."

"아, 고마워요."

"진 씨, 먼저 들어가 있을래요? 저 서유랑 얘기 좀 하게요."

서유는 계속 무릎만 쳐다봤다. 진이 내렸는지 문이 열렸다 닫히는 소리가 들렸다. 그래도 고개를 들 수가 없었다. 할 수만 있다면 손을 뜯어버리고 싶어졌다.

"김서유."

"……."

"김서유, 화났어?"

"화는 네가 나야지!"

어처구니없는 질문에 울컥한 서유가 소리쳤다. 겨우 본 혜이의 얼굴에는 화는커녕 미안함이 서려 있었다. 눈물이 흐를 듯해 서둘러 시선을 돌린 서유는 욕을 삼켰다. 그새 볼이 축축했다.

"미안해. 확인하는 거였어."

"너는 도대체 무슨 생각으로…… 나 미쳐버리는 거 보고 싶어서 그래?"

"미친놈 상대하려면 잠깐은 미쳐야지."

결국 코를 훌쩍이는 서유에게 혜이가 휴지를 건넸다. 팽, 코 푸는 소리가 적막한 차 안을 채웠다. 분명 빨개졌을 따가운 코를 문지른 서유는 혜이를 노려봤다. 눈초리에도 아랑곳하지 않고 얼굴에 붙은 휴지 조각을 떼주는 혜이의 손길이 담담했다.

"누가 우리 쫓아오더라."

"뭐?"

"경찰서부터 붙었길래 일부러 빙 둘렀는데 계속 보이더라고.

C구나 싶어서 시험했는데 그냥 가네."

"특별한 거 없었는데."

의외였는지 혜이의 눈이 조금 커졌다. 확실히 쫓아왔는데, 설마 진짜 조수가 있나. 킁, 한 번 더 코를 푼 서유는 혜이의 볼을 꼬집었다. 아파. 마음 같아선 양 볼을 잡아 늘이고 싶었다.

"너 진짜 제정신이야?"

"응. 그냥 그 차 박으려다 참았으니까."

"갑자기 진 씨한테 그랬던 거는 뭔데."

"겸사겸사 확인. 너 계속 그 사람 의심했잖아."

진 씨는 네 앞에서 일부러 그러는 거 눈치챈 것 같던데. 서유의 입에서 절로 욕이 튀어나왔다. 미쳤구나. 알고는 있었지만 자신의 친구는 대범해도 너무 대범했다. 반응을 예상했는지 혜이는 변명도 하지 않았다. 옆집에 살인범이 있다고 벌벌 떠는 것보단 낫지 않겠어.

"넌 앞만 봐서 못 봤겠지만 나 그때 속으로 말 걸고 있었거든. 네가 C가 맞는다면 차 멈췄을 때 무언가 행동을 보여봐, 라고."

"……진 씨, 아까 내 손 붙잡았잖아."

"경찰서 들어와서 사람 죽이는 앤데 고작 그 정도였겠니. 같이 있었다면 그냥 정체 깠을걸. 정체 드러내는 메시지도 다 찾았는데 숨길 이유가 뭐 있어."

혜이의 설명을 들으며 납득하던 서유는 억울해졌다. 그랬다면 미리 얘기를 해줬으면 좋았을 것 아닌가. 무슨 생각을 하는지 눈치챈 장난기 가득한 손가락이 서유의 얼굴 앞에서 빙빙 돌아갔다.

"얘기했으면, 과연 네가 얌전히 여기까지 왔을까?"

서유는 고개를 저었다. 자신이 생각해도 혜이가 붙잡은 핸들을 꺾어 그 차를 박으면 박았지, 얌전히 임시 숙소까지 오지는 않았을 것 같았다. 그동안 알게 모르게 쌓인 스트레스를 생각하면 그러고도 남았다.

"그리고 진 씨 출입국 기록 다 확인했어. 거짓말 아니야."

"……그래, 진 씨가 작년부터 RP라고 남길 이유는 없지."

비로소 인정한 서유를 보던 혜이는 손을 꼭 감싸쥐었다. 넌 나 살리려고 그랬던 거야. 그놈이랑 달라.

"……."

"그래도 불안하게 만들어서 미안해."

굳이 말이 아닌 속내로 얘기하는 이유는 묻지 않아도 알 수 있었다. 고마워, 중얼거리던 서유는 혜이의 머리를 맴도는 질문에 알아서 대답했다. "……회사 사람은 아니라니 다행이다 싶어."

"……아직 로고는 완성 안 됐어."

"그러니까 그 전에 잡아야 해. 이제 누군지 알겠어."

서유는 마른침을 삼켰다. 그동안은 감이 잡히지 않았지만 비로소 C의 정체가 확실해졌다. 일방적으로 친근하게 굴고, 동질감을 느끼는 것 같은 말투. 빨리 자신을 눈치채라는 뻔뻔한 태도. 은근한 과시성까지 동반한 인물은 아무리 생각해도 한 사람밖에 없었다.

"최여준, 그 사람 같아."

***

김 팀장은 모두가 들어오자마자 문부터 잠갔다. 블라인드까지 내리는 모습이 어째 낮에 본 구 팀장과 비슷했다. 자리를 잡고 앉아 팔짱 낀 채 보던 노원은 얼른 하라는 듯 고개를 까닥였다. 오자마자 회의실로 소집한 것을 보면 무언가를 건져도 건졌다는 뜻이었다.

"하…… 일단, 우혜이 어디 있냐."

"신변 보호자 바래다주고 오실 겁니다."

"아, 오케이. 일단 고지영 변호사 로펌 건부터."

김 팀장이 눈짓하자 2팀 팀원 한 명이 일어나 빔 프로젝터 스크린을 펼쳤다. 재경의 입에서 작은 탄성이 튀어나왔다. 아날로그를 추구하는 팀장 밑에 있다 보니 별로 사용해본 적 없는 신문물이었다. 노원이 저건 또 왜 저러느냐는 눈빛으로 쳐다봤다.

"고지영은 오앤주 로펌 소속이었습니다. 그중에서도 기업 전문 변호사였는데, 실력이 좋아서 로펌에서도 가장 승률 높은 변호사로 꼽혔다고 합니다. 며칠 후엔 승소가 거의 확정된 최종 재판이 있었고요."

"어이구, 오앤주."

"네. 자부심 높고 자존심 세고. 까놓고 돈 되면 좀 구린 일도 다 했다더라고요. 변호할 때 앞뒤 안 가리는 스타일이라 적도 많았어요."

설명을 들으며 강우는 고지영이 맡았던 기업 리스트를 살펴봤다. 국내에서 제일가는 변호사 로펌인 만큼 내로라하는 기업들이 죽 이어졌다. 개중에는 서유의 회사인 TaT도 속해 있었다. 아까 전 서유의 말이 걸린 강우는 괜히 종이 끝을 문질렀다.

"그런데 올 초에 로펌에 기자가 한번 찾아왔었대요. 명함은 바로 버려서 기억에 없는데, 이상한 얘기를 했었다 하더라고요."

"이상한 얘기?"

"이상한 자살에 관심 있느냐고 물었답니다. 고지영은 들은 척도 안 했고."

노원과 김 팀장의 시선이 부딪쳤다. 올 초에 물어볼 만한 이상한 자살. 그렇게 말할 수 있는 사건은 단 하나밖에 없었다. 노원은 자세를 바로잡았다.

자리에 앉아 있던 다른 팀원이 말을 이어받았다. "그리고 고지영의 업무용, 개인용 핸드폰 기록을 보니 그즈음 연락을 자주 했던 번호가 하나씩 확인됐어요."

"누군데?"

"업무용은…… 담당 기업에도 있는 유주기업 비서실. 그리고 개인용은."

"주용민입니다. 2월에 있었던 두 번째 이상한 죽음."

재경의 눈이 휘둥그레졌다. 그렇게 찾아도 나오지 않던 연결고리가 드디어 나온 셈이었다. 갑자기 피해자들이 이어지자 어안이 벙벙해진 재경은 수첩에 정리를 시작했다.

고지영은 유주기업 담당 변호사. 유주기업 사위인 백민석의 죽음에 의문을 품은 주용민은 고지영을 찾아왔다. 들은 척도 하지 않았던 고지영은 그 후 유주기업과 주용민에게 지속적인 연락을 취했다. 재경의 볼펜이 '유주' 두 글자 주위에서 머뭇거렸다. 유주는 나라를 대표한다고 해도 지나치지 않은 기업이다. 여느 대기업들과 달리 좋은 기업이라는 이미지도 강했다. 생각보다 일이 커진 느낌이었다.

"주용민이랑 케타민도 유주가 얽혔는데, 이거 뭐 어떻게 되어 가는 거야."

노원이 앓듯이 뱉은 말에 모두가 반응했다. 가장 놀란 김 팀장의 눈이 어느 때보다 커졌다. 노원은 구 팀장에게서 들은 얘기를 포함해 여태까지 얻은 정보를 정리해 알려주었다. 새로 들어온 정보를 정리하는 재경의 머릿속에 혼란만 찾아왔다. 백민석, 비서, 마약 브로커, 케타민. 비서 홀로 이런 마약 루트를 짰을 리 없다. 더군다나 브로커를 찾는 데만도 긴 시간이 걸렸고, 이미 외국으로 뜬 뒤였다. 뒤를 봐주는 누군가가 있지 않은 한 불가능한 일이었다. 그 얘기는.

"비서는 눈속임이고 유주, 적어도 백민석이 브로커였다는 얘긴데······." 자료를 보던 노원이 골치 아프다는 듯 말을 흐렸다.

백민석 건이 비교적 빨리 자살로 종결 났던 이유는 단순히 언론에 오르내리는 게 싫었기 때문이 아니었다. 큰일 났다며 달달 떨던 구 팀장의 심정이 이해될 줄은 몰랐다. 자연히 얼마 전 노발대발했던 인물이 떠오른 노원은 심심한 위로를 전했다. 아무래도 서장의 평탄한 말년은 물 건너간 것 같았다.

재경은 강우를 툭툭 건드렸다. 옷의 수수께끼를 풀었더니 느닷없이 거대 기업의 뒷거래까지 만나버렸다. "이거 어떻게 생각하십니까?" 그러나 강우는 대답하는 대신 고지영이 맡은 기업 리스트만 심각하게 보는 중이었다.

"경위님?"

"레드패션……."

"촉 여신 말이라 신경 쓰이십니까?"

여전히 돌아오는 답은 없었다. 질린 표정을 짓던 김 팀장은 얼굴을 쓸며 정신을 가다듬었다. 생각보다 스케일이 커져 눈앞이 아찔했지만 발을 뺄 수는 없는 노릇이었다. 눈앞의 자라나는 새싹에게 내보일 체면이 있지.

그렇지만 속으론, 정말 발 빼고 싶었다.

***

최여준. 단호한 서유의 말투에 혜이는 핸들을 두드렸다. 대충 얘기만 전해 들었지만 좋은 사람이 아닌 건 확실했다. 하지만 살인은 인간성과는 별개였다.

"계속 모르겠다더니 확신하는 근거는?"

"이렇게 큰 스케일로 흔적을 남길 만한 사람이야. 뭘 하든 인정받아야 하고, 티 내는 거 좋아하고."

"그럼 차라리 자기 이니셜을 남기지 않았을까."

"그렇게 할 만큼 죽이긴 쫄렸나 보지."

흠, 일단 염두에 둘게. 짧게 생각에 잠겼던 혜이는 이내 웃으며 짐 가방과 열쇠를 건네주었다.

"넌 진 씨랑 진득하게 얘기 잘하고 있어."

글쎄. 옆집이라지만 자신이 진의 방을 방문할 일도, 진이 자신의 방을 방문할 일도 딱히 없을 것 같았다. 그래도 풀 일은 있으니 찾아가볼까. 차에서 내리며 막연히 생각하던 서유는 멀어지는 혜이의 차 위에 퐁 나타난 속내를 발견했다. 설마. 서둘러 들어가니 쪼그리고 앉아 있던 진이 겸연쩍게 웃었다.

"아, 얘기 끝났어요? 혜이가 열쇠를 잘못 줬나 봐요."

"……아뇨, 제대로 준 거 맞아요. 혜이 갔어요."

"네?"

어머나, 내가 진 씨한테 우리 집 열쇠를 줬나 봐.

서유는 잠시 속으로 반야심경을 읊었다. 우혜이, 이걸 그냥.

"어, 서유 울었어요?"

혜이를 향한 원망이, 조금 더 늘어났다.

10

서오시 중부서 강력팀의 회의실은 유달리 조용했다. 정적을 깬 것은 유독 경쾌한 똑똑, 노크 소리였다. 마침 서 있던 2팀 팀원이 문을 열자 익숙한 얼굴이 나타났다.

"늦었다고 사람 차별하시는 줄 알았어요."

농담하던 혜이는 심각한 분위기를 파악하고 고개를 갸웃거렸다. 반갑게 맞아준 재경이 재빨리 나왔던 정보들을 정리해 전했다. 얼마 지나지 않아 깔끔한 요약이 나왔다.

"유주가 약을 팔 때 고지영은 뒤를 봐줬고, 주용민은 고객이라 눈치챘다?"

"우 형사님, 요약 잘하십니다."

영 태평한 1팀의 반응에 2팀 김 팀장은 노원을 쳐다봤다. 역시나 별로 겁먹은 듯 보이진 않았다. 경찰서에서 피의자가 죽어 된통 깨진 게 엊그제인데 누가 또라이들 모아놓은 팀 아니랄까 봐. 덕분에 진정한 김 팀장은 손바닥을 짝짝 쳤다.

"자, 그래서 유주가 주용민을 협박했다고 쳐. 아니지, 그럼 백민석은 왜 죽은 거야."

"……백민석 혼자 팔아재낀 거야. 왜, 요새 그림 그렸다며. 거기에 끼워 넣어서 판 거지."

"그걸 유주가 알았다면 꼭지가 돌았겠죠. 까딱하면 깨끗한 기업이란 이미지에 흠이 될 수도 있으니까."

"좋아. 그래서 백민석을 죽였다, 이걸 주용민이 알았다, 그래서 얘도 죽였다?"

그럼 유주 사람? 설마 살인 청부? 회의실이 활기를 띠기 시작했다. 유주 사람이라면 이렇게 활보하고 다닐 리 없으니 살인 청부 쪽에 가능성이 기울었다. 살인 청부라니, 말하면서도 헛웃음이 나왔지만 모든 가능성을 열어둬야 할 때였다.

"허준구도 사주를 받은 정황이 있다. 아예 허무맹랑한 가설도 아니야."

"……허준구 말인데요." 내내 조용하던 강우가 드디어 입을 열었다. "살고 싶어 했던 게 아니라 죽고 싶어 했대요. 아프게 살아 있느니 죽겠다고 할 정도로 아픈 게 싫었나 봐요."

"뭐? 그렇게 난 안 죽는다고 중얼거리던 인간이?"

"아, 사실입니다. 아파서 항암 치료도 싫어했답니다."

재경의 첨언에 강우는 고개를 끄덕였다. 오면서도 계속 이해가 되지 않는 한편 이해가 되는 부분이기도 했다. C를 만나고 온 후 기다렸다는 듯이 수면제를 달라고 외친 허준구. 분명 그게 자신이 편해질 방법이란 걸 알았을 것이다. 죽을 수 있는 방법임을.

"살고 싶어 하는 사람보다, 죽고 싶어 하는 사람을 이용하기 더 쉬웠겠죠?"

노원은 강우의 말을 곱씹으며 가만히 턱을 쓰다듬었다. 누군가를 살리는 것은 전문 지식이 없다면 어렵기에 신뢰를 얻기 힘들 테지만, 죽이는 것은 까놓고 말해 그 무엇보다 쉬웠다. 그렇다면 굳이 의사가 아니어도 심신이 허약한 사람을 이용할 수도 있었다. C가 의사일 필요가 없어졌다.

"그리고 허준구 담당 의사가 레드패션 사장과 아는 사이 같았어요. 매장에서 부딪친 적 있어요."

"……너 계속 그거 생각하느라 조용했냐?"

"허준구와 범인의 연결고리가 될 수도 있잖아요."

"저 의견엔 저도 동의요." 헤이가 거들었다.

강우는 직접 보지도 못한 붉은 정장을 상상했다. C도 어떤 식으로든 허준구와 스쳐, 이용 가치를 발견했다면.

"레드패션은 또 뭔데?"

"아니, 촉 여신이……." 아무것도 모르는 김 팀장이 질문해 노원은 머쓱하게 얼버무렸다.

아무리 서에서 유명 인사인 서유의 발언이라 할지라도 이런 상황에서까지 맹신한다고 하기엔 많이 낯 뜨거웠다.

***

시계 초침만이 똑딱이며 움직였다. TV 프로그램을 틀어놓았지만 소파 끄트머리에 앉은 서유의 신경은 온통 진에게 쏠려 있었다. 반대쪽 끄트머리를 차지한 진은 방송을 즐기는 것치곤 어색하게 웃는 중이었다. 늘 웃는 낯이던 사람도 부자연스러운 웃음을 지을 수 있었다. 속으로 한숨을 내쉰 서유는 한 번 더 문자를 확인했다.

[차분하게 대화를 좀 나눠봐.]

원망 담긴 문자를 보내자 돌아온 혜이의 답은 참으로 간단했다. 언제 오냐는 물음에도 오늘 안에는 오겠다는 말뿐이었다. 애꿎은 핸드폰 액정만 옷자락으로 문지르던 서유는 마침내 대화를 해보기로 결심했다. 이대로 가만히 있기엔 어색하게 웃는 진의 얼굴 근육이 안쓰러울 지경이었다.

"진 씨."

"네?"

"아까는 죄송해요. 저희 때문에 많이 놀라셨죠."

"아니에요. 물을 수도 있죠. 혜이는 일부러 오버하는 것 같아서 기분 안 나빴어요."

고개를 내저으며 답하는 진의 표정에선 다른 감정은 읽을 수 없었다. 물론 여전히 진의 속내는 보이지 않았다.

— 너는 오히려 네 능력 때문에 사람을 잘 몰라.

이전에는 이해할 수 없던 혜이의 말이 이제야 이해가 갔다. 굳은 미소나마 짓는 진의 생각은 도무지 파악할 수가 없었다. 결국 이판사판이다 싶어진 서유는 부적인 양 핸드폰을 꽉 쥐었다.

"제가 진 씨한테 묻고 싶은 게 많아요."

"……네."

"진 씨도 저한테 묻고 싶은 게 많으신 것 같고."

서유는 일부러 크게 숨을 내쉬곤 살짝 미소 지었다. 전에 없던 상황들이 연달아 벌어져 놀라웠던 탓에 원래 자신의 성격과 달리 오래도 끌었다. 이젠 확인할 때였다.

"그러니까 우리 진실게임 해요."

"네?"

"서로 번갈아가면서 한 번씩 질문하기. 거짓말은 안 돼요."

짐짓 진지하게 말하니 진이 고개를 끄덕였다. 아예 TV를 끄고 진 쪽으로 틀어 앉은 서유는 크게 한번 심호흡을 했다. 제가 먼저 물어볼게요. 진의 맑은 눈동자를 똑바로 보는 서유의 입에서 첫 번째 질문이 나왔다. 그냥 넘어가기엔 너무 찝찝했다.

"내가 무슨 생각하는지, 보여요?"

이젠 모 아니면 도였다.

***

이렇다 할 반응을 보이지 않은 진은 서유를 가만히 응시했다. 피하고 싶었으나 꾹 참은 서유는 눈동자를 마주 봤다. 급작스러운 눈싸움에서 결국 패배한 진이 고개를 천천히 끄덕였다.

정말 다 보고 있었다니, 그런데 자기 속은 숨겼다니.

어이가 없어진 서유의 입에서 대번에 말이 튀어 나갔다. "아니, 그러면서 치사하게……."

서유가 말을 다 마치기도 전에 진이 분명하게 대답했다. "서유는 표정에 다 나타나니까요."

"네?"

"그래서 나 싫어하는 것도 다 알아요. 근데 지금 뭐라고……."
진이 시무룩한 강아지 같은 표정으로 물었다.

덕분에 서유는 본능적으로 내밀었던 양손을 등 뒤로 고이 숨겼다. 하마터면 멱살 쥐는 실례를 범할 뻔했다. 아무래도 서로 말뜻을 잘못 이해한 듯했다. 혼란스러워진 서유가 뻣뻣하게 큼큼 목을 가다듬는 사이 여전히 풀 죽은 진이 입을 열었다.

"나, 왜 그렇게 싫어해요? 첫날 커피 흘려서? 시선 집중하게 해서? 귀찮게 해서?"

"아니……."

"나 때문에 죽을 뻔해서요? 그쪽이 집 아닌 거 알았는데, 모르는 척 데려가서 그래요? 아, 이건 싫어할 만하구나. 근데 그건요."

"저기, 좀 뒤로……." 진이 질문하면서 계속 다가오는 바람에 어느새 끝에 몰린 서유가 겨우 말했다.

미안하다며 뒤로 물러나던 진이 "이러니까 싫어하는구나" 하고 깨달은 듯 중얼거렸다. 한껏 뒤로 젖혔던 허리를 곧게 펴는 서유의 머릿속이 다른 의미로 복잡해졌다. 진득하게 얘기를 하라는 게 이런 의미였나 보다.

자신이 아무리 사람 보는 눈이 없대도 강아지처럼 있을 리 없는 꼬리를 살랑거리는 눈앞의 진은 분명 진심이었다. 남몰래 허리를 두드린 서유는 처음부터 차근차근 짚어나가기로 했다.

"안 싫어한다니까요."

"그렇지만."

"제 차례예요. 제가 거기 안 사는 거 어떻게 알았어요?"

진의 고개가 다시 숙여졌다. 서유는 입술을 앙다물었다. 때에 맞지 않았지만, 회사 사람들이 진에 대해 늘어놓던 온갖 칭찬과 감상을 지금은 공감할 수 있었다. 귀여웠다.

"……다른 데 가는 버스 타는 거 봤어요."

아. 서유는 절로 고개를 끄덕였다. 그래도 마음에 걸리는지 진은 우물쭈물 말을 덧붙였다. 이미 서유가 자신을 싫어한다고 확신하는 듯했다.

"막 따라가고 그랬던 건 절대 아니고요, 우연히……."

"……근데 왜 내가 다른 주소 말했을 때 아무 말 안 했어요?"

"거기서 '다른 데 살잖아요' 하면 안 될 것 같았어요. 서유, 나무지 경계하잖아요."

서유는 아무 말도 하지 못했다. 그게 다 티가 났었다니. 그렇게 불편한 감정을 숨기지 못했나 싶어 변명거리를 찾았지만 쉽지가 않았다.

결국 입만 뻐끔거리는 서유의 모습에 그럴 줄 알았다는 듯 진이 말을 이었다. "그 뒤에는, 이미 모르는 척해서 계속 모르는 척해야 했어요."

서유 쪽은 보지도 못한 채 바닥에만 시선을 응시한 진은 계속 말을 덧붙였다. 반성 많이 했다, 자기 때문에 감기 걸려서 많이 아프냐. 그 긴말을 한마디로 요약하자면 '미안하다'였다. 친해지고 싶다, 는 덤. 서유는 어쩔 줄 모르는 진을 보다 가볍게 손뼉을 쳤다. 바닥을 향했던 진의 시선이 올라왔다.

"진 씨, 그 정도는 버스 타는 거 봤다고 해도 됐어요."

"그렇지만 서유는 항상 내가 말 걸면 일단 뒤로 물러나요. 그리고 꼭 인상을 써요."

"……아닌데."

"아니에요. 거의 티는 안 내는데 항상 굳어 있어요. 그리고 거리 둬요. 카페에서 풀었다고 생각했는데 퇴근할 때 또 서유 표정이 그랬어요. 그래서 더 말 못 했어요."

진의 정직한 내지르기가 변명만 하려던 서유의 양심을 찔렀다. 속내가 안 보여 너무 낯설었다는 말은 자신의 입장일 뿐이었다. 이유 없이 미움을 받는 사람은 속이 타들어가는 법이다. 해야 할 말은 변명이 아니었다.

그사이 조금 감정을 추슬렀는지 진은 다시 물었다. "이제 내 차례예요. 그 아저씨가 나 노리는 거 어떻게 알았어요?"

"……주소를 중얼거리는 걸 들었어요."

당신 주소를 속으로 되뇌고 있었다고 어떻게 말할까.

"그럼 다가가지도 않았는데 죽은 건 어떻게 알았어요?"

"……죽었냐고 물어본 거였어요."

그 말을 믿겠느냐는 듯 진의 눈이 조금 가늘게 떠졌다. 서유도 속을 짐작할 수 있을 만큼 투명한 반응이었다. 하긴 자신 같아도 믿지 않을 변명이었지만 범인이 처리했다고 말했노라 밝힐 순 없었다.

"아닌데."

"맞아요."

그러니 지금은 뻔뻔하게 행동하는 것 외에는 답이 없었다. 시선을 피하면서도 속 시원히 답하지 않는 서유의 모습에 진의 질문이 멈췄다. 일단 넘어가나 싶어 속으로 안도한 서유는 다음 질문을 준비했다. 그러나 진은 생각보다 집요했고, 쉽게 넘어가주는 사람이 아니었다.

"서유. 속마음 보는 거, 서유 아니에요?"

***

그사이 재경은 강우가 뚫어져라 보던 기업 리스트를 훑었다. 내로라하는 기업 이름들 가운데 조금 종류가 다른 이름이 하나 있었다. 의류 브랜드 '레드패션'.

"어, 고지영 담당에도 레드패션 있지 말입니다. 아무리 요즘 잘 나간다고 해도 이 정도입니까?"

"아, 그 기자가 찾아왔을 때쯤부터 맡았다고 하더라고요. 그 시기에 꽤 주가가 올라가고 있긴 했지만 고지영이 평소 맡던 종류는 아니라 로펌에서도 의아했다고 했어요."

강우는 그것 보라는 표정을 지었다. 아무리 생각해도 서유의 레드패션 발언을 그냥 흘려 넘길 수가 없었다. 우연이라고 치부하기엔 이 사건에 꽤 자주 이름을 드러내고 있었다. 만약 나유나와 허준구까지 연관성을 찾을 수 있다면 해고동 사건들의 공통점이라고 볼 수도 있는 셈이었다.

"다른 기업까지 정리하면서 레드패션을 맡았다고 하던데요. 정리한 쪽 주가가 내려가는 추세이긴 했다지만."

"아니, 애초에 거긴 뭐 하는 덴데."

"서유 언니네 거래처잖습니까, 팀장님."

"네가 언제부터 서유 씨를 언니라고 불렀냐."

강우와 똑같은 질문을 하는 노원의 말에 대꾸하지 않은 재경은 핸드폰으로 레드패션의 홈페이지를 찾아 내밀었다. 서유와 진의 화보가 화면을 가득 채우고 있었다. 그제야 수사 초반 들었던 기억이 난 노원은 브랜드의 로고를 발견했다. 각진 스타일이 확실히 지도에 그려진 선과 비슷했다. 단지 거래처라는 이유로 서유가 바로 알아봤던 건지 다시금 궁금해졌다.

"그러고 보니 어쩐 일로 이런 브랜드를 맡았느냐고 물어보니까 대답하기 싫은 눈치였대요."

"……강지수가 바람 피운 시기도 얼추 맞았지. 주용민이 다녀간 후 맡았다면 수상하긴 하네."

"잠깐, 잠깐. 유주랑 레드패션 교집합에 고지영이 있다는 건 알겠는데, 옷 파는 사람들이 살인 청부를 받을 이유가 있냐?"

"무엇보다 왜 굳이 그렇게 이상하게 죽인 겁니까? 자살로 위장했으면 훨씬 조용히 넘어갔을 텐데."

재경이 허를 찌르자 팀장들의 입이 다물어졌다. 확실히 이해되지 않는 상황이었다. 애초에 백민석이 이상하게 죽지 않았더라면 그 사건은 이번 사건들과 연관될 일도 없이 조용히 자살로 처리됐을 터였다. 앞뒤가 맞지 않는 상황을 연결 짓기 위해 각자 생각에 잠기느라 회의실이 다시 조용해진 순간.

"관종이잖아, 얘."

팔락팔락 종이를 넘기던 혜이의 목소리가 침묵을 갈랐다. 관종. 순식간에 모두의 시선이 혜이에게 쏠렸다.

아랑곳하지 않은 혜이는 피해자들의 모습을 톡톡 치며 말을 이었다. "자기 잡아보라고 굳이 이상한 옷 입혀서 메시지 보내고. 발견 장소로 정체 드러내는 문자도 만들고. 자기 알아보라고 트레이드마크 모자 꼭꼭 쓰고."

어딜 봐도 관심받고 싶어 안달 난 사람이었다. 무엇보다 살해 방식을 알려주기 위해 일부러 마스크까지 벗는 위험부담을 감수했다. 어떻게든 관심을 두도록 용을 쓰는 중이라는 뜻이었다. 경찰이 아닌 서유의 관심.

담담한 혜이의 말에 2팀 직원이 고개를 갸웃거렸다. "그런 사람에게 일을 맡긴다고요?"

상식적으로 이해가 되지 않았다. 청부 살인이라면, 조용하고 눈에 띄지 않게 처리하는 것이 기본 아닌가.

"그런 리스크를 감수하고서라도 쓸 만큼 솜씨가 좋나 보지."

"딱히 좋은 것 같진 않은걸요."

"사실상 백민석과 주용민한테 타살이란 물적 증거는 어디에도 없었어. 자살이라기엔 특이할 뿐."

2팀 팀원은 입을 다물었다. 그 말이 맞았다. 두 사건에선 C의 모습조차 찾을 수 없었다. 해고동 사건들이 아니었다면 케타민의 브로커까지 수사가 뻗어나가지도 않았을 터였다. 주용민은 그저 주위에 있던 수많은 적 중 누군가에게 당한 것이라 여겼겠지.

혜이는 C의 사진을 바라보며 덧붙였다. "그러니까, 이렇게 마음대로 굴어도 건들 수 없었을 거고."

CATCH ME. 얄미운 메시지가 다시 머리를 가득 채웠다. 절대 잡히지 않을 자신이 있다는 뜻이었다. 자리에서 일어난 노원은 빔 프로젝터 전원을 끄고 한쪽 구석에 있던 화이트보드를 끌고 왔다.

"정리 좀 해보게, 일단 저거 끈다."

"그냥 이거 쓰셔도 되는데."

"내가 이게 편해."

새하얀 보드 위에 차례대로 피해자들의 사진이 붙었다. C가 조금이나마 자신의 모습을 드러내기 시작한 것은 나유나 사건부터였다. 주용민과 나유나 사진 사이에 긴 선이 그어졌다.

노원은 보드를 가리키며 말했다. "자, 물증이라곤 뭣도 없으니까 소설이나 써보자고. 일단 레드패션과 유주의 관계성, 그리고 이후 유주와 관계없는 사람들까지 살해한 원인."

"다 약 구입한 흔적도 없고 소시민들이었는데."

레드패션, 유주.

무언가 떠오른 혜이는 두 단어를 한꺼번에 검색했다. 단번에 기사가 떴다. 유주가 청년 벤처 성장 투자를 진행했고, 레드패션이 첫 대상자라는 내용이었다.

곁에서 함께 검색하던 재경이 말했다. "이게 레드패션이 커진 계기랍니다."

"……뒤 봐주고 콩고물 얻어먹었을 확률이 얼마나 될까."

"회사 하나 띄우자고 사람을 죽인다고요?"

"세상엔 이해 못 할 놈들이 많다. 재벌 사위가 마약 팔았을 가능성도 있는 마당에."

냉정하게 말한 노원은 선을 그어놓은 지도를 쳐다봤다. 분명 레드패션 로고와 비슷하긴 했지만 아직 P라고 보기엔 무리가 있었다. 지도에 가까이 다가간 노원은 P가 완성될 만한 구역을 살펴봤다. 굳이 찾지 않아도 유주기업 글자가 바로 눈에 띄었다.

"……그 콩고물이 더 이상 안 떨어졌다면 엿 먹이고 싶었겠지." 노원은 보란 듯이 지도에 동그라미를 쳤.

확대되는 스크린이 아니었기에 옹기종기 모여든 팀원들이 '유주'를 발견하고 한마디씩 했다.

"최종 목적지를 유주로 두고 그냥 글자 만들려고 사람을 죽였다?"

"진짜면 정말 이해 못 하겠다."

"그럼 더 죽는다는 거잖아."

강우의 탄식을 들으며 혜이는 주머니에서 꺼낸 알사탕 껍질을 뜯었다. 여전히 입맛이 썼다.

***

회의는 끝났지만 모든 의문이 풀린 것은 아니었다.

결국 자리에 앉던 재경이 이해가 안 된다는 듯 되물었다. "근데 고지영은 자기 목을 그었잖습니까. 약에 아무리 취했어도 그게 가능합니까?"

"일단 뭔가 멍해 보였다고는 하니까. 가능했을 방법을 찾아봐야지."

"최면이라도 걸었나. 자꾸 현실성이 떨어지는데."

그래도 현실이었다. 이미 받아들인 지 오래인 혜이는 생각에 잠겼다. C가 보내는 메시지는 언젠가 응답할 자신과 같은 존재를 향한 막연한 인사였다. 그리고 그 대상은 명백히 서유였다. 주용민 이후의 사건들이 모두 자신의 관할인 해고동인 것만 봐도 설명이 됐다. 서유가 볼 수 있도록 일부러 이곳에서 사건을 일으킨 것이 분명했다.

"일단 허준구를 담당했던 의사부터 좀 더 조사해봐. 뭐 딴 얘긴 안 하디?"

"아. 사건 며칠 전에 검진받을 때 안 죽을 거라고, 죽을 거라고 생각하면 고통스럽게 죽을 거라고 했대요."

"그래서 죽지 않을 거라 되뇌었나."

그러나 노원은 여전히 이해되지 않았다. 죽을 거라고 생각한다고 정말 고통스럽게 죽는 것도 아니고. 그렇게 겁먹은 사람처럼 행동할 이유가 있느냐 말이다.

가만히 듣고 있던 혜이가 알사탕을 굴리며 중얼거렸다. "살고자 하면 죽고, 죽고자 하면 산다."

"뭐?"

"맞다, 저 아까 미행당했어요."

네? 이미 혜이를 보고 있던 1팀 사람들의 눈이 대번에 커졌다. 재경은 아예 책상을 치며 일어날 정도로 놀랐다. 덕분에 귀를 막은 강우는 본인이 더 큰 소리를 내는 것도 몰랐다.

그런 반응을 즐기는 듯, 그저 입꼬리만 올린 혜이는 차량을 조회한다며 먼저 일어났다. 심히 평화로운 뒷모습을 보며 노원은 고개를 저었다. 같은 팀이지만 정말 속을 모를 녀석이었다.

***

다음 질문을 생각하던 서유의 두뇌가 가동을 정지했다. 삐삐 경고음이 울렸다. 이럴수록 더 활발히 움직여야 하는데, 미리 대비 훈련 한번 해놓지 않았던 두뇌가 파업을 선고했다. 아까와 반대 상황이 되어 바닥만 보던 서유는 천천히 고개를 들었다. 진은 여전히 맑은 눈빛으로 반응을 기다리고 있었다. 옷자락을 꽉 움켜쥔 서유는 필사적으로 머릿속 파업 표지판을 뜯어냈다.

어떻게 알았어요? 보통 이런 걸 쉽게 유추해요? 역시 당신도 속을 보는 거죠? 같은 수많은 질문이 꼬리를 물었지만 서유는 평정심을 유지하고 입을 열었다. 제발 볼썽사납게 목소리가 떨리지 않았으면 했다.

"……왜 그렇게 생각했는데요?"

"아직 내 질문에 대답 안 해줬는데."

생각보다 단호한 진의 태도에 서유는 말문이 막혔다. 애초에 한 번씩 주고받자고 제안했으니 당연히 지켜야 했다. 그러나 서유는 어떻게 답해야 할지 가늠이 되지 않았다. 직접 밝히지도 않았는데 '능력'이 들키는 상황은 상상한 적도 없었다.

혼란스럽던 서유의 시야에 똑같이 놀란 듯한 글자가 들어왔다. 그러면서도 즐거워 보이는, 창 너머 누군가의 속내.

와, 들켰네?

이번에도 여지없이, 얄밉기 짝이 없는 글자체였다.

***

아까 본 차량 소유주의 정보를 기다리며 앉아 있는 혜이의 발이 규칙적으로 바닥을 두드렸다. 최여준이 나온다면 얘기는 끝나는 셈이었지만 무언가 꺼림칙했다. RP라는 메시지를 발견한 지금, 자신의 존재를 드러낼 타이밍일 텐데. 왜 그냥 지나갔을까.

머릿속이 복잡한 혜이의 등 뒤로 그림자가 드리워졌다. 고개를 젖힌 혜이는 거꾸로 뒤집힌 노원의 얼굴을 발견했다.

"하실 말씀 하세요."

그 상태로 말하는 혜이의 옆에 의자를 끌어온 노원이 앉았다.

"너 서유 씨한테 정보를 얼마나 흘린 거냐."

아. 혜이는 고개를 원상 복귀시켰다. 아까 언급했던 '좀 볼' 시간이었다.

"중간부턴 합류였잖아요."

"……신기하게 말이다, 같이 일하는 사람들이 살인범일지도 모르는데 서유 씨는 당황하지도 않았어. 이미 예상했던 것처럼."

"……."

"이것도 촉이라고 할 거냐?"

설령 혜이가 남몰래 사건 정보를 공유했다고 해도 범인을 짐작할 수 있는 정황은 아니었다. 눈이 빠져라 사건 파일을 보던 자신들도 정보를 더 얻은 지금에서야 연관을 지었는데, 도대체 어떻게. 물러설 기세가 아니라는 것을 느꼈는지 파일을 보던 혜이는 잠시 말을 골랐다. 그러나 그런 것치곤 뜬금없는 질문이 튀어나왔다.

"판타지 좋아하세요?"

노원은 의중을 알 수 없는 혜이를 쳐다보다 결국 긴 한숨을 내뱉었다. 이 정도면 대화가 삼천포도 아닌 우주로 빠지는 수준이었다. 혜이를 곁에 둔 세월이 너무 길었는지 자꾸 이녀석에게서 자신의 옛 모습이 보였다. 그것도 친자식들보다 더.

결국 지끈거리는 머리를 부여잡은 노원은 혜이의 페이스에 맞춰 대답했다. "그래, 좋아한다. 왜?"

"그럼 서유한테 직접 물어보세요. 이건 제가 대답할 영역이 아니라서."

알 수 없는 표정으로 바라만 보는 노원의 속은 지금 어떨까. 혜이로서는 궁금하지만 파악할 길이 없었다. 그저 말없이 웃는 혜이에게 교통부 소속 경찰이 다가왔다. 차량 소유주 조회가 끝난 듯했다.

"우 경위님, 소유주 나왔습니다."

"어, 누구야?"

"백진이라고 뜨네요. 주소는 해고동 윤화아파트요."

"······뭐?"

혜이의 손이 다급히 교통부의 손에 있던 종이를 가져갔다. 서오 나 3387. 검은 세단. 틀림없이 아까 본 차량이었다. 의외의 이름에 놀란 노원도 종이를 살폈다. 분명 진의 차량은 사건 증거품으로 분류되어 약간의 조사 후 아직 경찰서에 주차되어 있을 터였다. 출퇴근도 재경의 차로 했으니 틀림없었다.

당황해하던 노원은 마침 들어오는 재경에게 물었다. "야, 신재경이. 진 씨 차 아직 우리 서에 있던 거 아니었어?"

"조금 전에 안전 숙소로 향했지 말입니다."

"뭐? 누가 그러래?"

"팀장님이 지시하신 거 아니었습니까? 교통부가 부탁받았는데 길 막힐 시간이라 지름길도 알려달라고 했지…… 말입니다." 심상치 않은 분위기를 감지한 재경의 말이 점점 느려졌다.

혜이는 바삐 발걸음을 옮겼다. 당했다, 단지 이 세 글자만 입속을 맴돌았다.

노원이 다급히 묻는 소리가 들렸다. "너 임시 숙소 위치도 말해줬냐?"

잔뜩 굳은 재경의 뻣뻣한 목소리도 들렸다. "아니요."

살인 미수, 진의 사건은 1팀이 담당이었다. 함께 수사 중이라곤 하나 가뜩이나 바쁜 2팀이 노원 몰래 명령을 내렸을 가능성도, 이유도 없었다. 더군다나 진의 차는 혜이가 차를 멈췄을 때 그냥 스쳐 지나갔다. 그런데 재경은 조금 전 안전 숙소로 향했다고 말했다. 이 상황이 뜻하는 것은 단 하나였다. 'C.'

"이게 지금 뭐 하자는 거야."

혜이의 머릿속에 아까 도발하던 자신의 모습이 고장 난 TV 화면처럼 재생됐다. 서유가 봤으면 뭐가 그렇게 정신없느냐며 혀를 내두를 것이 분명했다.

"레드패션 사람들이랑 그 의사 신상 뽑아…… 엥, 어디 가세요?" 뒤이어 자료들을 챙기고 들어오던 강우가 어리둥절한 상태로 두 사람을 향해 물었다.

사무실을 나서며 노원이 고성을 내질렀다. "신재경이랑 몽타주 작성해!"

"네?" 허망한 강우의 목소리가 들려왔다.

"그때 이후로 경비도 강화했는데 또 뚫고 왔다고?" 노원의 신경질적인 말투에도 혜이는 반응할 겨를이 없었다.

운전석에 앉은 혜이의 손이 다급히 핸들을 꺾었다. 긴급 출동을 나갈 때도 이 정도는 아니었다. 안전벨트도 매기 전이었던 노원이 조수석 손잡이를 꽉 붙들었다.

"야야, 우혜이. 진정해. 지름길 갖고 임시 거처 알기가 쉽냐."

혜이는 말없이 입술만 깨물었다. 노원의 목소리는 귀에 들어오지도 않았다. C라면 가능했다. 지름길을 물어보면 목적지를 떠올릴 테니 일단 경찰서로 온 것이다. 직접 따라붙은 건 아니라고 안심했더니 뒤통수를 치고 있었다.

핸들을 쥔 손등의 핏줄이 불거져 튀어나왔다. 안전 숙소는 더이상 안전하지 않았다. 그를 증명하듯 삐삐, 불안한 알림음이 울렸다. 서유의 스마트 워치가 작동했다는 뜻이었다.

"야, 우혜이. 진정, 야!"

신호등에 걸린 사이 안전벨트를 맨 노원은 다시 손잡이를 꽉 붙들었다. 현직 형사가 교통 딱지 끊게 생겼다.

***

여긴 또 어떻게 알고 온 거야.

서유는 C일 것이 분명한 속마음이 눈에 보이자마자 생각했다.

계속 자신을 지켜보고 있었다는 사실은 이제 놀랍지도 않았다. 이런 상황에 익숙해진 것도 달갑진 않았지만 일단 받아들인 몸이 벌떡 일어났다.

'이 사람 아니라고 확인 사살 해줘서 고맙다.' 뒤늦게 드는 생각은 무의식중에 진이 아니길 바랐다는 것을 깨닫게 해주었다.

"서유?"

어, 알긴 했구나? 너무 눈치 없다 싶었는데.

"닥쳐."

커튼 처진 창으로 다가가려던 서유는 혼자 놀라 입을 가렸다. 신경이 예민해져 속마음을 그대로 내뱉어버렸다. 자꾸 사과할 일만 생겨 너무 미안해진 서유는 손을 내저었다. 말보다 빠른 것은 보디랭귀지였다.

고개를 돌리자 이미 잔뜩 상처받은 진의 얼굴이 보였다. "여기 닥칠 사람 나밖에 없잖아요."

"지금 설명하긴 좀 복잡한데 진짜 아니에요."

'미치겠네. 왜 입 밖으로 나간 거야.'

걔한테 왜 그래, 너 되게 잘 챙겨주던데.

서유는 행여 말이 또 입 밖으로 새어 나올까 입술을 꽉 깨물고 속으로 온갖 욕을 읊어댔다. 한 번의 실수만으로도 진은 아예 땅굴을 파고 들어갈 모양새였다.

아, 걔 생각보다 소심한가 봐? 좀 잘해줘.

그러나 지금 그 여린 속을 달래주기엔 마음이 급했다.

'너 닥치랬지.'

난 이미 닥치고 있는걸.

'재수 없네, 진짜.'

하하.

자신에게 보여주려고 일부러 속으로 생각하는 중인 것이 분명했다. 다급히 커튼을 걷은 서유는 정확한 위치를 파악했다. 골목 담 너머 나무로 가려진 방향에 속내가 동동 떠 있었다. 어차피 1층이기에 서유는 베란다를 넘어갈 생각으로 난간을 붙잡았다.

눈이 동그래진 진이 덥석 붙잡았다. "서유, 뭐해요?"

"진 씨, 진실게임 잠깐만, 잠깐만 있다가 해요. 나중에 다 설명할게요."

진심이 통했는지 진이 천천히 손을 놓았다. 서유는 고맙다고 말할 새도 없이 베란다를 넘었다. 차가운 흙더미가 밟혔지만 다시 신발을 신고 나올 시간은 없었다.

'놀자고 했으니 죽이진 않을 거지? 너, 나 좋아하잖아.'

내가 누군지 알았어?

'알아내라고 아주 난리를 치는데 모를 리가.'

아프대서 걱정했는데 착실히 생각해주고 있었네.

남몰래 스마트 워치를 누른 서유는 빠르게 글자를 향해 달려갔다. 진심으로 기쁜지 전혀 움직이지 않는 속내가 점차 가까워졌다. 꼬이고 꼬인 골목 모퉁이를 돈 서유는 온통 새까맣게 무장한 형체를 발견하고 입술을 깨물었다. 절로 주먹이 쥐어졌다.

드디어 알아냈구나. 너무 기쁘다, 서유 씨. 그럼 이제……

"난 하나도 안 기뻐. 최여준, 이 망할 놈아."

……실망이네.

대번에 다가가 멱살을 틀어쥐자 보인 속내에 서유는 인상을 찌푸렸다. 가로등 하나 없는 골목이라 얼굴이 잘 보이지 않았다. 뭐가 실망이라는 건지도 짐작할 수 없었다.

서유는 가만히 서 있는 C의 마스크를 거칠게 벗겼다. "왜, 숨바꼭질이 너무 빨리……."

"이번 판은 무효."

목소리를 들은 서유의 눈동자가 커졌다. 이 사람은…….

***

'이상한데. 누구였지?'

깜박, 정신을 차린 서유는 주변을 살폈다. 틀림없이 붙잡았는데 아무도 없었다. 뒤늦게 한기를 느낀 발가락이 꼼지락거렸다. 아무리 주변을 둘러봐도 어이가 없을 정도로 기뻐 보였던 속내는 전혀 보이지 않았다. 아니, 마지막엔 실망한 것 같았던 미친놈의 속내가. 분명 마주쳤는데 누군지 모르겠다는 사실이 이상했던 서유는 이유를 깨달았다. 자신의 속내도 조작된 것이었다.

"……어째서?"

"서유!"

"……아, 진 씨."

"어디 갔었어요, 맨발이라니까."

터덜터덜 골목을 빠져나오자 신발을 꼭 쥔 채 달려온 진이 손수 발에 신겨줬다. 졸지에 신데렐라 같은 풍경이 펼쳐지자 지나가던 사람들의 속내가 일렁였다. 남자가 지극정성이네, 드라마 찍냐, 헐 맨발이었네와 같이 여러 말이 있었지만 대부분의 글자에서 느껴지는 감정은 일맥상통했다. 뭐하냐.

"왜 그래요. 밖에 뭐 있었어요?"

"……네."

"뭔데요?"

"뭘까요."

누구보다 궁금한 서유는 얼굴을 손으로 쓸어내리며 뛰어왔던 길을 되돌아갔다. 왜 원치도 않는 게임을 해야 하는지 갑자기 억울해졌다. 애초에 이딴 능력, 바란 적도 없는데. 나란히 걷는 진은 아무 말이 없었다. 그게 더 신경 쓰였다.

그때 마침 진이 가로등 아래 놓인 차를 발견하고는 입을 열었다. "어, 내 차."

어딘가 낯설면서도 낯익은 차를 보던 서유의 입에서 콜록, 기침이 나왔다. 아직 감기 기운이 덜 빠진 것 같았다.

"서유, 많이 추워요?"

"아니요. 괜찮아요."

조사가 끝나서 누군가가 갖다놓은 것일까. 주차 구역도 아닌

곳에 대뜸 세워둔 모습이 억지로 한 심부름이라 말하고 있었다. 게다가 진은 이제야 차를 발견한 반응이었다. 주인도 모르는 차 키는 차에 그대로 꽂혀 있을 가능성이 컸다. 콜록, 한 번 더 잔기침을 뱉은 서유는 무심코 고개를 들다 흠칫했다. 생각보다 훨씬 가까이 서 있는 진이 한층 더 거대해 보여 어쩔 수 없었다. 그것 보라는 듯 진의 눈초리가 살짝 뾰족해졌다. 아, 계속 이랬으니 싫어한다고 여길 수밖에. 서유는 그제야 옆자리 동료의 심정을 이해할 수 있었다.

"피한 거 아니에요. 이렇게 가까이 있을 줄 몰라서."

"……알았어요. 근데 저 사람은 깨워야겠죠?"

"네?"

"내 차 갖다준 사람. 피곤했나 봐요."

자세히 보니 진이 가리킨 까만 세단 안에 누군가 엎드려 있었다. 뒤늦게 인지한 서유는 천천히 차로 다가갔다. 사람은 자고 있다 한들 모두 꿈을 꾸기에 속내가 늘 존재했다. 지루할 때면 다른 사람의 꿈을 구경한 적도 있었다. 하다못해 소위 말하는 멍을 때려도 속내는 줄임표 형태로 나타났다. 그런데…….

아무것도 없었다.

무슨 상황인지 모르는 진이 따라오며 말을 이었다. "저거 아까도 우리가 탄 차 뒤따라오다가 앞서가길래 갖다주는 줄 알았는데, 지금 온 거 보니까 중간에 길 헤맸나 봐요."

사람 좋게 웃는 얼굴은 꽤 보기 좋았지만 서유의 눈에는 들어오지 않았다. 뒤따라오다가 앞서갔다. 그 문장만 귓가에서 맴돌았다. 그 말은 혜이가 봤다는 차량이 진의 자가용이라는 뜻이었다. 이해가 되지 않는 상황에 서유의 걸음이 빨라졌다. 그 순간 보란 듯이 속내가 한 글자씩 나타났다.

나도 승차감이 궁금했거든. 그리고…….

아까까진 아무것도 없던 진의 차 위에 서서히 적힌 글자. 분명 서유의 속내에 대한 답이었다. 덧붙은 문장을 읽은 서유는 아까까지 있던 쪽으로 몸을 돌렸다. 골목 맞은편은 번화가였다. 네온사인처럼 끊임없이 반짝이는 속내들 가운데 최여준이 있을 수도 있다는 뜻이었다.

"진 씨, 차 안에 있는 사람 좀 살펴봐요."

"네?"

"빨리!"

아직 근처에 있다면 찾을 수 있었다. 무작정 번화가로 향하려던 서유는 문득 '무효'라던 단어가 떠올라 멈춰 섰다. 무효, 혹시 답이 틀렸다는 건가.

3장
확인

11

"김서유!"

끼익, 다급한 급브레이크 소리와 함께 차에서 내린 혜이가 달려왔다. 왜 나와 있어, 무슨 일이야? 서유를 살피는 혜이의 머릿속이 전례 없이 엉망진창이었다. 서유는 곧바로 대답하지 못했다. 수많은 생각, 수많은 감정. 지금 이 상황에 C를 마주했지만 조종당했다고 밝혔다가는 혜이가 졸도할 것 같았다.

"……밖에 C가 있던 것 같아서. 만난 건 아니야."

"오라고 했으면 그냥 가만히 있을 것이지, 왜 밖으로 나와."

"서유 말 듣고 잡고 싶어서 내가 못 참고 나와버렸어요. 서유는 나 잡으려고 나온 거예요. 미안해요." 갑자기 진이 민망한 듯 웃으며 변명했다.

당황하던 서유는 필사적으로 자연스러운 척했다. 혜이의 의심

섞인 시선이 느껴졌다. 제발 속아라, 하고 속으로 빌고 있으니 마침 곧장 진의 차를 살피던 노원이 큰 소리를 냈다.

"뭐야, 뻔뻔하게 자고 있네?"

차 안에 있던 사람은 살아 있다는 뜻이었다. 다행이었다.

서유가 안도한 순간 혜이의 주의가 차로 쏠렸다. "팀장님, 안에 누구 있어요?"

긴장이 풀린 서유는 무심코 진의 팔을 붙잡았다. 한순간 누군가가 또 죽었다고 생각해서 눈앞이 아찔했던 것이다. 진이 왜 차를 살피지 않고 자신 쪽으로 왔나 싶었지만 덕분에 산 셈이었다. 감사 인사를 하려던 서유는 새삼 진이 어떻게 장단을 맞춰줬는지 신기해졌다.

"왜 진 씨가 먼저 나갔다고 했어요?"

"서유가 혜이한테 숨기고 싶어 하는 것 같아서요. 뒷모습도 당황한 것 같았고."

그걸 어떻게 다 아느냔 말이다. 진과 함께 차 쪽으로 다가가던 서유는 흘깃 뒤를 돌아봤다. 분명 사람들의 속내로 시야에 글씨가 가득한데, 진과 있으면 다른 사람들의 저 속내들도 전혀 읽히지 않는 느낌이었다.

***

주차된 진의 차를 발견한 노원은 열려 있는 창문으로 잠금장

치를 풀었다. 운전석에서 늘어지게 기지개를 켜던 순경이 상황 파악 못 하고 뻘쭘하게 웃었다.

"뭐 하는 놈이야 진짜." 문을 열어젖힌 노원의 입에서 실소가 나왔다. "뻔뻔한 거 보소, 나와 빨리!"

기가 찬 목소리로 내지르자 순경이 어리둥절한 상태로 내렸다. 내가 왜 뻔뻔해?

노원은 어이가 없어 순경과 자신의 손목에 수갑을 채웠다.

뭐, 뭐, 뭐, 뭐야? 눈을 휘둥그레 뜨던 순경은 그새 추가된 싸늘한 눈빛을 마주하고 말을 더듬었다. "왜왜, 왜 이러세요?"

"왜 이러세요? 넌 C가 아니더라도 증거물 유출 혐의야, 인마. 이걸 왜 마음대로 몰아?"

"먼저 부탁하셔놓고 무슨 말씀이세요!"

"누가 부탁을 해!"

순경이 정신을 차리려는 사이 진실을 묻는 혜이에게 서유는 아니라는 듯 고개를 저었다. 지금 저 사람의 머리는 순도 100퍼센트 당황과 억울함만을 품고 있었다. 진위 여부를 파악한 혜이가 가까이 다가온 진에게 부탁했다.

"진 씨, 팀장님 좀 꽉 잡아줘요."

진은 말을 잘 들었다.

"인마, 잡을 놈은 저쪽이지!"

"미안해요, 우리 팀장님이 좀 과격해."

노원이 발버둥 치는 사이 수갑을 푼 혜이는 가볍게 웃으며 순경을 안심시켰다.

"이 차, 운전하게 된 경위 좀 설명해주세요."

"소, 손 다치신 형사님이 조사 끝났다고 임시 숙소까지만 운전을 부탁하셨습니다. 옆에서 길을 알려주시다가 중간에 다른 사건 연락받고 택시를 탄다면서 내리셨고요."

"……같이 있었다고요?"

"네. 근데 저도 길을 잘 모르니까 도로 서까지 가서 다른 형사님께 여쭤보고 온 거예요. 도착하고 나서 혼이 나가 있던 건 잘못했습니다만……." 이런 취급은 억울하지!

그래도 자신이 뭐가 잘못했을까 싶어 겁에 질린 순경의 말은 분명 거짓이 아니었다. 순경을 다독인 혜이는 이마를 감쌌다. 어쨌든 이곳에 더 있을 수는 없었다.

"일단 서로 가서 부탁한 사람 몽타주를 작성하죠. 그리고 거처도 옮겨야 해요. 얘들끼리는 못 둬요."

단호한 혜이의 말에 노원이 까슬한 턱을 문지르며 동의했다. "그렇지."

하지만 지금 바로 갈 만한 곳이 마땅치 않았다. 머리를 긁적이던 노원이 할 수 없다는 듯 핸드폰을 꺼내 들었다.

"우리 또 옮겨요?"

어정쩡하게 중간에 서 있던 진의 목소리가 아까와는 영 딴판이었다. 서유는 진의 어떤 모습이 진짜인지 좀 궁금해졌다.

***

혜이는 다소 신경질적으로 마우스를 움직였다. 재경이 그려놓은 몽타주는 임시 거처 앞에서 잡아온 순경과 일치했다. 그러나 그 순경에게 부탁했다는 형사의 얼굴은 기껏해야 눈만 알아볼 수 있었다. 그마저도 지난번 몽타주와는 현저히 달랐다.

옆에 털썩 주저앉은 강우가 짜증을 감추지 않고 말했다. "그놈의 마스크 진짜."

CCTV에는 차에 올라타는 마스크 낀 인물이 찍혀 있었다. 순경은 그것 보라며 자신의 결백을 주장했다. 차 키를 건네주는 행동이 너무 자연스러워 혜이는 혀를 내둘렀다. 누가 봐도 의심할 여지가 없는 모습이었다.

"요즘은 복사도 어려운데 저건 어디서 구했대요?"

"……"

"그리고 모자, 마스크, 가방까지 이 구불구불한 게 도대체 뭘까요." 강우는 몽타주를 노려보며 물었다.

굳이 꼽자면 꽃 모양에 가까웠다. 모자를 찾겠다고 많은 브랜드를 뒤져봤지만 명확히 이거다 싶은 것이 없었고, 레드패션도 로고는 그저 이니셜이었다. 막막한 나머지 머리를 헝클이던 강우는 혜이가 보던 CCTV 화면으로 시선을 돌렸다.

"진짜 손 다친 건 아닐 텐데 왜 저랬지."

홀로 추측하는 강우의 옆에서 혜이는 보기 드물게 답이 없었다. 사탕도 먹지 않고 화면만을 노려보는 모습이 낯설었다. 눈치를 살피던 강우는 조용히 일어났다. 지금은 건들지 말고 커피라도 뽑아와야 할 때였다.

"……아닐 수도 있다."

경찰서로 돌아오기 전, 혜이를 붙잡은 서유는 말했다. 최여준이 아닐 수도 있을 것 같다고. 갑자기 확신이 옅어졌다는 것은 무언가 확인했다는 뜻이었다. 임시 숙소까지 쫓아간 C가 속내로 말한 것이 분명했다. 자신은 최여준이 아니라고.

혜이는 C의 행동을 추측했다. 계속 자신들을 지켜보다 메시지를 발견한 걸 확인하고, 임시 숙소로 가는 뒤를 쫓는다. 그러다 들키자 아닌 척 교통부 순경에게 차를 넘기고 지름길을 물어보도록 만든다. 그때 임시 숙소를 알아내고 순경도 그곳으로 운전하도록 조종한 후, 따로 임시 거처를 찾아간다.

"……굳이 왜."

아니, C의 입장에서 생각해보자. 혜이는 사고를 전환했다. 속내를 보고, 조종할 수 있다. 이유가 뭐였든 사람을 죽이며 메시지를 남겼다. 자신과 같은 사람이 발견하길 바라며. 그리고 서유가 반응했다. 신나서 놀자고 했다. 경찰에 들킬 증거는 남기지 않았지만 서유에게는 힌트도 줬다. 하지만 서유는 애먼 사람, 진을 의심했다. 그렇다면.

"……그 사람이 아니야, 나야."

"예?" 마침 돌아온 강우가 캔 커피를 내려놓으며 되물었다.

하지만 혜이는 여전히 생각에 잠겨 있었다. 굳이 순경과 함께 차에 탔던 이유. 미행은 들킬 가능성이 크다. 실제로 들켰다. 그러나 차 안에서 서유가 미행 차량을 눈치채지 못했기에 혜이도 차를 쫓는 대신 돌아왔다.

"……속마음끼리 겹치면 못 본댔지."

"선배, 괜찮은 거죠?"

"안심시켜서 거슬리는 나를 떨어뜨리려던 건가."

이제 좀 파악이 됐다. 방해꾼은 치우고 서유가 더 이상 진을 의심하지 않도록 가장 확실한 방법을 쓰고 싶었던 거다. 진과 있을 때 다른 곳에서 C의 속내를 보게 만들기. 즉, 일부러 보여줬다는 뜻이었다. 그랬는데도 또 다른 사람을 의심했으니 빈정이 많이 상했으리라.

혜이가 갑자기 웃기 시작했다. 강우는 조금 무서워졌다.

"완전 애네."

"나중에 다 설명해줄 거라 믿어요, 선배." 자료들을 정리하며 강우가 혼잣말처럼 대꾸했다.

혜이는 자리에서 일어나 짐들을 챙겼다. 날도 많이 늦었고, 팀원들끼리 따로 있느니 다 같이 모여서 생각하는 편이 나을 것 같았다. 강우는 군말 없이 따라 움직였다. 아직도 아무 말 하지 않는 혜이를 보고 있자니 아까 재경의 심정이 이랬겠구나 싶어졌다. 자신을 되돌아본 강우는 앞으로 잘해주겠다고 다짐했다.

"강우야, 우리 가볍게 생각하자."

"쉽진 않겠지만, 네."

"C랑 똑같이 생각해야겠어."

그래, 놀이. C는 진심으로 서유와 놀고 싶어 했다. 서유하고만. 그리고 다른 누구도 아닌 서유가 자신을 찾아주길 바라고 있었다. 먼저 드러내는 것은 재미가 없으니까. 아예 감을 못 잡는 것도 재미가 없으니까. 계속 주위를 맴돌면서. 깔짝거리면서.

"네 마음대론 안 되지." 혜이는 액셀을 밟으면서 중얼거렸다. "서유랑 놀 거면 나랑도 놀아야 해."

뜻을 알 수 없는 말에 강우는 그저 고개만 끄덕였다. 이렇게 혜이의 상태가 이상해질 때면 항상 무슨 일이 일어나곤 했다. 불안해진 강우는 다 마신 커피 캔을 양손으로 붙잡았다. 이거라도 부적으로 쓸까 싶다.

***

"웬일로 재택근무인가 했지 말입니다." 편한 옷으로 갈아입은 재경이 팔짱을 낀 채 기대도 안 했다는 말투로 말했다.

"아이구, 좋다." 그러거나 말거나 노원은 집주인인 양 소파에 드러누우며 쌓인 피로를 풀었다. "네 죄를 알아라."

"저로서도 억울합니다. 신원 확인하고 알려준 건데."

"폐 끼쳐서 죄송해요."

"아닙니다, 언니. 제 잘못입니다. 내 집처럼 편안하게 계십쇼."

"도대체 누가 네놈 상사야, 이놈아." 노원이 팔만 뻗어 자료를 집어보며 툴툴거렸다.

팀원의 집이 익숙해 보이는 팀장과 달리 서유는 식탁 의자에 어색하게 앉아 있었다.

노원의 대책은 서에서 가까운 축에 속하는 재경의 집이었다. 사건 때문에 집을 비운 지 꽤 된 탓에 그다지 사람 사는 집 같진 않았지만 사람들이 들어오니 그래도 온기가 돌았다. 졸지에 재택근무를 하게 된 1팀은 장소만 바뀐 셈이었기에 곧바로 할 일에 착수했다.

서유는 아직도 자신이 이런 수사 상황을 그냥 봐도 되는 건지 가늠이 가지 않았다. 보통은 안 될 텐데.

"우 형사님과 윤 경위님은 몽타주 작성하고 증언 좀 듣고 금방 오실 겁니다."

"네, 감사해요. 죄송하고."

"괜찮아, 서유 씨도 보호받아야 하는 사람이니까."

자료를 보는 노원의 속내는 비교적 태평해 보이는 겉모습과 달리 복잡했다.

그나저나 유주를 엮을 수 있을까.

유주가 레드패션에 사주했다는 물증…….

무언가 단서를 찾았는지 두 사람의 머리에 공통으로 등장하는 단어가 있었다. 유주. 유주라면 유주기업을 말하는 걸까. 왜 갑자기 수사 방향이 그쪽으로 잡혔는지는 모르겠지만 그렇다고 레드패션이 사라진 것도 아니었다. 확신 없는 속내를 읽는 서유의 머릿속이 복잡해졌다.

잠시 고민하던 서유는 흘깃 진을 바라봤다.

얌전히 한 구석을 차지하고 있던 진이 고개를 갸웃거렸다. "왜 그래요?"

서유가 말했다. "내가 아직 질문에 대한 답을 안 해줬죠."

"……아."

"그 전에 이것만 물어볼게요. 나랑 왜 친해지고 싶었어요?"

진의 입술이 살짝 달싹였다. 서유는 끈기 있게 기다렸다. 진에 대한 의심은 완전히 사라졌다. 아니, 진작에 없었다. 다만 C가 아니라면 진의 행동들을 설명하기 힘들었으니까, 속마음이 안 보이는 이유를 알 수 없으니까, 또 다른 수수께끼를 만들고 싶지 않아 둘을 하나로 묶었을 뿐이다. 그 사실을 이제야 명백히 인정할 수 있었다. 그러니 의심이 사라진 지금 서유는 확인하고 싶었다. 자신이 드러내기도 전에 능력을 알아차린 진을.

한동안 침묵하던 진이 마침내 대답했다. "궁금했어요."

"……."

"처음에는 회사 오기 전에 한번 마주쳤으니까 친해지고 싶어서 계속 말 걸었어요. 근데 서유는 볼수록, 다 잘하는데, 진짜 일도 사람도 다 잘 파악하는데, 이상하게 나한테는 눈치 보는 것 같았어요."

너는 세상이 너한테 들키는 거라 하지만, 난 네가 세상 눈치 보는 것 같아. 언젠가 술에 취했던 헤이의 머리에 나타났던 속내였다. 헤이가 직접적으로 말한 적은 없었지만, 서유는 맞다고 속으로만 대답했었다. 이상한 취급 받고 싶지 않아서, 그냥 휘둘리기엔 억울해서 차라리 자신이 써먹는 거라 다짐하고 살아왔다. 실상은 지레 눈치를 보고 혹여 이상하게 보이진 않는지 매일 스스로를 검열했으면서.

그리고 그 사실을, 본 지 얼마 되지 않은 진이 알아주었다.

말을 하고 조금 후회됐는지 진은 양 엄지끼리 빙빙 돌리며 덧붙였다. "내가 잘못 본 걸 수도 있어요. 어쨌든, 그래서 궁금했어요. 서유가."

"……제대로 본 거 맞아요."

연신 돌아가던 진의 엄지가 멈췄다. 서유는 후련하게 웃었다. 무언가를 감추고 모면하기 위해서가 아니라 자신을 알아준 감사함에서 나온 진심이었다. 한참 눈을 깜박인 진이 신기하다는 듯 말했다.

"서유가 진짜로 웃는 거 처음 봐요."

"이러니까 내가 의심을 안 하겠느냐고요."

"네?"

장난스러운 대답에 진의 눈이 더욱 동그래졌.

서유는 크게 심호흡을 한 후 입을 열었다. "나, 사람들 생각이 보여요."

"……."

"진 씨 것만 빼고."

그래서 지금 당신의 속이 어떨지, 너무 궁금해.

***

"나 없는 사이 일한 거 좀 읊어봐."

재경에게 소곤거린 노원은 소파에서 일어나며 고개를 까닥였다. 때를 놓치지 않은 재경이 냉큼 소파에 자리 잡았다. 그러거나 말거나 자료만 살피는 얼굴에 난 수염이 얼마나 사건에 집중하고 있는지 알려주고 있었다.

"찾아보니까 그 의사가 레드패션 설립자인 최여준, 정세진 고등학교 동창입니다. 정세진은 환자 리스트엔 없어도 가끔 상담도 받고 했다는 것 같습니다."

"호오."

"그리고 허준구는 본래 택배사에서 일했습니다. 컴플레인이 많아서 석 달 전에 잘렸답니다. 잘리기 전 담당하던 구역은 초람동, 반중동 쪽이지 말입니다."

"둘 다 레드패션 매장이 있는 곳이구먼." 노원은 레드패션 홈페이지를 둘러보며 말했다.

레드패션은 반중동을 시작으로 매장을 늘렸고, 최초 창업자인 친구 세 명이 각각 반중점, 초람점, 해고점을 맡고 있었다. 어느 쪽이든 허준구를 만날 가능성은 있었다는 뜻이었다.

고개를 끄덕인 재경이 말을 이었다. "그리고 레드패션이 성장하게 된 계기 말입니다."

"어. 뭔 청년 벤처 성장 뭐시기."

"최근 투자를 멈췄는데, 그걸 주도한 사람이……."

재경이 짐짓 뜸을 들이는 통에 노원은 빨리 말하라는 듯 혀를 찼다. 어디서 이런 것만 보고 배웠는지 참 궁금했다.

충분히 뜸을 들였다고 생각했는지 목을 가다듬은 재경이 내뱉었다. "처음부터 청년 벤처 투자를 담당한 백민석입니다."

"이것 봐라……."

"안 놀라십니까? 재미없습니다." 생각보다 실망스러운 반응에 재경이 김 샌 목소리로 말했다.

노원은 어깨만 으쓱했다. 아까 충분히 놀란 덕에 더 놀랄 기운도 없었다.

"그렇다면 이 가설에 정황 증거는 생겼네. 모자는 아직도 못 찾았냐?"

"비슷한 무늬는 몇 가지 찾았는데, 다 색이 영 아닙니다. 아무래도 맞춤 내지 비매품 아닐까 싶지 말입니다. 서유 언니도 이런 건 처음 본다고 했습니다."

"그럼 더 골 아파지는데……."

"아, 그리고 김 팀장님이 던져주고 가신 게 있습니다."

인상을 찌푸리는 노원에게 재경이 사진 하나를 내밀었다. 나유나의 SNS였다. 어딘가에서 찍은 사진과 함께 '알바중'이라는 해시태그가 달려 있었다.

"사망할 즈음에 원단 가게에서 알바를 했는데, 레드패션이 이용하는 가게였습니다. 이것도 연결 고리가 될지는 모르겠지 말입니다."

"파보니까 뭐가 나오긴 하네. 일단 기억해놔."

"그리고 이것도 기억해두십쇼. 김 팀장님 수사 중 다리 접질리셨답니다. 2팀 비상입니다."

"하이고야."

딩동, 혜이와 강우가 왔는지 초인종 소리가 울렸다. 골치 아파 보이는 노원을 피해 단숨에 달려간 재경은 문을 열어주었다. 어쩐지 하얗게 질린 강우가 캔 커피를 소중히 붙들고 있었다.

"어디 아프십니까?"

재경이 고개를 갸웃거리며 묻자 후배의 손을 꼭 쥔 강우가 동문서답했다.

"내가 잘할게."

재경은 그저 등을 토닥였다. 아무래도 강우가 많이 힘든 것 같았다.

***

"……."

서유는 혜이가 왔음에도 나가보지도 못하는 중이었다. 기껏

큰맘 먹고 고백했는데 진은 아무런 반응이 없었다. 괜한 짓을 했나 싶어 눈동자만 도르르 굴리자 비로소 진의 입꼬리가 슬며시 올라갔다.

"이번엔 거짓말 안 해줘서 고마워요."

"네?"

"근데 아까 C 만났어요?"

"……만난 건지 아닌 건지 애매해요."

더 캐묻지 않은 진이 알겠다는 듯 웃곤 강우와 혜이를 맞이했다. 이 화제는 여기서 끝이라는 뜻이었다. 아무리 떠밀려서 한 고백이라지만 너무, 평범하다 못해 관심도 없었다. 순간 꿈인가 싶어 볼을 꼬집어보던 서유는 어느새 다가와 아예 양 볼을 마구 주물러주는 혜이 덕에 정신을 차렸다. 꿈은 아니었다.

"언니 왔는데 나와보지도 않고."

"내 주변은 다 왜 이래."

"뭐가?"

"기껏 고백했더니 그렇구나 하고 말질 않나, 고맙다고 하고 말질 않나."

혜이는 툴툴거리는 서유의 볼에서 손을 떼지 않고 시선을 좇았다. 강우와 얘기 중인 진을 발견한 눈이 조금 커졌다.

너 설마, 말했어?

"엄밀히 말하면 들켰지."

"……눈치 빠른 것 같다는 생각은 했는데 강단도 있었네."

"실은 다 보이는데 나 혼자 내가 특별하다고 착각하는 거 아니야? 그리고 이건 좀 놔라."

서유는 혜이의 손을 떼곤 살짝 붉어진 볼을 문질렀다. 바로 반박하는 속내가 퐁 하고 나타났다. 그건 절대 아니야. 서유는 굳이 확인 사살시켜주는 혜이에게 한 번 더 성을 냈다.

"그래, 나만 이상하다."

"이상한 게 아니라 특별한 사람, 한 명 더 있잖아."

"……."

"그러니까 걔는 같이 놀 사람이 생겨서 신난 거야."

서유는 입을 다물었다. C의 심정을 이해 못 할 것 같진 않았다. 살인범의 심정이 이해된다니 내키지 않았지만 인정해야 했다. 아마 이런 상황이 아니었다면 혜이에겐 미안하지만 가장 가까운 사이가 됐을지도 몰랐다. 동질감이란 그만큼 큰 감정이었다.

그럼…… 잠시 생각하던 서유의 눈앞에 망설이는 속내가 스쳐 지나갔다. 보기 드물었지만 전에도 마주한 적이 있는 감정이었다. 부탁하기 힘든 일을 부탁할 때. 이를테면 자신이 피해자의 속내를 보던 순간과 비슷했다.

생각을 정리한 서유는 일부러 가볍게 서두를 뗐다. "나, 너희 팀 사람들한테도 말할까 봐."

"……그새 봤니."

"너 오기 전부터 생각했었어. 다들 고생을 너무 많이 하잖아."
서유는 거실에 모여 있는 사람들을 바라보며 말했다.

다들 편히 쉬지도 못하고 의견을 나누고 있었다. 그러나 명확한 증거와 확신 없이 범인을 쫓는 일은 지칠 수밖에 없었다.

유주는 갑자기 왜 튀어나와선.

허준구가 넘어간 원인이 뭘까.

도대체 피해자들한테 뭘 한 거야, 케타민에 최면 기능도 있던가?

아직 진 씨를 노리나.

RP 만들려고 아무나 죽인 거면 진짜 미친놈인데, 아악.

그런 와중에 자신과 진까지 챙겨줬다. 신세를 져도 너무 많이 지고 있었다.

"내가 보는 건 정식 증거는 안 돼도, 수사할 때 확신은 줄 수 있잖아. 이상한 점도 설명되고."

"……무리하는 거 아니지."

"내가 나 손해 볼 일 한 적 있냐."

그리고 뭐, 믿어주는 사람이 둘이나 있으면 미친놈 취급은 안 받지 않겠는가. 너 안 믿으면 말해. 내가 혼내줄게. 혼내주겠단 의미인지 파이팅인지 모를 혜이의 주먹을 보며 서유는 싱긋 웃었다. 이리저리 떠다니는 속내는 참 복잡하고 머리 아팠다.

아, 맞다. 물어볼 거 있었지.

그중 한 속내가 결심을 굳건하게 만들어주었다. 자신의 고백이 저 속을 더 복잡하게 만들지, 깔끔하게 정리해줄지는 알 수 없었으나.

"서유 씨, 물어볼 게 있는데."

"제가 먼저 대답해드릴게요."

후자이길 바라며, 서유는 입을 열었다.

***

서유 씨가 잠이 부족한가 보네.

"졸리긴 하지만 제정신이에요."

반응 1, 안 믿는다.

언니, 저는 부먹이 좋습니다.

"전 부먹, 찍먹 안 가려요."

반응 2, 확인한다.

헐.

"반응이 담백하시네요."

반응 3, 놀란다.

그래, 이게 서유가 예상한 일반적인 사람들의 반응이었다. 차례대로 노원과 재경, 강우의 생각에 답하던 서유는 혜이와 진을 돌아봤다. 역시 이상한 건 저쪽이었다.

……내가 판타지 속에 있었구먼.

노원은 뭘 하는지 계속 호들갑을 떠는 재경의 입을 막으며 서유를 응시했다. 헛소리로 치부하려 해도 자신이 생각하는 족족 답을 다니 꼼짝도 못 하고 믿어야만 하는 처지였다. 더군다나 서유가 사건에 종종 연루되었던 것, 혜이가 가끔 사건 사진을 찍어 갔던 것, 꼭 머리 꼭대기만 찍으면서 녹음 대신 동영상으로 증언을 녹취했던 것이 모두 합쳐지자 믿을 수밖에 없었다.

―판타지 좋아하세요?

혜이의 뜬금없던 질문까지 이제야 이해가 된다.

팀원들의 반응을 살펴보던 혜이는 여태 떡 벌어진 노원의 입을 손수 닫아주었다. 보아하니 진위는 다 파악한 것 같았다.

"다들 생각 갈무리 잘해요. 우리 서유한테 상처 줄 만한 생각이라도 하면 내가 혼내줄 거야."

"선배는 알았어요?"

"내가 왜 범인을 잘 잡았겠어."

혜이가 다소 뻔뻔히 말하자 노원의 손에서 벗어난 재경이 반발했다.

"우 형사님, 그거 치트키입니다!"

"그것도 기본이 받쳐줘야 하는 거란다."

"그건 맞습니다!"

"시끄러워!"

어안이 벙벙한 노원이 소리치는 사이 강우는 눈만 깜박이며 한참 생각했다. 서유의 능력을 확인한다기보단 그냥 말이 안 나왔다. 정리가 안 된다는 표현이 맞았다.

촉 여신이 그래서……. 와, 눈 안 아플까. 그럼 이것도 다 보인다는 거네. 대박. 아니, 근데 어떻게. 잠깐만, 그럼 혹시 범인 속도 본 건가?

"네, 봤어요."

물을 새도 없이 답이 돌아오자 흠칫 놀라는 강우의 반응은 정말 일반적이었다.

현실을 맞닥뜨린 서유는 조금 작아진 목소리로 사과했다. "죄송해요, 많이 궁금하신 것 같아서."

서유의 모습에 혜이는 곧장 바닥에 앉아 있던 후배의 정수리를 꾹 눌렀다. 응징은 달게 받되 오해받고 싶진 않았던 강우는 그대로 머리가 눌린 채 해명했다.

"아니, 이상한 생각 안 했어요."

"근데 우리 서유가 왜 기죽었어."

"범인 속을 봤다는데 안 놀라요?"

"범인 속을 봤다고? 언제?"

내내 빠져 있던 노원의 넋이 돌아왔다. 노원의 큰 목청에 놀란 서유를 대신해 자초지종을 설명한 혜이가 1팀 팀원들의 정신을 집중시켰다.

덕분에 틈이 생긴 서유는 숨을 내쉬었다. 아무렇지 않게 행동하려고 노력했지만 긴장되는 것은 어쩔 수 없었다. 어느새 축축해진 손바닥을 닦으며 서유는 실시간으로 변하는 속내를 확인했다. 걱정과 달리 부모와 같은 반응은 없었다. 그 사실만으로도 긴장이 풀렸다. 최악을 미리 경험하는 것도 쓸모가 있다니, 아이러니함에 쓸쓸하게 웃던 서유에게 진이 불쑥 얼굴을 들이밀었다.

"……진 씨는 얘기 안 해주면 몰라요."

"왜 나만 안 보일까요?"

"그러게요. 그랬으면 내가 진 씨 의심할 일도 없었을 텐데."

무심코 털어놓은 서유는 입을 틀어막았다. 아무리 그래도 살인범으로 의심했다는 말은 너무 지나쳤다. 황급히 사과하자 진은 기분도 안 나쁜지 손을 내저었다. 아무래도 천사가 맞았다.

"내가 봐도 의심할 만했어요."

"……안 놀라세요?"

"뭐가요?"

"그런데 대체 어떻게 알았어요? 보통은 이런 거 생각도 못 하잖아요."

정말 궁금했던 질문을 던지자 눈을 두어 번 깜박거리던 진이 빙긋 웃었다. 문득 서유는 이 사람도 상황을 모면하고자 할 때 웃는 것 같다는 생각이 들었다.

"찍었어요."

"네?"

"우리 첫 촬영 했을 때, 아무리 봐도 서유 정신은 다른 데 가 있는데 시키는 거 다 잘했잖아요."

아, 그때. 자신이 생각해도 신기했던 순간이었지만.

"단지 그것만으로 알아챘다고요?"

"……서유, 나 기억 못 하죠?"

뜬금없는 말이라 서유의 눈살이 살짝 찌푸려졌다. 진은 그럴 줄 알았다는 듯 고개를 끄덕이더니 다시 사람 좋게 웃었다. 아니,

이쯤 되니 얄미운 웃음이었다.

"이게 내 마지막 질문이에요. 대답은 기억나면 하기."

"아니, 순서로 따지면……."

무어라 묻기도 전에 일어난 진이 잠잘 준비를 해야겠다며 화장실로 들어가버렸다. 혼자 덩그러니 남겨진 서유는 예상 못 한 수수께끼를 얻고 닫힌 문만 쳐다봤다. 뭐야, 지금?

***

서유가 새로운 수수께끼에 부딪혔을 때, 1팀은 폭풍처럼 몰아친 정보들을 받아들이기 위해 노력 중이었다. 연장자답게 가장 먼저 정리를 끝낸 노원이 결론부터 내렸다.

"야, 그 말대로면 얘 못 잡아."

설명을 끝내고 돌아올 반응을 기다리던 혜이는 고개를 끄덕였다. 노원의 말이 맞았다. 속마음은 증거로 채택할 수 없었다. 설령 체포한다 해도, 물적 증거가 나올 가능성도 없었기 때문에 허준구 이외에는 기소할 수 있을지도 불분명했다.

"그나마 가능성 있는 건 자백뿐인데."

"퍽이나 하겠습니다."

"주제넘지만 제가 도와드릴게요."

진의 수수께끼 풀이는 뒤로 넘기기로 한 서유가 대화에 참여했다. 안 돼. 듣지도 않은 혜이가 반대했다.

서유는 그 속내를 못 본 척하며 말을 이었다. "……숨바꼭질이라고 했어요. 그러니까 제가 찾아가면 다 말할 거예요."

"……그럼 더 안 돼."

"언젠 수사 컨설턴트 해달라며."

"컨설턴트는 앞에 안 나서."

두 여성의 첨예한 대립을 지켜보던 막내가 중재하려고 나섰다. 재경은 "워워"라며 손바닥을 내보이곤 둘을 진정시키기 위해 서유에게 말했다. 속으로.

저도 언니가 나서는 것은 반대입니다. 너무 위험하지 말입니다.

"……재경 씨, 마음은 고마운데 그러면 저만 알아들어요."

"자꾸 속으로 말하지 마, 이놈아. 너 아까도 그랬지." 이상하게 침묵이 길더라.

재경의 볼을 살짝 잡아당긴 노원이 타박하자 반대쪽을 같이 잡아당긴 강우도 한마디 얹었다.

"맞아요, 서유 씨. 우리 도와주려고 얘기해준 것만도 고마워요. 덕분에 확신도 얻고 용의자는 추렸네요."

"그래, 계속 붙어서 감시하면 되니까 그렇게까지 안 해도 돼." 아, 근데 조종하면 끝인가. 에이, 그래도 이건 아니지.

"들었지, 안 돼."

예상대로의 반응을 마주한 서유는 작게 한숨을 내쉬었다. 단호한 강력 1팀의 속내를 읽었으니 다음 수를 쓸 차례였다.

"……다음 타깃을 알려줬어요."

"뭐?"

"제가 어디까지 정의로울 수 있는지 궁금하대요. 저한테 막 아보라는 거예요. 그리고 이제 다들 아시죠, 저 속 다 읽을 수 있어요."

몰래 경찰서 찾아가서 1팀 사람들의 생각을 읽고 혼자 움직일 수도 있다는 뜻이었다. 서유는 한다면 하는 사람이었고, 다음 타깃도 안다면 못 할 것 없었다. 친구의 마지막 승부수를 깨달은 혜이는 머리를 쓸어 넘겼다. 그 반응을 본 노원은 무작정 반대하는 게 능사가 아님을 감지했다. 보아하니 고집이 세구먼. 맞다는 듯 서유의 고개가 끄덕였다. 한참을 고민하던 노원은 결국 결정을 내렸다. 어디로 튈지 모를 바에야 같이 행동하는 게 낫지.

곧바로 입꼬리를 올린 서유가 당당하게 덧붙였다. "팀장님이 허락했으니 이의 없는 거로 알게요."

"팀장님이야말로 속으로 얘기하지 마십쇼."

"생각이 말보다 빠른 걸 어떡하냐, 인마."

내키지 않지만 물러난 혜이가 서유를 잠시 응시하다가 물었다. "……그래서 누군데."

그 순간 서유의 뒤에서 문이 열렸다. 마침 씻고 나온 진이 자신을 향한 다섯 쌍의 눈동자를 향해 웃어 보였다.

"다음에 쓰실 분?"

서유는 그 천진난만한 미소를 보며 떠올렸다. 진의 차 안에 있던 순경의 머리에 쓰인 글자.

그리고, 진 씨도 계속 안 죽게 잘 챙겨주고.

"저 사람."

한 번 실패한, 저 사람.

12

꼬끼오, 토속적인 알람 소리가 요란하게 울려 퍼져 서유는 벌떡 일어났다. 어딘지 모를 곳에서 계속 닭 울음소리가 들렸다. 그러나 제대로 뜨지 못한 눈으로 핸드폰을 찾기도 전에 꼬끼오 소리가 끊겼다. 아직 흐릿한 시야에서 누군가의 속내가 또렷이 보였다. 이런 알람도 있구나.

"오늘 공휴일이잖아. 더 자도 돼."

핸드폰을 건네준 노원이 바닥에 털썩 주저앉았다. 눈을 비빈 서유가 확인한 날짜는 말마따나 잊을 수가 없는 빨간 날이었다. 정신이 없어서 알람을 꺼두는 것도 잊고 있었다. 습관처럼 액정을 문지르고 본능적으로 다시 누웠던 서유는 오뚝이처럼 일어섰다. 눈앞에 시체 떼가 늘어져 있었다.

"내버려둬. 쟤들 잠든 지 두 시간도 안 됐을 거야."

"……살아 있네요."

"시체 꼴이긴 하네." 피식 웃은 노원은 고개를 저으며 생수를 들이켰다.

너 내가 잡는다, 이 새끼야.

여기 등심 추가요.

야아아호오오.

거실 테이블에 엎드린 채 다들 무슨 꿈을 꾸는지 속마음도 요란했다. 몸을 완전히 일으켜 노원에게 자리를 내준 서유는 그제야 혼자만 소파에서 잠들었다는 사실을 깨달았다. 분명 잠들기 전엔 주방 식탁에 엎드려 있었는데. 보나 마나 혜이가 소파에 눕히라고 했을 것이 뻔했다. 미안해진 서유는 덮고 있던 담요를 혜이의 어깨에 걸쳐줬다. 소파로 옮겨주기엔 힘이 많이 달렸다.

"팀장님은 더 안 주무세요?"

"난 쟤들보다 일찍 잤어. 피곤해서 몸이 못 버티겠더라고. 그만큼 일찍 깬 거지 뭐."

일찍 잤다 한들 새벽 3시를 넘긴 시간이었다. 알람은 평소 8시에 울렸고 자신이 알기로 노원은 그저께도 거의 밤을 새운 상태였다. 저대로면 몸이 못 버틸 것이 분명했다.

"그래도……."

"괜찮아. 나 거짓말 아니다? 서유 씨는 다 알잖아."

노원이 아무렇지 않게 말했으나 서유는 오히려 움찔했다. 형사들은 온갖 일을 겪으니 받아들이는 것이 더 빠른 걸까. 속내를 본다는 사실에 노원이 특별히 불쾌함을 느끼는 것처럼 보이진 않았다. 강우나 재경도 마찬가지였다. 그 사실이 서유는 너무 신기했고, 마음 한구석에 남아 있던 부모를 향한 원망은 조금 커졌다. 생판 남도 이러는데.

"……기분 안 나쁘세요?"

"응?"

"제가 속을 다 보는 거요. 쉽게 믿어주시는 것도 신기하긴 했는데, 기분 나쁘고, 싫고, 그렇진 않으신가 해서요."

서유는 일부러 팔짱을 낀 채 고민에 빠진 노원의 얼굴만 봤다. 지금은 미리 알고 싶지 않았다.

볼을 긁적이던 노원은 생각을 정리하고 마침내 입을 열었다.

"뭐, 지금도 다 봤겠지만."

"지금은 일부러 안 봤어요."

"그래? 아, 흐리게 볼 수도 있댔지. 여하튼 믿는 건 증거가 너무 명확하니까 그렇다 치고. 안 힘들었나 싶던데."

예상을 빗나간 말에 서유는 눈을 깜빡였다. 슬쩍 보인 노원의 머릿속은 신중히 단어를 고르고 있었다. 말실수하면 안 된다. 혜이에게 한 소리를 단단히 들은 듯, 몇 번씩 다짐하는 속마음이 유독 굵었다.

"뒷말 하는 거 어쩌다 들어도 기분 나쁜 게 사람인데, 평생 남들 겉이랑 속 다른 거 다 알고 살았을 거 아냐. 그런 건 몰라도 되는데."

"……."

"서유 씨라고 보고 싶어서 보나, 보기 싫어도 보인다면서. 원망할 사람도 없고 알아주는 사람이래 봤자 우혜이, 저거 하나뿐이었을 텐데 힘들었겠…… 서유 씨, 울어?" 갑자기 노원이 음 이탈을 내가며 당황했다.

어리둥절했던 서유는 킁 하고 어느새 나온 코를 훌쩍이다가 더 당황하고 말았다. 어쩐지 눈앞이 뿌옇더라니, 민망한 나머지 눈 주위를 문지르자 노원이 어쩔 줄 몰라 하며 휴지를 건네줬다. 뭐야, 나 말실수했어? 아닌데? 나쁜 말 안 한 것 같은데? 나 위로만 하지 않았나? 혼란스러움이 고스란히 묻어나는 노원의 속내가 어지럽게 흩날렸다.

서유는 휴지를 받으며 고개만 저었다. 상처받아 울컥한 것이 아니었다. 걱정하지 말라는 의미로 웃어 보이니 뻣뻣이 굳어 있던 노원이 어색하게 등을 두드려줬다.

"내가 달래는 건 잘 못 해."

등에 닿아오는 손길이 그 말을 증명하듯 참으로 투박해, 서유는 웃음이 나왔다. 근데 왜 자꾸 눈에 다른 것도 차오르는지 모를 일이었다.

"……팀장님, 아침부터 언니 울리고 뭐 하시는 겁니까."

"팀장님, 나쁜 사람."

"나쁘다."

"이것들아 너희 언제 깼어, 아냐, 그런 거!"

서유의 반응이 당황스럽긴 했지만 나름대로 달래주던 노원이 억울해 항변했다. 그새 깨어나 차디차게 바라보는 남자 두 명과 여자 한 명의 눈초리가 아팠다. 강우와 재경의 귀를 한쪽씩 붙잡고 "아니라고" 소리 지르던 노원은 또 하나의 날 서린 시선을 느끼고 천천히 목을 돌렸다. 마지막으로 기상한 혜이가 어느새 서유를 껴안고 경멸의 눈빛으로 보고 있었다.

"왜 우리 애를 울리고 그래요?"

"아니, 그러니까."

"걱정 마십쇼, 언니. 저희가 처치하겠습니다."

"너희는 나를 상사로 생각도 안 하지?"

이유 있는 하극상이 펼쳐지면서 순식간에 분위기가 왁자지껄해졌다. 서유와 노원을 번갈아 보던 진도 부하들이 상사를 간지럽히는 모습을 즐겁게 관람하기 시작했다. 서유는 연신 자신의 머리를 쓰다듬는 혜이의 손을 붙잡았다. 전부터 느꼈지만 과하게 애 취급하는 경향이 있었다.

"내가 왜 네 애야."

"왜 울려고 그랬어?"

"기뻐서."

영문을 모르겠네. 혜이에게 별다른 말을 하지 않은 서유는 아직도 간지럼 고문을 당하는 노원을 구출했다. 어지간히 당했는지 헥헥 숨을 고르느라 욕도 머릿속으로만 하는 중이었다.

여전히 손가락을 꼼질거리던 재경이 비장하게 말했다. "언니, 전 계속 하극상할 각오가 되어 있습니다."

"진짜 아니에요. 기뻐서 그랬어요."

"우리 팀장님이 누구 기쁘게 할 위인이 아닌데?"

"야, 인마."

대번에 강우의 뒤통수를 후려갈기긴 했지만 노원의 머리에도 물음표가 뜬 것은 매한가지였다. 서유는 그저 웃어 보였다. 별 생각 없이 한 말일지라도.

─ 안 힘들었나 싶던데.

자신이 가장 듣고 싶었던 말을 해준 것이, 고마워서.

***

"저 사람 나오면 10분만 쫓아가야지, 라고 하네요."

"행동 예약도 가능하다니 너무한 거 아닙니까?"

서유와 함께 강지수 남자친구의 블랙박스를 다시 보던 재경이 한탄했다. 아무리 조종이 가능하다고 해도 사방이 막힌 차량 속 속내를 어떻게 갖고 노나 했더니.

서유와 측정했던 조종 범위를 확인한 혜이가 말했다. "그래도 처음 조종할 때 눈 안 마주치고, 손목만 통제해도 안 통해. 수갑 채우면 괜찮을 거야."

"어쨌든 속마음이 이마께에서 보이니까, 그걸로 범인의 키까지 따져볼 때 정세진, 이제하 중에 있는 건 분명하단 건데."

"도대체 그건 어디서 가져오신 거예요?" 강우가 물었다.

"전에 왔을 때 저 녀석 창고 방에 넣어놨지." 아무렇지 않게 답한 노원은 빼곡히 채워진 화이트보드를 응시했다.

여태까지 얻은 정보들을 토대로 정리한 타임라인을 보고 있자니 범인이 누군진 몰라도 참 바빴겠다는 생각이 들었다. 파란 보드 마커 뚜껑을 연신 똑딱거리던 노원의 손이 어제처럼 주용민과 나유나 사이로 향했다. 추측대로라면 이 시점에 서유와 무언가 접점이 있었다는 뜻이었다.

"이때 서유 씨는 일하면서 뭔 일 없었어?"

"그때는 시즌 맞춤으로 홈페이지 테마 변경 얘기 정도밖에 없었어요."

"……그럼 진 씨, 레드패션 애들 처음 만난 건 언제야?"

"어, 얼굴 직접 본 건 두 달 전이에요. 난, 아니 전 TaT랑 계약한 거라서."

파란 마커가 다른 자리에 진의 이름을 써넣었다. 그러나 두 사람을 사건에 끼워 넣어봐도 영 아귀가 맞지 않았다. 전제를 처음부터 다시 둬야 할까.

노원이 입술을 깨물며 생각에 잠긴 때 노트북에만 열중해 있던 재경이 불쑥 말했다. "해고동이 아니긴 하지만 백민석, 주용민에게도 속내가 있었잖습니까. 로고에도 포함되고, 첫 시기를 저때로 잡아도 될 것 같습니다."

"아, 주용민 발견된 장소도 자택이랑 먼 곳이잖아요. 메시지 남기는 데 써먹었을 수도 있겠는데요."

강우의 말에 노원의 시선이 작년 11월로 향했다. 레드패션과

TaT가 함께 일을 시작한 것은 작년 7월, 서유가 직접적으로 참여한 것은 작년 10월이었으니 가능성은 충분히 있었다. 서유에게 존재를 드러내고 싶었을 때 마침 백민석을 죽여달란 의뢰가 왔다면. 고개를 끄덕인 노원은 타임라인 맨 앞에 크게 별표를 친 뒤 보드 마커를 내려놨다. 이제부터는 서유의 기억이 중요했다.

"서유 씨, 그 뻘건 놈들이랑 있었던 사소한 일들을 전부 떠올려봐."

"진 씨는 차 키의 행방 좀 생각해보시고요. 최근 아니라도 잃어버린 적 없는지."

노원과 강우가 각각 질문했다. 이마를 짚은 진의 옆에서 서유는 핸드폰 달력 앱을 살펴보며 열심히 머리를 굴렸다. 그러나 아무리 생각해도 이렇다 할 일은 없었다. 애초에 모델을 했던 것도 이번이 처음이고, 그전에는 철저히 웹 디자이너 내지는 손님으로만 만났기 때문이었다.

어떻게든 기억을 더듬고 있는데 갑작스레 혜이가 끼어들었다.
"아니야, 저 사람들이 '나'를 알 만한 계기를 생각해."

"응?"

"처음에도 네가 가끔 날 도와준다는 걸 알아야 이런 계획을 짠다고 그랬잖아. 내 관할에 들어오면서 못 봤느냐고 속내로 남겼던 것도 그렇고."

"아, 그럼 촉 여신의 활약을 목격한 거 아닙니까? 가끔 언니 호출로 우 형사님이 잡범들 잡아오셨잖습니까."

재경이 말하자 달력 어플을 이것저것 만지던 서유의 입에서 "아" 하고 탄성이 나왔다. 잔뜩 긴장하고 있던 노원이 뭔가 기억났느냐며 다가왔다. 눈치를 살피다 고개를 숙인 서유는 핸드폰을 앞으로 내밀었다. 작년 11월 19일, '소매치기 잡은 날'이라는 글자가 굵직하게 적혀 있었다.

"소매치기?"

"그때…… 그, 버스에서."

"서유, 이런 거 적어놔요? 귀엽……."

강우가 진의 옆구리를 찌르는 것이 굳이 고개를 들지 않고도 느껴졌다. 서유는 화끈거리는 얼굴을 다른 손으로 가렸다. 저 사람은 눈치가 있는 건지 없는 건지 정말 알다가도 모를 일이었다. 확신하건대 지금은 없었다.

"큼, 그 전에 제가 직접적으로 도왔던 건 이것밖에 없는 것 같아요. 초람동 근처였는데 헤이를 불렀거든요. 이때 만약에 절 보고 있었다면……."

"선배 관할인 해고동에서 줄지어 사건들이 생긴 것도 설명할 수 있겠네요."

"그럼 서에 자료가 남아 있겠네. 찾아온다."

바로 증거 물품을 찾아볼 생각으로 노원이 일어났다. 배웅한 재경은 다시 노트북 앞에 앉아 꼼짝도 하지 않았다. 요 며칠 계속 CCTV를 들여다보느라 눈이 아프다고 할 땐 언제고 열심히도 보고 있었다. 곁으로 다가간 헤이는 노트북 화면을 채운 메일함을 발견했다. 주소를 보니 고지영의 메일이었다.

"뭐 이상해?"

"꽃집 같은 곳에서 메일이 와 있는데 말입니다, 검색해도 안 나오고 내용도 이상합니다. 예정보다 미리 보내드려서 죄송합니다, 라고 쓰여 있습니다."

재경의 말에 혜이도 메일함을 확인했다. 'N.O flower'라고 적힌 발신인의 메일은 군더더기 없이 깔끔히 한 문장만 적혀 있었다. 수신함에 불규칙하게 등장하는 N.O의 메일은 알겠습니다, 보내드렸습니다 등 짤막한 문장만 적혀 있었다.

"로펌에 물어봤는데 사무실엔 꽃도 없지 말입니다."

"고지영이 보낸 메일은 없네."

"그게 영 수상합니다. 이건 또 마침 메일 온 날짜가 주용민 죽은 날입니다."

"뭐야, 진짜 살인 보고 메일 뭐 이런 거야?"

강우가 황당해했지만 재경은 동의한다는 의미로 크게 고개를 끄덕였다.

혜이는 메일 주소도 평범한 발신인 이름을 응시했다. N, O. 무슨 약자 같은데.

그 순간 삐리릭 도어 록 소리가 울리더니 노원이 민망해하며 다시 들어왔다.

"야, 내 차 키 좀 던져줘라."

"팀장님, 까먹으실 게 따로 있지."

"너도 나이 들어봐, 인마."

"아!"

차 키를 받은 노원이 나가자 누군가의 외마디 소리가 울려 퍼졌다. 무언가 떠올랐는지 진이 한껏 밝은 표정을 짓고 있었다. 참 밝은 사람이야. 강우가 문득 한 생각에 서유는 조용히 동의했다.

"차 키! 까먹었어요."

"네? 언제요?"

"그러니까…… 우리 처음 촬영했던 날! 옷 갈아입을 때 빠졌나 봐요. 나중에 생각나서 다시 갔더니 안 보여서 그냥 잊었어요. 원래 스페어 키랑 두 개 들고 다녀서."

"그럼 그거네. 날짜 알려주세요."

참 조심성 없는 사람이다. 서유는 작게 고개를 저으며 다시 생각에 잠겼다. 만약 버스 소매치기 사건이 이 살인들의 계기라면, 자신이 그전에 레드패션을 맡게 된 건 지독한 우연이라는 뜻이었다. 이후 계획적으로 접근했다면 도대체 누구란 말인가. 세진은 가까워지고 싶다는 기색이 없었고 제하와는 이럴 필요도 없이 가까운 편이었다. 여준이 아니면 누굴까. 아무리 생각해도 속을 보는 낌새는 누구에게도 느끼지 못했었다. 새삼 자신의 눈썰미가 원망스러워진 서유가 머리를 감쌌을 때, 진이 중얼거렸다.

"N, 꽃, 빨강…… Nerium?"

"네?"

"빨간 꽃? 생각하다 보니까 떠올랐어요."

진의 말에 바로 인터넷에 검색한 혜이는 작게 "오" 하고 탄성을 내뱉었다. 옆에서 빼꼼 바라본 재경도 엄지를 세워 보였다. Nerium Oleander, 협죽도. 빨갛고 독이 있는 꽃. 찬찬히 검색 결과를 살펴보던 혜이의 입가에 헛웃음이 걸렸다.

나가려던 강우가 그 모습을 눈치채고는 조심스레 물었다. "뭐가 또 있어요, 선배?"

"얘 꽃말이 참 재미있네."

혜이가 직접 보라는 듯 노트북 화면을 돌렸다. 파랗게 드래그 쳐진 부분이 곧바로 눈에 들어왔다. 주의, 위험, 방심은 금물.

"우정 좋아하네."

심각한 우정. 꽃말을 읽은 서유는 꽃 사진을 물끄러미 쳐다봤다. 정체를 틀렸을 때 마지막으로 봤던 속마음은 단순히 실망한 게 아니었다. 속상해하고 있었다.

***

어느덧 점심시간, 밥 먹고 하자며 메뉴를 고르던 사람들 사이에서 진이 조용히 물었다. "서유, 무슨 생각해요?"

가만히 앉아 있던 서유는 머쓱하게 이마를 문질렀다. 진은 눈썰미가 좋은 수준이 아니라 예민했다.

"……나한테 원하는 게 뭔지 알 수 없어서요."

"C?"

"네. 나더러 자기가 누군지 알아내고 잡으라는데, 알아내면 자수할 건가. 아니면 내가 얼마나 정의로울지 궁금하다는데, 내가 신고 못 할 것 같다는 건가 싶어서."

너무 뒤늦은 의문이긴 했지만 궁금했다. 정체만 알아내면 순순히 잡힐 건지, 아니면 그 뒤에 따르는 또 다른 '놀이'를 할 건지 궁극적인 목표가 무엇인지 도통 짐작할 수 없었다. 한편으론 짐작이 안 돼서 다행이기도 했다.

"같은데 뭐가 다른 건지 궁금할 것 같아요."

"네?"

"같은데, 다르잖아요. 서유는 살리고 그 사람은 죽이고." 진이 자신을 가리키며 말했다.

당신이 C의 다음 대상이라고 알리진 않았으니 단순히 서유가 구해줬던 일을 뜻할 테지만 미묘한 말이었다.

팀장님은 금방 오신댔고, 강우는 시간 걸린댔고, 김서유는 짜장.

서유는 자신에게 묻지도 않고 메뉴를 고른 혜이를 바라봤다. 다른 이유라.

"그걸 알려주면 될까요."

"애도 아닌데 알려줘야 해요?"

꽤 냉정하게 말한 진은 힐난하기보다 진심으로 그렇게 생각하는 눈동자였다. 속을 추측하는 상황이 영 적응되지 않아 서유는 작게 웃었다.

"진 씨가 그렇게 말하니까 신기하네요. 만인에게 자비로울 줄 알았어요."

"그래요? 나, 천사 아닌데. 서유도 그럴 필요 없어요."

장난스레 웃은 진이 "나는 짜장면!" 하고 외치며 일어났다. 왁자지껄한 사람들을 감상하던 서유는 다시 생각에 잠겼다. 알려줄 필요는 없지만, 다를 수밖에 없는 이유는 짚어줘도 되지 않을까.

***

거실 벽 한쪽에 사진 석 장이 띄워졌다. 레드패션 사장들이자 C의 조건에 부합되는 최종 후보들이었다.

어떻게 눈들이 다 저렇게 닮았지. 짬뽕을 한입 먹은 혜이가 젓가락으로 키보드를 두드려 스크린을 넘겼다. 부드러움과 날카로움이 묘하게 어우러진 인상의 인물이 나타났다. 초람동을 담당하는 세진이었다.

짜장면 비닐을 뜯던 재경이 말했다. "정세진. 마케팅, 계약 등등 이런저런 사람 상대하는 일을 주로 맡았습니다."

사진 옆에는 화면 한가득 세진에 관한 내용이 빼곡히 적혀 있었다. 사진은 실물과 느낌이 꽤 달랐다. 진도 그렇게 생각하는지 "저런 얼굴이 아닌데"라며 의아해했다.

"직접 발품을 엄청 팔았다던데, 그래서인지 사람 상대하는 기술이 좋다는 팀장님 첨언이 있었습니다."

"힘든 일은 다 했네."

"포커페이스 잘해."

언젠가 팀장과 대화하던 세진을 떠올린 서유는 군만두 비닐을 벗기며 덧붙였다. 사업이란 참 못 할 짓이라는 것을 세진을 보며 깨닫기도 했었다.

사진을 보던 혜이가 감상평을 남겼다. "협상 같은 것도 잘했겠네. 호락호락해 보이지는 않는다."

서유도 고개를 끄덕였다. 사진에서는 실물보다 날카로움이 훨씬 두드러졌다. 재경은 단무지를 씹으며 키보드를 두드렸다. 화면이 넘어가자 온화하고 사람 좋아 보이는 얼굴이 화면에 가득 찼다. 서유에겐 특히 익숙한 사람이었다.

"이제하, 디자이너. 서유 말에 따르면 나 빼고 겉과 속이 유일하게 같아서 믿을 만한 사람. 셋 중에선 서유랑 가장 가깝지."

"언니껜 죄송하지만 그런 사람일수록 의심해야 합니다."

"그런가 봐요."

이젠 보이는 것조차 믿을 수 없게 된 서유는 순순히 동의했다. 고개를 끄덕이며 짜장면을 비비던 재경이 마지막 사진을 띄웠다. 서유는 화면에 나타난 진한 인상의 미남을 보며 짜장면을 덜었다. 살면서 진심으로 잘생겼다고 생각했던 몇 안 되는 사람이었다.

"최여준. 지금은 범인인지 좀 애매해졌지만 서유가 보기엔 가장 C와 유사한 인물이라니까 일단 기억해둡시다. 금수저고 레드 패션 창업할 때 초기 자본을 댔던 인물. 여자 소문도 더러 있나 본데 확인된 건 없고. 모델들 섭외를 잘해온다지."

"소문들 사실이야. 자랑스러워하던데."

"으으, 이만 끄겠습니다."

탁, 질색한 재경이 스크린을 배경 화면으로 돌렸다.

그새 짜장면이 불어난 느낌이었다. 짬뽕을 먹던 혜이는 덜어둔 서유의 짜장면을 씹으며 컴퓨터 화면을 노려봤다. 어찌 됐든 이 중에는 C가 있을 터였다.

"진 씨, 차 키 잃어버린 날에는 레드패션 매장에 세 명 다 있었다고 했죠."

"네."

"간수 좀 잘하지." 군만두를 집은 노원이 떨떠름한 표정으로 말했다.

면을 계속 끊어먹던 진은 할 말이 없는 듯 웃음소리를 냈다. 주머니에 구멍 난 줄 몰랐다는 말에 서유는 짜장면만 삼켰다. 가뜩이나 얼굴에 다 드러난다는데 답답하다는 마음을 내비쳐선 안 됐다.

"일단 키는 강우가 맡았으니까 기다려보고. 문제는 이건데."

탁, 혜이의 손짓 한번에 스크린에는 다시 무언가가 띄워졌. 시간 맞춰 보내드렸습니다, 예정일에 보내드리겠습니다, 지금 보내드렸습니다. 복원된 고지영의 메일에서 마저 나온 N.O의 메일들이었다. 발신자 추적이 불가능한 이 메일들은 언뜻 보기엔 택배 회사 부류의 메일 같았지만 자세히 보면 얘기가 달라졌다.

"11월 23일, 반중동 보내드렸습니다. 메일 보낸 시각 오후 4시 29분. 백민석 사망 추정 시각과도 일치해."

"2월 4일에는 '방금 보내드렸습니다, 위치 확인 부탁드립니다'라고 적혀 있습니다. 그리고 첨부한 지도 위치도 초람동, 주용민이 사망한 곳과 정확히 일치합니다."

"그 뒤로 한동안 메일이 없다가 온 게 그저께 오후 5시 3분, 예정보다 일찍 보내드렸습니다. 역시 고지영 사망 시각과 일치."

키보드를 탁탁 두드리던 혜이의 목소리가 잠시 사라졌다. 서유의 눈에는 그 잠깐 사이에도 엉망진창인 머릿속이 보였다. 농담 반 진담 반으로 말했던 청부 살인이 현실일 가능성이 커지니 복잡할 만도 했다. 마지막 짜장면을 돌돌 말아 한번에 입에 집어넣은 혜이는 단무지도 집어 먹었다. 이제 추측해볼 때였다.

"고지영이 레드패션을 담당한 게 주용민이 왔을 때쯤이랬지. 그럼 메일 보낸 사람이 C고 저 셋 중에 있다는 가정하에, 변호사가 필요해 모종의 거래를 했을 가능성은."

"굳이?"

"나 혼자 죽진 않겠다는 의지 표현이었을 수도. C가 절대 손해 볼 타입은 아니잖아. 거절했다간 내가 죽을 수도 있고."

서유는 어깨만 으쓱했다. 분명 손해 볼 일을 하는 타입은 아니었다. C로서든, 한 브랜드의 사장으로서든.

남은 춘장에 군만두를 문지르며 재경이 말을 받았다. "그렇게 따지면 역시 여자 문제 파다했던 최여준이 가장 유력한 것 아닙니까? 추문 퍼지면 골치 아프잖습니까."

"태생이 금수저인데 뭣 하러 변호사 때문에 제 손을 더럽혀."

"레드패션이 성공하고 나선 집안 도움 안 받았을걸. 아예 처음부터 자수성가한 것처럼 떠벌리고 다녀. 근데 그렇다고 직접 발품 파는 스타일은 아니라."

"그런 식으로 따지면 정세진일 확률이 높나."

혜이의 손이 탕수육으로 뻗다 멈칫했다. 누가 탕수육 소스 부었어.

서유는 탕수육을 확인했다. 곱게 뿌려져 있는 것은 분명 탕수육 소스였고 혜이는 찍먹파였다. 젓가락을 두어 번 부딪히다 그냥 내려놓은 혜이는 대신 스크린을 노려보았다. 소스에 대한 분노를 감지하지 못한 재경은 옆에서 탕수육을 맛있게 먹는 중이었다.

"누가 됐든 말은 잘하겠습니다. 이런 어이없는 거래를 성사하고 말입니다."

"고지영이 해결한 걸까요, 아니면 유주도 알까요?"

"만약에 능력을 직접 보여줬으면……."

"아!" 탕수육을 다섯 개째 집어먹던 재경이 탄성을 뱉었다.

말을 하려고 열심히 우물거리는 입에 애석하게도 음식이 너무 많았다. 유주 청년 벤처, 너무 느닷없이 진행된 일이라 이상했댔는데. 속으로는 다나까를 쓰지 않는다는 사실을 알게 된 서유는 막내의 생각을 대신 말해주었다. 씹는 속도가 한층 느려진 재경이 감사 인사를 전했다. 감사합니다, 언니.

재경도 혜이 못지않게 서유의 능력을 활용할 줄 알았다. 대신 전해진 재경의 말을 곱씹은 혜이는 그 안에 담긴 의도를 파악했다.

"그러니까, 애초에 벤처 지원 자체도 백민석을 조종해서 했을 수 있다는 말이지."

"으우으음음."

"그래, 밥은 마저 먹고. 그러고 보니 서유, 너도 왜 갑자기 이런 거 하는지 모르겠다고 뭐라 했잖아."

"응. 왜 이렇게 일 벌이기를 좋아하냐고 계속 맥주 깠었지."

잠시 생각하던 혜이가 젓가락을 내려놓곤 어딘가로 전화를 걸었다.

탕수육을 다 먹은 재경은 대충 그릇을 정리하며 서유에게 소곤거렸다. "우 형사님 생각을 다 보셔서 부럽습니다. 진짜 무슨 생각인지 모르겠지 말입니다."

그릇 치우는 것을 돕던 서유는 그저 웃었다. 보여도 모르겠다는 말을 믿을까 싶다. 그새 전화를 끊은 혜이는 자리에서 일어나며 재경의 어깨를 툭툭 쳤다.

"너 앞담화 하니."

"제 결백은 서유 언니가 증명해주실 겁니다."

"됐고, 고지영 씨 남편 좀 만나서 이혼 사유 듣고 오자."

"옙."

"아니. 재경 씨, 혜이 말고 저랑 가요."

자리에서 일어나다 놀란 혜이에게 서유는 아직 반도 넘게 남은 짬뽕을 가리켰다. 무엇보다 다른 집중할 거리가 필요했다.

***

혜이는 다 불어 터진 짬뽕을 씹었다. 차 안에만 있겠다는 조건으로 서유의 동행을 허락하긴 했지만 영 마음에 걸렸다. 입안 가득 넣은 면발을 삼킨 혜이는 남은 접시를 정리하는 진을 주시했다. 분명 서유는 저 인물이 속을 다 들여다보듯이 굴었다고 그랬다.

"진 씨."

"네?"

"김서유, C 만난 거죠."

그냥 속마음으로 대화했다고 생각했는데, 시간이 지날수록 아닌 것 같았다. 그간의 추측을 미친 살인마가 부정했다고 해서 서유가 순순히 받아들였을까. 아무리 속내에서 감정이 드러난다고 해도 지금 상황에서는 아니었다. 직접 확인할 때까지 용의선상에 올려놨겠지.

쓰레기를 모으던 노원이 말이 되느냐는 듯 한마디 했다. "그럼 왜 말을 안 하겠냐?"

"저도 그 이유를 모르겠어요."

"……나는 몰라요." 진이 말했다.

뚝, 혜이는 부러뜨린 젓가락을 노려봤다. 만났는데 말을 안 하는 이유는 두 가지밖에 없었다. 누군지 정말 모르거나, 혼자 해결할 생각이거나. 설마 후자는 아니길 바란다, 김서유. 혜이는 젓가락을 버리며 생각했다.

***

카페에 자리 잡은 재경은 매우 부자연스럽게 주변을 훑었다. 맨날 우 형사님이 영상 찍는 게 이래서였구나. 우아, 신기해. 근데 들키면 어쩌지? 나 어색한가.

끝도 없이 나타났다 사라지는 속마음을 보다 못한 서유가 진정시켰다. "재경 씨, 어색하니까 그냥 가만히 계세요."

— 아, 죄송합니다.

"직접 대답 안 하셔도 괜찮아요. 어차피 보여요."

안 떨리십니까?

곧바로 재경이 속으로 물어 서유는 살짝 웃음이 터졌다. 잠복근무인 양 차에 숨어 속내를 주시하는 것은 처음인지라 조금 떨리긴 했지만, 재경이 묻는 떨림과는 다른 의미일 것이다.

그래도 서유는 예의상 대답했다. "엄청 떨려요."

이런 식으로 사람 대하는 건 처음이라 잘 부탁드립, 악! 왔다.

— 되도록 빨리 끝내주셨으면 합니다.

재경이 설치한 도청기 덕에 서유에게도 말소리가 잘 들렸다. 서유는 카페 창 너머로 보이는 고지영의 전남편에게 집중했다. 더 물어볼 게 뭐가 있다고. 글자가 마구 흔들리고 있었다. 재경과는 또 다른 불안함이라는 뜻이었다.

"찔리는 게 있긴 있나 봐요."

─그때 다 얘기 했던 것 같은데요, 뭐가 또 궁금하신 건가요.

─저, 실례지만 이혼이 고지영 씨의 자살 원인이 될 수도 있어서 말입니다. 왜 이혼을 했는지 알려주실 수 있습니까. 언니, 지금 반응 보이십니까?

"보여요."

이제 와서 그것 때문에? 그럴 리가. 서유는 남성의 현재 심리 상태를 그대로 재경에게 전달했다. 덕분에 확신을 얻은 재경이 좀 더 본격적으로 질문을 던졌다.

─남이 보기엔 아무것도 아닐지라도 본인은 다를 수 있어서 말입니다.

─……그 사람이 한 행동 중에 제가 도저히 받아들일 수 없는 일이 있었습니다. 그게 답니다.

─그게 무엇인지는 알려주실 수 없습니까?

─예, 모든 걸 세세하게 알려드릴 의무는 없다고 생각합니다만.

할 말을 마친 남성이 뭐라 할 새도 없이 자리에서 일어났다. 아직 건진 것이 없어 당황한 재경이 허둥지둥했다.

떠나려는 남성의 모습을 보던 서유는 다급히 재경을 불렀다.
"……재경 씨!"

서유의 말을 듣고 표정이 묘하게 일그러졌던 재경은 다급히 남성을 붙잡았다. 또 뭐가 남았느냐는 듯 돌아보는 남성의 얼굴에 짜증이 가득했다. 재경은 마른 입술을 축이다, 에라 모르겠다 하는 심정으로 내질렀다. 저는 언니만 믿습니다.

―그 행동이 살인 행위에 가담했다는 사실입니까.

그걸…… 어떻게……. 서유는 표정 관리가 되지 않는 남성을 보며 손톱만 뜯었다. 아무리 그래도 사람 죽인 일에 관여했다는 사실을 어떻게 말해, 우리 애 엄만데. 불안정하게 흔들리는 생각이 보인 순간 바로 내질렀던 것이 정답이었다.

서유는 초 단위로 변화하는 남성의 속내에서 눈을 떼지 않고 말했다. "계속 밀어붙이세요. 아이 엄마라는 단어도 좀 쓰시고."

―감싸셔도 어차피 다 드러나게 돼 있습니다. 아이 어머니가 왜 사망했는지 알고 싶지 않으십니까? 분명히 연관이 있을 겁니다.

―……제가 말씀드리면, 그 사람이 왜 그랬는지 명확히 드러나나요?

―최선을 다하겠습니다.

재경의 진실한 눈빛이 통했는지 남성이 다시 자리에 앉았.

살았다. 재경이 안도의 한숨을 내쉬었다.

서유는 남성의 속만 응시했다. 여전히 고민하고 있으면서도 전부 털어놓고 싶어 하는 심리가 어쩐지 이해될 것 같았다.

― 저도 자세히는 몰라요. 그저 우연히 로펌에 찾아갔을 때 애 엄마가 누군가와 통화하는 것을 들은 게 답니다.

― 어떤 내용이었는지 기억나십니까?

― 한두 번도 아니면서 일을 왜 그렇게 처리하냐고. 화를 낸다고 할까, 짜증 나 보였어요.

― 더 자세한 내용은…….

재경이 조심스레 묻자 남성의 머릿속이 바쁘게 돌아갔다.

상대는 더 어리거나 아랫사람인 느낌이었고. 근데 성격에 안 맞게 왜 묘하게 저자세였을까. 그것 때문에 기자도 찾아왔댔지. 회장님도 화난 상태라고 했는데, 이건 무서우니까 말하지 말자.

쓸 만한 속내를 모조리 받아 적으며 서유는 생각했다. 참 무서운 일이 되었다고.

― ……쓸데없이 난도질은 왜 해서 경찰 조사 나오게 하냐고, 그랬습니다. 그래서 무슨 말인가 싶어 다그치다가 이 사람과는 더 지내면 안 되겠다 싶어 이혼했고요.

― 아까 말씀하실 때 고지영 씨가 한두 번도 아닌데, 라고 말했다 하셨는데, 그럼 언제부터였는지도 알고 계십니까?

― 그것까진 모르겠습니다만…… 아.

무언가 떠올린 듯한 남성이 머뭇거리자 재경은 잘 듣고 있다는 듯 고개를 끄덕였다. 이내 주변을 살핀 남성이 조금 소리를 낮추고 중얼거렸다. 서유는 이어폰을 뺐다. 입 모양은 보이지 않았지만, 느낌표가 나타난 그의 속내는 또렷하게 보였다.

─3년 전쯤엔가 그런 말을 한 적이 있어요. 난 자살이어도 자살이 아닐 거라고.

***

혜이는 소파에 가만히 앉아 있었다. 맞은편에서 무릎을 꿇고 앉은 진은 괜히 눈동자만 이리저리 굴렸다. 강우는 아직 감감무소식이고, 노원은 집중한다며 방에 틀어박혔다. 재경과 서유는 돌아오려면 시간이 걸릴 터였다. 왠지 분위기가 삭막해 허리를 세운 진은 뻣뻣한 자세를 유지했다. 자신도 왜 이러는지 이유는 알 수 없었지만 그래야 할 것 같았다.

아니나 다를까 혜이가 물어왔다. "왜 벌 받는 학생처럼 그러고 있어요. 언제 자세 푸나 한참 봤네."

안심한 진은 슬쩍 자세를 풀었다. 그러나 그것도 곧바로 원상 복귀되고 말았다.

"아까 왜 그랬어요?"

"나, 진짜 몰라요."

"그거 말고, 용의자들 이야기할 때 숨긴 거 있잖아요. 아니에요?"

웃는 낯으로 묻는 말이었지만 알 수 없는 압박감이 느껴졌다. 어색한 미소를 흘리던 진은 표정 변화 없는 혜이를 보고 뚝 그쳤다. 아, 이래서 무작정 무릎을 꿇었나 보다.

혜이가 다시 물었다. "차 키 잃어버렸다는 거 거짓말이에요?"

"잃어버린 건, 맞아요."

"그럼?"

"여준, 서유한테 관심 있으니까 아닐 거예요."

"그게 어떤 관심일지는 모르는 거죠."

담담히 답한 혜이는 소파에서 내려와 쪼그리고 앉았다. 나쁜 짓을 들킨 것처럼 어쩔 줄 모르는 진의 표정이 꽤 볼 만했다.

실컷 감상한 혜이는 이내 편하게 앉으며 물었다. "왜 아깐 그런 얘기 안 했어요?"

"서유가 무대뽀라서요."

"그런 말은 어디서 배웠담. 서유가 막무가내라고요?"

"아, 막무가내. 나오면 바로 찾아갈까 봐, 걱정됐어요. 아까도 C가 무슨 목적인지 생각해서…… 잘못했어요."

잔뜩 풀 죽은 진의 목소리가 무슨 감정인지 알려줬다. 이 정도면 충분히 놀려줬다 싶어 혜이는 눈빛을 풀었다. 결국 진도 자신과 똑같은 걸 걱정했다는 뜻이었다. 살인범을 막겠다고 무작정 쫓아간 서유를 바로 옆에서 봤으니 오죽했을까. 그 마음이 충분히 이해가 갔다. 서유에게 따질 말을 착실히 쌓은 혜이는 본론으로 들어갔다.

"그럼 진 씨가 생각하는 C는 누구예요?"

"야! 찾았다!"

우당탕, 노원이 다급하게 거실로 나온 순간 강우도 뛰어 들어왔다. 혜이는 눈만 깜박였다. 지금 꽤 중요한 말을 들으려던 참인데. 그러거나 말거나 가쁜 숨을 몰아쉬며 USB를 내민 강우가 노원의 말을 이었다.

"C, 찾은 거, 같아요."

이쪽도 꽤 중요한 말이네, 혜이는 생각했다.

***

만원 버스 안에서 남색 패딩을 입은 남성의 손이 은근슬쩍 옆에 있던 남성의 코트 안쪽으로 들어간다. 마침맞게 도로에 차가 끼어들었는지 버스가 덜컹거린다. 그 틈을 타 빠져나온 패딩을 입은 남성의 손은 갈색 지갑을 꽉 쥔 채 뻔뻔하게도 코트를 입은 남성을 붙잡아주기까지 한다. 코트를 입은 남성은 괜찮다는 듯 인사하곤 다시 버스 손잡이를 꽉 잡는다. 허공을 바라보던 서유는 핸드폰으로 누군가에게 문자를 보낸다.

"서유 씨, 상황실에 낙하산으로 붙여놓으면 안 되냐?"

"저도 항상 수사 컨설턴트 해달라고 하는데, 얘가 거부해요."

"아쉽네, 아쉬워."

그리고 몇 분 뒤, 버스에서 내린 패딩 남성은 그 자리에서 기다리고 있던 혜이에게 바로 체포되었다. 코트를 입은 남성은 그제야 지갑의 부재를 깨닫고, 구경하는 사람들 사이로 유유히 내린 서유는 어디론가 떠난다. 영상을 지켜보던 강우가 진심 어린 목소리로 감탄했다. 첩보원이 따로 없었다.

"어떻게 내리는 정류장도 딱 알고 데려오나 했더니."

"남은 정류장이 몇 개인지 셌다더라고요. 그래서요? 여기 범인이 어디 있는데요." 강우와 달리 익숙한 광경에 감흥을 느끼지 못한 혜이가 심드렁하게 물었다.

노원이 찾은 CCTV 영상에는 서유가 소매치기를 신고하는 모습이 분명 멋지게 담겨 있었으나, 레드패션 사장들 세 명의 모습은 전혀 보이지 않았다. 진도 전혀 못 찾겠다는 표정으로 동의하듯 고개를 끄덕였다. 급하긴, 그럴 줄 알았다는 듯 노원이 투덜거린 순간 포기하지 않고 영상을 보던 진이 크게 소리쳤다.

"어!"

"역시 진 씨는 눈치가 빠르네. 본받아라, 이놈들아."

"여기! 모자 뒤!"

진의 손끝을 자세히 살핀 혜이는 호오, 감탄사를 내뱉었다. 버스 뒷문 가까이에 앉아 있던 검붉은 모자를 쓴 인물이 자리에서 일어나 인파를 헤쳐 나오고 있었다. 가벼운 옷차림의 인물은 뒷문 쪽에 선 채 내리기 전 뒤쪽을 잠깐 보더니, 서유가 내린 다음 정류장에서 내렸다.

인물이 고개를 돌린 순간으로 되돌린 강우가 영상을 정지시켰다. 모자 뒤, 영문 모를 빨간 문양이 눈에 선명히 들어왔다. 모자의 문양을 보는 순간 혜이는 헛웃음이 나왔다. 설마 서유와의 첫 만남을 기념하는 의미에서 저 모자를 고집하는 걸까.

"아주 순애보 납셨네." 혜이가 빈정거렸다.

"C놈 모자, 맞지?" 노원이 기세등등하게 말했다.

"맞네요."

"꽃도 맞나 봐요. 협죽도."

혜이가 초를 치듯 딱 잘라 말했다. "얼굴이 안 보이잖아요."

강우가 슬쩍 혜이의 어깨를 두드리며 말했다. "오늘 왜 이렇게 인내심이 없어요."

하지만 평소와 다르게 혜이는 안마해보라는 농담도 하지 않고 노원만 빤히 바라봤다. 결국 끙 소리를 내며 자리에서 일어난 노원이 노트북 화면을 툭툭 건드렸다.

"일단 C라는 증거를 보여준 거 아니냐. 넌 내가 아무렴 얼굴도 확인 안 했다고 생각하냐."

"설마요, 제 맘 아시면서." 혜이가 뒤늦게 찡긋 윙크를 했다. 여전히 대놓고 불평하는 노원을 보면 그다지 효과는 없는 애교였다. 그 모습이 익숙한 혜이는 아예 뒤를 돌아 진에게 소곤거렸다. "우리 팀장님, 귀엽죠?"

진은 강하게 고개를 끄덕였다. 팀원들이 노원에게 장난을 잘 치는 이유가 있었다.

그사이 강우는 영상 파일을 켜둔 채로 다른 파일을 화면에 띄웠다. 다른 각도의 앞 시간대 기록이었다. 버스에 탄 C가 잠깐 모자를 고쳐 쓰는 모습이 찍혀 있었다. 얼굴을 확인한 혜이는 덤덤하게 강우에게 물었다. 그간의 고생에 어울리지 않게 생각보다 쉽게 풀리는 느낌이었다.

"강우, 너는. 찾았다며."

"네, 열쇠 주워간 사람을 확인했어요."

"저 사람 맞아?"

혜이의 물음에 강우는 말없이 사진 하나를 더 띄웠다.

그때 옆에서 진의 웅얼거리는 소리가 들렸다. "저것보단 잘생겼는데."

강우는 진을 곁눈질하다 고개를 끄덕였다. 자신을 죽이려던 사람을 보고 잘생겼다고 하다니 참 속도 좋다.

"맞아요. 정세진."

***

"진 씨 생각에도 맞아요?" 적막을 깨고 혜이가 물었다.

영상을 끄던 강우는 고개를 갸웃거렸다. 왜 굳이 진에게 확인을 받는지 이해가 가지 않았다. 일단 피해자니까? 진은 말없이 아직 켜진 상태인 노트북 화면을 응시했다. 뭘 그렇게 보나 싶어 강우도 덩달아 노트북을 노려봤다.

"복귀했습니다!"

활기찬 재경의 목소리가 들린 순간, 진이 자연스러워 보이지만 어딘가 어색하게 노트북을 닫았다. 덕분에 옆에서 같이 보려던 강우는 절로 황당해졌다. 무슨 의도인지 노트북을 끌어안은 진이 머쓱하게 웃었다.

　아니, 무슨 보면 안 될 거 보다 들킨 사람처럼. 거실로 들어온 서유는 강우의 속내를 발견하고 고개를 갸웃거렸다. 사람들이 모두 텅 빈 스크린 앞에 모여 있었다.

　"뭐 보고 있었어요?"

　"아, 그게."

　"범인 찾았어요. 세진이래요."

　평소처럼 웃는 낯이지만 진의 표정은 어딘지 모르게 뻣뻣했다. 속내만 읽느라 눈치는 없는 서유의 눈에도 지금 진은 꽤 수상했다. 덮인 노트북에 눈길을 주던 서유는 일단 혜이의 옆에 앉았다. 그날 세진이 같은 버스에 있었다니. 의외였지만 한편으로는 제하가 아니라니 다행이었다.

　"모자 쓰고 있더라."

　"설마 계속 쓰던 그 모자?"

　"응."

　"진짜 알아봐달라고 용을 썼네."

　재경이 얻은 정보를 전달하고, 서유가 얻은 정보를 듣는 동안 노원은 열심히 화이트보드에 취합된 내용을 정리했다. 꽤 깔끔한 요약과 글씨체를 보며 서유는 속으로 감탄했다.

　마지막으로 'C = 정세진'이라고 쓴 글씨에 동그라미를 친 노원이 '유주' 글자를 마커 끝으로 가리켰다.

　"4년 전에 유주는 청년 벤처 투자 사업을 벌였어. 거기서 레드패션이 선정됐고 계속 관계를 이어가고 있는데, 그게 정세진이 이놈이 제 능력을 써서 투자받을 수 있도록 수를 썼던 거고. 뭐 백민석이 자기들한테 투자하도록 조종했겠지."

"그걸 또 숨기지 않고 드러내서 또 다른 모종의 거래를 한 거죠. 방해되는 사람을 제거하면, 계속 투자해주기로. 고지영이 3년 전부터 그런 얘길 한 걸 보면 애초에 성사된 거래 같고."

"자기들 거슬리는 애들 처리하기엔 그만한 게 없으니까. 다른 사건들 나온 거 있어?"

"일단 백민석 직전 시점부터 살펴보는 중인데 1년 전에 유서진 내연남이라는 소문이 돌았던 신하철이 등산로에서 사고사, 2년 전 9월에는 유주와 케이피의 이중 스파이라는 소문이 돌았던 민도한이 졸음운전으로 사망했습니다. 이번과 달리 전부 특이한 상황은 아니라서 정말 사고사일 수도 있습니다만 유주와 관련된 인물들의 사고가 꽤 됩니다."

재경의 말을 듣던 노원이 보드에 몇 글자를 더 적었다. 정황으로 봐선 가설이 모두 맞는 셈이었으나 눈에 보이는 명확한 증거가 필요했다. 골치 아프게도 정황만으로는 범인을 잡을 수 없었다.

"그렇게 조용한 암살자가 되어주더니 서유 씨를 발견하고 신이 나서 폭주했다는 거네요. 그걸 주용민이 눈치챘고, 고지영은 한시가 급해서 여느 때처럼 의뢰를 했는데, 또 이상한 짓을 벌였다?"

"그것도 모자라 자기네도 담당해달라고 했다, 변호사 필요했을 정황이야 뒤져보면 나오겠네."

노원은 화이트보드만 노려봤다. 그런들 증거가 나올 리는 없었지만.

"그래도 사업하는 놈들인데 계약서 한 장 안 썼을까?"

"써도 다른 식으로 돌려서 썼겠죠, 대놓고 사람 죽인다고 썼겠어요?"

"주용민은 예상 못 했던 상황이었잖아요. 둘 다 허튼짓 말라는 식으로 다시 썼을 수도 있지 않을까요."

"일단 고지영 물품들, 다시 살펴보겠습니다."

활발하게 이어지는 추리를 잠자코 듣던 서유는 조심스레 손을 들었다. 분명 세간의 시선에선 증거 하나 없는 완전 범죄였다. 그러나 이건 그냥 연쇄 살인이 아니라 자신에게 제안한 '게임'이었다. 그러니 서유 본인이 C, 아니 세진에게 찾아간다면.

"저한테 자길 잡을 거면 먼저 알아내는 게 규칙이라고 했어요. 그러니까 이제 제가 찾아가면."

"걔가 너도 조종하지 말란 법 있어?" 마치 C와 마주쳤던 현장을 본 것처럼 혜이가 딱 잘라 말했다.

정곡을 찔린 서유는 움찔하고 말았다. 살얼음처럼 냉기가 풀풀 풍기는 혜이의 경고가 싸늘했다. 혼자 만날 생각 하지도 마.

"……당할 가능성이야 똑같은데 그래도 너보단 내가."

"너 한 번만 더 그딴 소리 하면 가둬버린다."

진심을 느낀 서유는 슬쩍 시선을 돌렸다. 다른 사람들의 속내도 별반 다르지 않았다.

　자백할 놈이 아닌 것 같습니다.

　그럴 놈이면 사람 죽이면서 게임 안 하지.

　"……가봤자 소용이 없겠지. 미친놈인데. 죄송합니다."

　조심스레 들었던 손을 다시 조심스레 내린 서유는 눈살을 찌푸렸다. 많이 부딪친 적도 없었지만 세진은 분명 평범한 사람이었다. 오히려 여준보다 괜찮은 인간성이라고 생각했는데. 사업 수완이 좋다고는 느꼈지만 자신처럼 사람의 속내를 읽는 덕분이라고는 생각도 못 했다. 서유는 얼마 없던 세진과의 대화를 떠올리고자 노력했다. 마땅히 기억나는 것이 없을 정도로 평범하고 단조로운 대화들이었다. 아무리 자신이 둔하다고 해도 이렇게까지 할 정도로 관심이 있어 보이진 않았다.

　"그래도 서유 씨 말마따나 일단 잡아오는 건 어때요? 차 키 절도로."

　"그거 얼마 못 붙들어. 그랬다가 풀려나서 그냥 튀어버리면 끝이야."

　"일단 2팀에 연락해. 아, 거기 정신없댔지."

　"마약 팀에 지원 요청은 안 되니까?"

　"서장님이 이것도 많이 봐주는 거라고 다른 팀까지 엿 먹이지 말랬다."

　모두의 머릿속이 바삐 움직였다. 성가신 놈, 여기까지 왔는데 증거가 없다고 못 잡으면, 에이씨 미치겠네, 서장님 너무하신다 진짜와 같이 순식간에 사라지는 사람들의 속마음을 보며 서유는 손톱을 물어뜯었다. C는 진을 잘 지켜보라고 했다. 그게 그가 제안한 이번 미션일 터였다. 그리고 그의 목표는 아직도 자신의 옆에 멀쩡히 있었다. 분명 진을 노리고 다시 등장할 테니까…….

차곡차곡 생각이 쌓이는 동안 서유의 손톱이 너덜너덜해졌다. 그런 손을 토닥인 진이 괜찮을 거라는 듯 부드러운 미소를 지었다.

"그러면 아파요, 서유."

"……."

"다 같이 잡으려고 열심이니까 너무 걱정하지 마요."

"당신이 죽을지도 몰라요."

토닥이던 손길이 멈췄다. 다소 충동적으로 뱉어버린 서유는 눈을 질끈 감았다. 머저리 같은 입이 왜 이리 멋대로 움직이는지 이해가 되지 않았다. 서유는 애꿎은 옷자락만 꽉 쥐며 천천히 진을 확인했다. 의외로 별로 충격받지 않은 듯한 표정이었다. 여전히 속마음은 보이지 않았다.

"……음, 그럴 것 같았어요. 그 사람도 내 머릿속이 안 보이나 봐요. 엄청 거슬리겠다."

"죽을지도 모른다고요. 어떻게, 그렇게 아무렇지도 않아요?"

"어, 처음이 아니라서?"

하하, 분위기를 풀려는 듯 진이 웃었지만 서유는 도저히 웃을 기분이 아니었다. 진이 이미 알고 있었다는 사실에 속이 답답해졌다. 자신이 했던 생각에는 화가 났다.

결국 멋쩍은 듯 볼을 긁적인 진은 서유의 손을 다시금 토닥이며 말했다. "안 죽어요. 나, 생각보다 질겨요."

"농담 아니에요."

"나도 농담 아니에요. 서유가 나, 살려줬잖아요. 그러니까, 음. 서유, 그래서 계속 그런 표정이었구나. 괜찮으니까 미안한 표정 짓지 말아요." 진심인지 가면인지 활짝 웃어 보인 진은 서유가 뭐라 하기도 전에 1팀에게 물었다. "있잖아요, 현장이던가? 거기에서 잡는 거 뭐였죠."

"현행범 말입니까?"

"아, 그거요. 그걸로 나 죽이러 올 때 잡으면 되지 않아요?"

진의 해맑은 질문에 재경은 경악한 감정을 숨기지 못했다. 놀란 강우가 더듬거리며 할 말을 찾는 사이 혜이는 서유만 응시했다. 옷자락을 붙든 채 바닥만 보는 친구는 분명 움찔하고 있었다.

"다음 목표라는 걸 어떻게? 아니, 그게 아니고······."

"민간인을 함정 수사로 이용할 순 없어, 진 씨."

"아, 내가 나 죽이라고 대놓고 있진 않을 거고요. 나 죽일 거라고 했으니까 도망가진 않을 거라는 말이었어요."

"그건······."

"도망가면 게임에서 진 거니까. 그리고 어차피 레드패션과 미팅이 있어요."

진의 말에 논리적으로 틀린 부분은 없었기에 노원은 혀만 찼다. 사실상 현행범으로서 체포는 C를 붙잡는 마지막 방법인 셈이었다. 그러나 그만큼 진에게 위험이 따랐다.

"나 지켜줄 거 아니에요?"

노원은 허허실실 웃는 진을 영 이해하기 힘들었다. 어떻게 겉으로나마 저렇게 아무렇지 않을 수 있는지 신기할 지경이었다.

옆에서 뭐라고 떠들건, 서유는 도저히 고개를 들 수 없었다. 아직도 손을 덮고 있는 진의 손이 무거운 족쇄같이 느껴졌다. 자신은 생각이 표정에 다 드러난다고 했던가. 진이 정말 아무 생각 없이 경찰을 믿고 현행범 체포 얘기를 했을 리 없었다.

"빨리 잡을 수 있으면 상관없어요. 급하잖아요."

무심코 진을 미끼로 생각했다는 사실을, 당사자가 눈치챈 것뿐이다. 서유는 애꿎은 입술만 괴롭혔다. 범인을 잡기 위해서라는 명목일지라도 남의 목숨을 한순간 가볍게 여겼다. 이러면 그 인간이랑 다를 게 없었다.

***

혜이는 뻐근한 눈 주위를 문질렀다. 시곗바늘은 막 오후 6시를 지나고 있었다. 자세 한 번 바꾸지 않고 꼬박 두 시간을 보낸 셈이었다. 어쩐지 출출했다 싶어 사탕 하나를 입에 넣던 혜이는 마침 들어오는 강우를 발견했다. 그제야 주위를 살피자 언제 갔는지 재경이 보이지 않았다.

"얜 말도 안 하고 간다니."

"선배가 아무리 불러도 대답이 없었대요. 억울하다고 꼬옥 좀 전해달라더라고요." 비닐봉지를 건넨 강우가 그럴 줄 알았다는 투로 대답했다. 그러나 봉지를 받으며 생각해봐도 혜이의 기억 속에는 재경의 목소리가 전혀 없었다.

"그냥 내 핑계 대는 거 아니야?"

농담을 던진 혜이가 과자 하나를 뜯자 강우가 타박했다.

"아니, 왜 후식으로 사 온 걸 먼저 먹어요."

"지금 밥 먹으면 흐름 끊겨. 넌?"

"별로 안 당겨서 그냥 다른 사람들만 음식 시켜주고 왔어요."

세진이 C로 드러난 후, 조사 자체는 아무래도 경찰서가 편하기에 강우를 제외한 혜이와 노원, 재경은 일단 경찰서로 돌아왔다. 어차피 근거리니 교대하며 진을 보호하고 조사도 하기 위함이었다. 재경은 정세진의 주변 조사를 담당했으나 큰 반응이 없는 것을 보니 별다른 내용이 나오지 않은 듯했다. 하긴, 여태까지 조용했는데 달리 무언가 나올 리 없었다.

"선배는 뭐 좀 찾았어요?"

강우의 성화에 결국 도시락 뚜껑을 벗기던 혜이가 책상에 있던 서류를 톡톡 두드렸다. "일단 이거."

종이를 살피던 강우는 예고 없이 입속에 들어온 밥 덩어리를 기계적으로 우물거렸다. 하나는 강지수의 문자 기록, 하나는 복구된 지 얼마 안 된 고지영의 통화 기록이었다. 형광펜으로 표시

해둔 부분의 번호가 정확히 일치했다. 둘 다 사용자를 확인할 수 없는 대포폰이지만 동일인이라는 뜻이었다.

"폰 하나로 사랑 문자랑 살인 얘기를 주고받은 거예요?"

"그리고 이거."

이번에 내민 것은 고지영 사무실에서 발견한 유주와 레드패션 계약서의 사본이었다. 강우는 혜이의 손끝이 가리키는 부분을 읽어내렸다. 상투적인 내용 아래, 보통 계약서와 다른 내용이 있었다.

"……각자의 발전을 최우선으로 여기되 만일 부득이한 상황이 발생할 경우, 서로의 책임은 묻지 않는다."

"각 사가 아니라 각자, 개인적이란 뜻이겠지."

혜이의 턱이 신경질적으로 움직였다. 두 시간 동안 물도 안 마시고 찾았지만 이게 다였다. 혹시 고지영이 노트북에 비밀 문서라도 만들었나 싶어 하나하나 살펴봤지만 수확은 없었다. 신경이 곤두선 탓인지 밥도 모래알 같았다. 씹기 싫은 밥을 전부 강우에게 넘긴 혜이는 서류 파일을 뒤적이다 멈칫했다. 끝부분이 살짝 뜯긴 파일의 겉과 속 색깔이 미묘하게 달랐다.

그사이 억지로 밥을 삼킨 강우가 증거품들을 뒤적였다.

"근데 레드패션 사장들, 대학 때부터 친구던데. 같이 사업까지 하면서 친구가 그런 짓 하는 걸 전혀 몰랐을까요?"

"……."

"선배?"

유심히 바라보던 혜이는 파일을 더듬거렸다. 다른 것들과 비교했을 때 좀 더 두꺼운 느낌이었다. 도시락 통까지 넘긴 혜이는 뜯겨 있던 파일 한쪽을 잡고 아예 북 찢어버렸다. 강우의 입이 떡 벌어졌다. 이 사람이 하다 하다 이젠 증거품까지 훼손하다니. 슬금슬금 사건 현장을 숨기려던 강우는 팔랑거리며 떨어지는 종이를 보고 지레 놀랐다. 혜이는 표정 변화도 없이 종이를 집어 들었다.

자신의 몸으로 혜이를 가린 강우가 소곤거렸다. "선배 미쳤어요? 이거 오앤주에 돌려줘야 되는 거예요."

"디지털이 아무리 발달해도 아날로그만 못하지."

"나도 선배 속 좀 보고 싶다, 진짜."

"고지영도 C가 어지간히 불안했나 봐."

코앞에 들이밀어진 서류에서 조금 멀리 떨어진 강우는 글자를 읽기 시작했다. 내용을 이해하는 눈동자가 점점 커졌다. 어느새 혜이는 다른 파일들도 뜯고 있었다. 말도 못 잇던 강우는 멀리서 모습을 드러낸 노원을 발견하고 손을 휘적거렸다. 기이한 행동에 노원이 눈살을 찌푸리며 다가왔다.

"너 언제 왔냐. 왜 허우적대고 있어."

"팀장님, 대박. 이것 좀 보세요."

"나도 대박이다. 이것부터 얘기하자."

남은 의자 하나를 끌어온 노원이 사진 한 장을 꺼내 보였다. 특별한 것 없는 커플 사진이었지만 강력 1팀의 팀장은 허투루 서두를 뗄 사람이 아니었다. 한 번 더 사진을 꼼꼼히 살핀 강우는 커플들 뒤쪽으로 앉아 있는 남녀 한 쌍을 발견했다.

남자를 알아챈 혜이가 먼저 입을 열었다. "백민석이네요."

"여자 만났다던 그날이에요? 어떻게 찾으셨어요?"

"요샌 해시태그 이게 좋더라. 혹시나 해서 이 가게 이름으로 다 뒤져봤다. 가게 가서 확인하고 오는 길이야." 목이 말랐는지 페트병 하나를 순식간에 비운 노원이 말을 이었다. "바텐더 말로는 백민석, 거기 단골 맞고, 종종 누구랑 와서 그림 얘기를 자주 했어. 마지막으로 왔을 때는 아주 신이 나서 뭘 그렇게 많이 사느냐고 떠들었대."

"어째 마약도 우리 예상이 맞는 것 같네요."

"그래. 궁금해서 한번에 그림을 많이 산 거냐고 물었더니 이번이 마지막이라서 그랬다고 했단다."

"마지막이요?"

"포인트는 여기다. 그림을 많이도 산 그 여자, 아무리 생각해도 얼굴은 기억이 안 나지만 여자치고 키도 크고 목소리도 중성적이었다더라."

눈을 깜박이던 강우는 다시 사진을 봤다. 옆모습밖에 보이지 않았지만 여자치고 큰 키에 중성적이라면. 강우의 머릿속에서 한 사람이 떠올랐다.

"이제하?"

"난 정세진 요놈이 약 거래한다고 여장해서 소재 파악이 안 됐나 했는데. 그것도 가능성은 있구먼."

"팀장님도 참 편견이 없으시네요."

"누가 됐든 변호사가 필요했던 이유가 나왔네요. 얼굴 기억 못 하게 뒤처리한다고 해도 행여 마약 기사라도 떠봐요."

"그래서, 너희 대박은 뭐냐."

하염없이 사진만 보던 강우는 정신을 차리고 들고 있던 서류를 건네줬다. 혜이는 여기 더 있다는 듯 다른 파일에서 찾은 종이를 흔들었다. 심드렁하게 읽던 노원의 눈이 휘둥그레 커졌다. 처음 보는 크기였다.

"이런 계약서를 진짜 썼어?"

"의뢰한 사람이나 행동한 사람이나, 그 누구도 배신은 못 하는 거죠."

"하이고……." 세상 말세라는 듯 노원의 탄식이 흘러나왔.

서류 파일 사이에 숨어 있던 서류들은 레드패션이 유주의 의뢰를 받고 사람들을 처리했다는 계약서들이었다. 백민석과 주용민의 이름을 발견한 노원의 눈앞이 아찔해졌다. 아무리 뒤에서 별별 일을 다 하는 것이 기업이라지만 이런 짓까지 하다니. 서장이 뒤집어지는 모습이 벌써 눈에 선했다.

***

내가 무슨 부귀영화를 누리겠다고.

밤 10시가 되기 전 돌아온 혜이, 강우와 달리 훨씬 늦게 돌아온 노원은 정신적으로 무너진 상태였다. 걱정된 서유가 혜이를 봤지만 돌아온 대답은 네가 상사에게 받는 스트레스 같은 거야 따위뿐이었다. 결국 서유는 자신이 할 수 있는 최선의 행동을 했다. 목마르다는 노원의 속내를 보고 미리 물 떠다 주기.

"아, 고마워. 서유 씨."

"증거 찾았다는 얘기는 들었어요. 괜찮으세요?"

"어…… 괜찮을 거야." 잘리면 어떻게든 되겠지.

노원의 머릿속은 전혀 괜찮지 않았지만 그래도 전보단 생기가 있었다. 듣자 하니 어느 정도 물적 증거도 나와 긴급 체포는 가능하다는 듯했다. 굳이 진을 미끼로 쓰지 않아도 된다는 뜻이었다. 현 상황을 파악한 서유는 안도의 한숨을 뱉었다. 더는 놀아나지 않아도 된다. 그런데 왜 이렇게 찝찝한 기분이 드는지 이유를 알 수가 없었다.

"……정 사장님 말고 다른 사람들도 찾아는 가본댔지?"

"응. 왜, 정세진이 아닌 것 같아?"

"그냥 확실하게 CCTV 좀 보고 싶은데……."

"……앞으론 우리한테 맡겨. 네가 걔 상대할 필요 없어."

끄덕이는 고개와 달리 서유의 시선은 노트북을 붙들고 있는 진에게 고정되어 있었다. 미처 못다 한 업무를 해야 한다며 내내 일하는 중이었다. 급한 일정은 없을 텐데, 저렇게 일을 사랑했던가. 맞은편에서 서류를 뒤적이다가 진저리를 치는 재경과는 대조

되는 모습이었다.

"얘는 일정을 아주 빡세게도 잡았습니다. 사람 죽이고 바로 출장을 가고 말입니다."

세진은 오늘 새벽 출국해 내일 일본 출장에서 돌아올 예정이었다. 일정을 파악했던 강우는 마른오징어를 씹으며 동의했다. 귀국 후 바로 미팅도 있다 했으니 보통 사람은 절대 감당 못 할 스케줄이었다.

"서유 씨, 고생 많았어요. 덕분에 실마리 잡고 여기까지 왔네요."

"아니에요, 여러분이 고생하셨죠."

"우리 서유, 이제 다리 뻗고 자."

"넌 나 애 취급 좀 그만해."

혜이가 아이를 달래듯 서유의 머리를 쓰다듬는 동안 드디어 진이 자리에서 일어났다. 바람 좀 쐰다고 지갑을 챙기는 와중에도 노트북은 놓지 않고 있었다. 그 모습을 본 혜이는 같이 가자며 일어나는 재경을 앉히고 진과 밖으로 나왔다. 얼떨떨한 듯 살짝 얼이 빠진 동행자의 얼굴이 웃겼다.

"나도 마침 바람이 쐬고 싶었거든요."

"……내일, 공항에서 바로 잡아요?"

"그래야죠. 긴급 체포 받아내느라 고생하신 팀장님을 위해서라도."

장난스레 답하며 걷던 혜이는 어느 순간 멈춰 선 진을 돌아봤다. 굳게 닫힌 채 고민하던 진의 입술이 마침내 결심한 듯 열리다,

닫혔다. 계속 그의 행동이 걸렸던 혜이는 말해보라는 듯 기다렸다. 차분한 눈빛을 본 진의 입술이 다시금 열렸다.

"……혜이, 확실한 건 아닌데요."

진의 얘기를 듣는 혜이의 표정은, 변화가 없었다.

***

서유는 계속 시계만 확인했다. 세진의 비행기가 도착하기까지 한 시간이 남은 시각이었다.

시계 좀 그만 봐라, 김서유. 진과 서유를 회사까지 바래다준 혜이가 한 소리 했다.

서유는 입술만 비죽 내밀었다. 인력이 충당되었다고 해도 걱정되는 것은 어쩔 수 없었다.

회사 정문에 차를 세운 혜이가 문을 열어주며 말했다. "너무 걱정 말고. 제하 씨한테는 나중에 재경이가 찾아갈 것 같아."

"꼭 연락해."

"고마워요, 혜이."

걱정 말라는 듯 손을 흔든 혜이는 빠르게 사라졌다. 끝까지 지켜보던 서유는 시선을 느끼고 고개를 돌렸다. 출근길인 소라의 입꼬리가 씰룩거리고 있었다. 뭐야, 왜 둘이 같이 와? 수상해. 순식간에 긴장이 풀린 서유는 그만큼 피곤해졌다.

"김 대리 아픈 건 괜찮고?"

"네, 걱정해주셔서 감사합니다."

"근데 둘이……."

"저희 지각하겠네요. 갈까요?"

억지로 소라를 잡아끈 서유는 작게 머리를 흔들었다. 평소답고 평온한 스트레스가 반가운 건지, 지겨운 건지 감이 잡히지 않았다. 뒤늦게 슬쩍 돌아보자 미소 지은 진이 먼저 들어가라는 듯 손을 흔들고 있었다. 작은 배려에 감사를 느낀 서유는 강우의 번호를 찾았다. 신경 쓸 필요 없다고는 했지만 어제부터 떠나지 않는 찝찝함의 원인은 해소해야 했다.

***

혜이는 눈앞의 남성을 바라봤다. 관절이 기괴하게 꺾인 채 실이 끊긴 마리오네트 인형처럼 늘어진 남성의 표정은 평온하기 그지없었다. 자신이 이 현장을 발견한 것은 필연일까, 우연일까. 여러모로 확인을 위해 찾아온 반중동은 인파가 붐볐고, 원인은 지금의 상황일 터였다. 반중동 담당이자 동기인 형사가 혜이를 발견하고 웬일이냐는 듯 다가왔다.

혜이는 무미건조하게 대답했다. "참고인 조사를 좀 하려고 했는데."

"사건 관계자야? 너희 요즘 판다는 그거?"

"그래서 말인데, 좀 들어가도 될까."

팀장에게 암묵적인 동의를 얻은 동기가 폴리스 라인을 들었다. 혜이는 사체를 좀 더 자세히 들여다봤다. 목에 시퍼런 멍이 든 채 죽은 사람은 분명 레드패션 반중동 담당 최여준이었다. 혜이는 앞머리를 쓸어 올리며 주변을 살폈다. 난장판이었다.

"확실히 타살이네."

"어. 매장 매니저가 아침에 문 열다가 발견했다더라. 저 관절은 사후에 다 꺾어버린 것 같대. 완전 미친놈이야."

"사망 추정 시각은?"

"대략 하루에서 이틀 전. 이제 CCTV 확인해봐야 해. 아, 근데 피해자 약 했나 봐, 팔뚝에 자국이 아주."

잠시 멈칫했던 혜이의 눈길이 매장 안쪽 사장실로 향했다. 홀린 듯 사장실 문을 열자 해고점과 달리 밝은 화이트 계열의 벽지가 눈에 띄었다. 특별한 점이 없어 보이는 사장실을 훑던 시선이 사진 한 장에 닿았다.

***

서유는 착잡한 심정으로 레드패션 로고를 노려봤다. 이틀 만에 출근하고 추가로 받은 업무는 재촬영이었다. 이젠 아예 모델 취급이었다. 그러나 비단 지금의 심정은 단지 본업 외의 업무를 떠맡았다는 불만 때문이 아니었다. 아무것도 모르고 카메라 가방을 고쳐 메는 소은이 함께라는 사실이 문제였다.

"안녕하세요. 이 제품 사진을 다시 찍어야 할 것 같아서요."

"아, 그거 지금 사장님이 보고 계셔서 사장실에 있을 거예요. 잠깐 어디 가셨는데 그냥 들어가셔도 괜찮아요."

"……사장님, 지금 계세요?"

"네, 기다리시면 금방 오실 거예요."

당연하다는 직원의 말투를 들은 서유는 남몰래 눈을 감았다. 진짜 혼자 왔어야 했는데. 그사이 소은은 벌써 이동 중이었다. 황급히 따라갔던 서유는 사장실에 들어가자마자 숨을 삼켰다. 절로 욕이 튀어나왔다.

"그거 저희 창립 기념으로 만든 거예요."

겨우 참았던 서유는 온화한 목소리를 따라 천천히 뒤돌았다. 모델 못지않은 신장의 제하가 팔을 뻗어 한 물건을 들어 보였다. 보자마자 욕이 나온 물건을.

"제가 제일 처음 디자인한 기념이라 팔진 않지만요."

"어, 사장님이셨구나! 못 알아봤어요. 헤어피스 붙이셨어요?"

"네. 오늘은 좀 특별한 날이라서."

제하에게 고정됐던 서유의 시선이 책상 위 사진으로 향했다. 그 안에도 눈앞과 똑같은 사람이 존재했다.

"그럼 이건 사장님들만 갖고 계세요?"

"그렇죠."

모자를 쓴 제하. 그리고 동일한 모자를 쓴 여준과 세진이 나란히 웃으며 카메라를 보고 있었다. 그중 여준이 뒤집어쓴 모자의 무늬가 눈에 띄었다.

"근데 로고가 지금이랑 다르네요?"

"이땐 협죽도를 디자인화 해봤어요. 심플한 게 대세라서 그냥 이니셜로 바꿨지만 좀 아쉽긴 해요. 예쁘죠?"

제하가 방긋 웃었지만 서유는 무슨 표정을 지어야 할지 알 수 없었다. 경찰서 CCTV에서 봤던 모자. C가 썼던 모자. 그 모자가 바로 눈앞에 있었다. 사람 믿지 마. 혜이가 누차 강조하던 목소리가 귓가를 울렸다.

"서유 씨 마음에 드나 보다, 줄까요?"

딱딱하게 굳은 서유를 보며 제하가 검붉은 모자를 푹 눌러썼다. 살가운 말과 달리 낯익고도 낯선 속내가 눈에 들어왔다. 강우에게 부탁해 확인했던 CCTV 화면이 떠올랐다. 착하네, 소매치기도 잡고. 익숙했던 속내의 주인이 사진 속에서, 그리고 동시에 눈앞에서 웃고 있었다.

숨바꼭질, 끝.

서유는 처음으로 겉과 속이 다른 제하를 만났다.

4장
대면

13

 왜 저러지? 소은의 속내를 본 서유는 눈동자만 움직였다. 옅은 미소를 지은 제하가 슬쩍 뒤로 물러났다. 안일하게 누군가와 함께 온 상황을 후회한 서유는 당장이라도 소은을 내보내기 위해 입을 열었다. 그러나 현실은 그리 간단하지 않았다.
 "소은 씨, 내가……."
 "아, 소은 씨 온 김에 다른 제품 사진도 좀 부탁하고 싶은데."
 겨우 나오던 서유의 말이 끝맺지 못하고 흩어졌다. 제하의 손짓 한 번에 소은의 속내가 순식간에 지워졌다. 어떻게 해야 할까. 초조해하는 반응을 보며 모자를 푹 눌러쓴 제하가 낮은 웃음을 터뜨렸다. 나, 아무나 안 죽여. 미소 띤 입술이 뻣뻣이 굳은 서유를 조롱하듯 움직였다.
 "둘이 할 얘기 있어 보이니까 난 나가자."

둘이 할 얘기 있어 보이니까 난 나가자.

제하가 말하는 대로 천천히 나타난 글자가 마무리되기 무섭게 흐릿했던 소은의 눈동자에 빛이 돌아왔다. 아무것도 하지 못한 서유는 결국 헛웃음을 뱉었다.

"전 다른 제품 사진 찍고 있을게요."

탁, 문이 닫히고 소은이 다른 직원과 대화를 나누는 말소리가 얼핏 들렸다. 아무렇지 않게 다시 모자를 벗은 제하가 후면이 보이도록 흔들었다. 검고 붉은색. 로고인지 그림인지 모를 문양.

너무 늦었잖아.

그리고 저 속마음. 즐거운 건지, 놀리는 건지 가늠하지 못할 감정. 그동안 지겹도록 봐온 글자라 서유의 목울대가 움찔했다. 영상을 보자마자 혜이에게 연락해야 했다. 하지만 혜이도 자신처럼, 소은처럼 된다면? 그 모습을 견딜 자신이 없었다. 입도 못 떼고 생각만 하는 서유에게 제하가 서서히 다가왔다.

"사람들 참 재미있어."

"……"

"머리 길이 하나로 내 성별을 분간 못 하더라. 사업할 땐 편하긴 하지만."

"……이미지가 많이 다르네. 정말."

"고작 이거 때문에 완전히 다른 사람이 되는 거 신기하지 않아?" 제하는 서유가 보고 있던 사진을 들고 흔들며 즐겁게 웃었다.

서유는 그저 욕만 삼켰다. 사진 속 제하, 그리고 지금 눈앞에 있는 사람은 누가 봐도 버스 CCTV 속에 있던 긴 머리 여성이었으니까.

***

"뭐?"

혜이의 전화를 받은 노원이 황당한 표정을 지었다. 바로 옆에는 출국장에서 나오는 즉시 붙잡힌 세진이 있었다. 강우는 어리벙벙한 세진과 노원을 번갈아 봤다. 왜 그러느냐는 눈짓에도 놓아주라는 시늉만 한 노원이 머리를 헝클었다.

"아니, 도대체 왜 이러십니까? 무슨 일인지 모르겠지만 변호사를."

"최여준이 사망한 채로 발견됐습니다. 고지영은 진작에 사망했고."

"네?"

"약쟁이 최여준, 브로커 백민석. 누가 죽였는지 알죠?"

세진의 표정이 눈에 띄게 파리해졌다. 역시 자기들끼리는 다 알고 있었구나 싶어 강우는 세진을 다시 꽉 붙잡았다. 사람이 몇 명이나 죽어 나갔는데 다 알면서 입 다물고 있었다는 사실이 괘씸했다.

"댁도 죽기 싫으면 순순히 말씀하시죠."

"잠깐만요. 여, 여준이가 죽었다고요?"

"네, 명백한 타살입니다."

노원의 말을 들은 세진이 벌벌 떨기 시작했다. 예상과 다른 반응이라 강우는 눈살을 찌푸렸다. 혼자 무어라 중얼거리던 세진이 자신을 옭아맨 손을 움켜쥐었다. 강우는 그 눈동자에서 두려움을 발견했다. 막연히 자신도 죽을지 모른다는 공포가 아니었다. 그보단, 뭔가를 후회하는 것처럼 보였다.

"할 말 없습니다. 어차피 말해도 못 믿으실 거고."

"이미 사람 조종한다는 말도 믿었거든요. 그냥 말하세요."

체념한 말투였던 세진이 곧바로 반응했다. 속이 보이지 않더라도 망설이는 것이 느껴졌다. 머뭇거리던 세진이 이내 고개를 끄덕였다. 가만히 그 광경을 보고 있던 노원은 혜이에게 상황을 전달했다. 아무래도 경찰서로 돌아가는 데 시간이 걸리는 만큼 혜이가 움직이는 편이 좋을 것 같았다.

그러나 돌아온 혜이의 대답은, 예상과 조금 달랐다.

***

서유는 손끝 하나 움직이지 못했다. 지금 드는 감정이 무엇인지 도무지 파악할 수가 없었다. 절대 아니라고 믿었고, 아니라서 다행이라고 생각했는데. 꽤 감동받은 제하가 밝게 웃었다.

"짐작은 했지만 나, 서유 씨한테 정말 믿음직한 사람이었구나. 너무 눈치 못 채서 섭섭했는데 마음이 좀 풀린다."

"……그럼 뭐해, 다 가짜인데."

"내가 진심이었다는 건 누구보다 잘 알잖아."

서유는 주먹을 꽉 쥐었다. CCTV를 보고 담판을 지어야겠다고 생각하긴 했지만, 어떻게 행동해야 할지 도저히 가늠이 안 됐다. CCTV 안에서처럼 모자를 쥐고 있던 제하가 긴장을 풀라는 듯 서유의 어깨를 가볍게 두드렸다.

"근데 서유 씨는 버스 CCTV 늦게 봤나 봐."

"……나름 보자마자 온 거야."

"그래? 진 씨가 찾아왔길래 서유 씨 모르게 일부러 안 보여준 줄 알았지."

어차피 다 보일 테지만 그래도 머리를 굴리던 서유의 눈이 커졌다. 매장에서 진의 흔적이라곤 찾아볼 수 없었다. 설명할 생각으로 의자에 걸터앉은 제하가 맞은편을 톡톡 두드렸다. 얘기가 길어질 것 같네.

서유는 입술을 깨물며 의자에 앉았다. 이제야 진이 계속 먼저 들어가라고 했던 이유를 깨달은 탓이었다.

급할 것 없는 제하가 느긋하게 웃었다. 분명 익숙했으나 이제 한없이 낯설게 느껴지는 미소였다.

"걱정 마. 벌써 어떻게 한 건 아니니까."

"진 씨, 어디 있어."

"그 사람 눈치가 정말 빠르긴 하더라. 경찰들도 몰라본 나를 발견해서 혼자 찾아오고."

"내가 너 누군지 알아냈고 잡았잖아. 이제 이딴 짓 끝내라고."

다행히 아직 재경은 오지 않은 것 같았다. 서유는 의식적으로 재경에 대한 생각을 피하느라 거칠게 말했다. 홀로 신나서 종알대던 제하의 입이 곧바로 멈췄다.

성격 나오네? 그래도 진 씨보다 나랑 안 세월이 긴데 좀 섭섭하다.

서유는 입술을 깨물었다. 한마디면 누구든 죽일 수 있는 사람이지만 속내가 보이지 않는 진을 위협하는 건 불가능했다. 증거를 남기는 사람도 아니고, 분명 진은 아직 살아 있을 터였다. 서유는 침착하기로 했다. 자신의 목숨은 걱정할 필요 없었다.

'날 죽일 거면 진작에 죽였을 테니까.'

정답이라며 제하가 싱긋 웃었다. 빙고. 난 널 죽일 생각이 없어.

게임. C는 게임을 하자고 했다. 자신과 같이 놀고 싶어서 일부러 그 복잡한 과정들을 겪어가며 여기까지 온 것이다. 그러니 쉽게 죽일 리 없었다. 생각을 정리한 서유는 이내 팔짱을 꼈다. 제하는 여전히 흥미로워하며 웃고 있었다. 혜이도, 진도 다 장기 말에 불과했다. 이 게임은 서유와 제하의 판이었다.

"생각보다 늦긴 했지만 숨바꼭질은 끝났고, 이제 다음 판을 해야지."

"난 게임 하겠다고 한 적 없어."

"새로운 게임 시작. 날 어떻게 할래?"

깔끔하게 무시한 제하가 멋대로 다음 문제를 냈다. 예상 못 한 질문에 흠칫한 서유는 노려보기만 했다.

생각 안 해봤어? 의외였는지 일어난 제하가 서서히 다가왔다.

"……정의 어쩌고 하더니. 나더러 널 어떻게 처벌할지 정하라는 거야?"

"응. 당장 죽일 수도 있잖아."

"미쳤어?"

적어도 진 씨 위치 말하라거나, 자수하라고 조종할 줄 알았는데.

진심으로 궁금해하는 제하의 모습에 서유의 눈동자가 흔들렸다. 나쁜 놈이니까, 어떻게든 잡아야 하니까 잠깐 생각한 적은 있었다.

'하지만 당신처럼 사람을 함부로 여기는 인간이 되고 싶진 않다고.'

때를 놓치지 않은 제하가 하얀 손목을 휘어잡았다. 당황한 기색을 마주한 옅은 갈색 눈동자가 신기함으로 빛나기 시작했다.

"그래서 나 같은 놈이라도 마음대로 다루면 안 된다고 생각해?" 역시.

"이거, 놔!"

그럼 마지막 문제야. 2시쯤에 죽어.

"뭐?"

"그걸 막으면 서유 씨 승리. 자수할게. 경찰은 불러봤자 꼭두각시만 되는 거 알지?"

아무리 발버둥 쳐도 손목을 붙든 제하는 미동조차 없었다. 싱긋 웃는 모습을 마주한 서유는 튀어나오는 욕을 삼켰다. 애초에 이렇게 찾아온 이유도 그 때문이었으니 반박하기도 힘들었다.

'엿 같네.'

제하가 다시 한번 웃음을 터뜨렸다.

진짜 시원시원해서 좋다니까. "카페에서 진 씨랑 대화할 때도 덕분에 웃음을 참느라 고생했어."

"……그때도 다 보고 있었다고?"

"하마터면 혜이 씨한테 이상한 애로 찍힐 뻔했지. 형사의 감인지 가뜩이나 날 안 좋아하는데."

혜이가 속 좀 지켜봐달라던 어느 날이었으니 완전 뻘짓했다는 뜻이었다. 서유는 다시금 깨달았다. 속을 볼 수 있다는 것을 안다면 사람은 속을 감출 수 있었다.

'특히 나같이 눈치 없는 애한테서 숨기기야 누워서 떡 먹기였겠지.' 곱씹을수록 자신이 한심해진 서유는 제하를 노려봤다. 달리 할 수 있는 게 없다는 사실도 한심했다.

에이, 너도 진 씨 폭탄 발언에 정신없었잖아. 자책하지 마.

얄밉게 위로하는 제하는 정말 다음 게임을 기대하고 있었다. 장단을 맞추고 싶진 않았지만 뾰족한 수가 없었다. 겨우 제하의 손아귀에서 벗어난 서유는 시계를 확인했다. 오전 11시. 오후 2시까지는 길다면 길고 짧다면 짧게 남은 시간.

"그냥 당신 쫓아가서 진 씨 죽이지 못하게 막으면 그만인데 이러는 건……."

"응, 그래봤자 원하는 사람은 못 찾아. 대신 힌트 줄게. 서유 씨는 눈치가 없잖아."

"와, 고마워라."

"최여준."

빈정거리던 서유는 뜬금없는 이름을 듣고 눈살을 찌푸렸다. 끝났다는 듯 제하가 어깨를 으쓱했다. 새삼 느끼지만 성별이 명확히 구분되지 않는 사람이었다. 사람들이 남자로 오해했던 것도 이해는 갔다.

"······진 씨는 아직 무사한 거지."

"밖에 직원들 다 있는데 뭘 하겠어. 그리고 난 정말 서유 씨가 날 잡아줬으면 좋겠거든."

이제 가보라며 제하는 친절하게 문까지 열어줬다. 서유는 자리에서 일어났다. 일이고 자시고 돌아가자마자 조퇴를 써야 할 지경이었다. '장난치는 거면 가만 안 둬.' 머릿속이 복잡해진 서유의 눈초리가 절로 뾰족해졌다. 날카로운 속을 분명 봤을 텐데도 제하는 엉뚱한 소리만 했다.

"오늘 비가 오려나." 유주에서 기다릴게.

서유는 고개를 돌렸다. 지금은 저런 시답잖은 소리에 신경 쓸 때가 아니었지만 의문스러웠다. 쫓아가는 것도 소용없다면서 유주에서 기다린다는 말은 왜 하지. 매장을 나와 회사로 복귀하면서도 실마리가 잡히지 않았다. 여준은 갑자기 왜 나온 걸까. 뭘 아는 건가.

"김서유!"

생각에 빠져 있던 서유는 강하게 끌어당기는 손길에 정신을 차렸다. 양팔을 꽉 붙든 혜이의 화난 표정 뒤로 이제 막 빨간불로 바뀐 신호가 보였다. 무슨 상황인지 파악하지 못한 서유에게 혜이가 다급히 물었다.

"너 괜찮아? 지금 어딘지 알겠어?"

"너 왜 여기 있어?"

"설명하자면 좀 길어. 너 괜찮냐고."

"어? 어, 네가 잡아줬잖아."

"말고. 너 레드패션 갔다 오는 길이라며."

서유는 눈을 가늘게 떴다. 그 사실을 어떻게 아나 싶어서였다.

혜이는 설명하기도 귀찮았는지 그냥 팔을 잡고 걸으며 속으로 말했다. 너 데리러 회사 갔는데 레드패션 갔다더라. 진 씨가 얘기했을 때는 긴가민가했었는데.

"잠깐, 무슨 뜻이야. 너도 알고 있었어?" 서유가 손을 뿌리치며 말했다.

잠시 한숨을 내쉰 혜이는 서유를 조수석으로 밀어 넣었다. 뭐라 캐묻지도 못하게 곧바로 차가 출발했다. 일단 회사로 복귀해야 했지만 서유는 말도 꺼내지 못했다. 다소 막무가내로 구는 혜이는 여러 의미로 화가 난 상태였다.

"어. 진 씨가 버스 CCTV에서 이제하를 본 것 같대서."

"왜 바로 얘기 안 했어?"

"너 이럴까 봐. 나한테 연락할 생각도 안 했지? 혼자 상대하지 말란 말이 장난 같아?"

서유는 대답하지 않았다. 말 안 해도 안다는 혜이의 눈초리가 매서웠다. 변명할 거리가 없긴 했다만 그렇다고 혜이의 설명이 이해되는 것은 아니었다. 분명 강우는 아무것도 모르고 있었다.

"네가 허준구 막으려고 뛰어든 게 어지간히 인상 깊었는지, 너 혼자 행동 안 했으면 좋겠다고 하더라. 그래서 속 숨길 수 있는 나만 알고 있었고."

"그렇다고 그 사람이 혼자 마주하게 놔뒀어? 다음 타깃인데?"

"당연히 말렸지. 근데 속이 안 보이는 건 자기뿐이니까 그게 더 나을 거라잖아."

마침 신호에 걸린 혜이가 어제의 대화를 회상하며 이마께를 가리켰다. 서유는 가만히 모든 것을 읽어내렸다.

어차피 정확한 증거가 필요하잖아요. 아직 확실한 것도 아니고.

그러니까 더 안 되죠. 너무 위험해요.

그럼 같이 들어오진 말고, 한 명 붙여주세요. 무슨 일 있으면 바로 쫓아오게.

그렇다면 재경이 진과 함께 있다는 뜻이었다. 사람이 붙어 있었다면 게임은 이긴 거나 마찬가지였다. 한시름 놓은 서유는 창밖으로 익숙한 퇴근길이 보이는 것을 깨닫고 물었다.

"그래서 진 씨는 어디 있는데."

"몰라. 재경이 말로는 매장에 들어가선 안 나왔대."

"뭐?"

끼익, 갓길에 거칠게 차가 세워졌다. 서유는 반사적으로 벨트를 꽉 붙잡았다. 개의치 않고 시동을 끈 혜이가 머리를 쓸어넘겼다. 신경질적인 손짓에서 감정이 묻어났다.

"재경이는 계속 그 주변을 맴돌고 있고, 강우랑 팀장님은 정세진한테 얘기를 들으면서 오는 중이야."

"그럼 도대체 진 씨는 어디……."

"그리고 최여준이 죽었어."

생각지도 못한 상황이었다. 힌트라며 나불거리던 제하의 얼굴이 선명해진 서유는 조수석 헤드에 뒤통수를 쿵쿵 박았다.

아직 할 말이 많은지 혜이의 목소리가 이어졌다. "그래서 안 되겠다 싶어서 너 데리러 갔는데, 넌 이미 레드패션에 갔다잖아. 진 씨도 안 나왔다는데 무슨 일인가 싶어서 갔더니 빨간불에 횡단보도나 건너려고 하고. 너도 조종당한 줄 알고 얼마나 놀랐는지 알아?"

"……미안. 생각 중이었어."

"무슨 생각."

서유는 제하와 나누었던 얘기를 털어놓았다. 가만히 듣던 혜이의 표정이 점점 묘하게 바뀌었다.

그럼 일단 복장에서 이상했던 부분을 또 찾아야 하나. 동의하듯 서유가 고개를 끄덕이자 혜이는 곰곰이 생각에 잠겼다. 이상했던 부분, 이상했던. 특이했던.

"벨트."

"벨트?"

"벨트가 너무 헐렁했어. 벨트 역할을 못 한 거지."

"좀 더 자세히 말해봐. 항상 디테일했잖아."

서유가 닦달하자 혜이는 눈썹까지 찌푸려가며 생각을 더듬었다. 화장실이라도 갔다 온 것처럼 너무 헐렁했던 벨트. 흔한 검은색이었고, 명품이긴 했지만 브랜드 이름일 것 같진 않았다. 늘 직관적으로 단어가 연상되는 스타일로 나타냈는데.

"되게 폭이 좁았어."

"그럼 narrow…… N?"

서유는 이마를 감쌌다. 단서가 너무 부족했다. 여태까지 나왔던 영어를 전부 이어봐야 할까. catch me, 나를 잡아봐. 곧바로 이어질 만한 n으로 시작하는 단어. 한참 고민하던 서유는 다시 창밖을 확인했다. 화창했다.

"오늘 비 온다는 말 있어?"

"아니, 갑자기 왜?"

오늘 비가 오려나. 시답잖은 소리인 줄 알았는데 그게 아닐 수도 있다면. 이것도 힌트였다면. 서유는 머리를 굴렸다. 비옷? 우산? 너무 범위가 넓었다. 비. 비. 비를 막는 것. 아예 눈까지 질끈 감고 생각하던 서유가 이내 중얼거렸다.

"이 개자식."

"무슨 얘기를 하는 거야. 난 네 속 못 읽어."

"설명할 테니까 집 말고 회사로 가. 나 조퇴 신청하려고."

행선지를 들킨 혜이는 군말 없이 고개를 끄덕였다. 저렇게 험악한 서유의 눈빛은, 근 몇 년 만에 처음 봤기에.

***

얘가 큰일을 겪더니 막 나가네. 어떻게든 이해하려는 듯한 표정과 달리 하연의 속내는 신랄했다. 서유는 일부러 팀장의 얼굴만 똑바로 봤다. 잘려도 할 말이 없었지만 잘릴 리는 없으리란 생각을 하는 중이었다. 자신은 꽤 유능한 인재였고 사실 하연에겐 귀여움을 받는 축이었다.

"갑자기 조퇴를 쓰고 싶다고?" 확 잘라버릴 수도 없고.

"네, 아직 몸이 다 안 나은 것 같아서요."

"어, 그래. 건강이 중요하지. 퇴근해."

비록 눈에 보이는 속내는 떨떠름했지만 입 밖으로 나오는 말은 상냥했기에, 서유는 말에만 집중했다. 지금은 눈치 있게 굴 필요도 없었다.

인사를 하고 짐을 챙기던 서유는 옆자리의 소라에게 미안함을 전했다. "죄송해요. 먼저 가볼게요."

"아냐, 푹 쉬어." 진 씨도 오자마자 연차 내던데.

하늘은 여전히 맑았다. 서유는 창밖만 보다 엘리베이터를 탔다. 나오기 전 봤던 소라의 속내가 눈앞에 아른거렸다. 오자마자 진도 연차를 냈다. 그 말은 정말 혼자 해결해보겠다는 의미였다.

"자기가 무슨 슈퍼 히어로야?"

서유는 시간을 확인했다. 11시 43분. 시간이 얼마 없었다.

***

레드패션과 TaT에서 좀 떨어진 공용주차장. 가끔 헤이가 서유를 데리러 올 때면 사용하던 곳이었다. 서유는 곧장 검은색 차에 올라탔다. 앞좌석에 앉아 있던 헤이와 재경이 돌아봤다.

이미 얘기를 전해 들었는지 재경의 눈빛이 불안하게 흔들렸다. 나 때문에 형님이 위험해지면 어쩌지?

"그럴 일 없어요, 재경 씨. 너무 걱정 마세요."

"그렇지만……."

"일단 진 씨 핸드폰이랑 발신기 신호는 여전히 레드패션이야. 전화는 당연히 안 받고. 유주를 대놓고 말한 건 함정 같은데."

"그건 아니야. 블랙박스 다시 볼 수 있지?"

서유의 말에 재경이 곧바로 블랙박스 영상을 돌렸다. 거리가 있었지만 붉은 와이셔츠를 입은 진이 레드패션으로 향하는 모습이 똑똑히 찍혀 있었다. 그 뒤 나오는 모습은 보이지 않은 채 시간이 지나고, 서유가 레드패션으로 향하는 장면이 나왔다. 재경은 그것 보라는 눈빛이었다. 헤이는 억울함이 가득한 어깨를 알겠다는 듯 토닥였다. 자신이 봐도 진의 모습은 코빼기도 보이지 않았으니까.

"찾았다."

"예?"

영상만 뚫어지게 보던 서유가 노트북을 돌렸다. 화면에는 새빨간 승용차가 지나가고 있었다. 선팅된 창 때문에 내부가 전혀 보이지 않았지만 서유는 단호했다.

"이게 진 씨야. 이 차 운전석만 아무것도 안 보여."

무엇보다 확실한 증거였기에 혜이는 재빨리 번호판을 확인했다. 서오 구 4464. 차량 번호를 조회하는 재경의 손길이 바빠졌다.

"안에 혼자야?"

"응."

"이거 이제하 차입니다. 도대체 형님이 왜 이걸 운전해서 간단 말입니까?"

"사실 이제하한테는 진 씨 속내가 보이는 거 아니야?"

"그럼 그냥 그 자리에서 처리하면 되지, 왜 이런 짓을 해. 눈앞에 없으면 조종도 못 하는데." 레드패션에 시선을 고정한 서유가 반박했다.

발신기와 핸드폰 신호는 여전히 레드패션이라는 사실도 걸렸다. 진이 순순히 제하의 말을 들을 이유는 무엇일까. 분명 까닭이 있을 터였다. 다소 무모한 면이 있을지는 몰라도 생각이 없는 사람은 아니었다.

"발신기 좀 여러 개 붙이지 그랬어."

"우리 환경이 열악하다는 걸 알아주겠니."

그나마 차량 특징이 뚜렷하니 찾긴 쉬워 보였다. 교통부에 연락한 혜이는 통화를 끊으며 생각에 잠겼다. 이대로 차를 추적해 진을 찾는다고 해도, 제하가 진을 죽일 작정이라는 사실에는 변함이 없었다. 아직 안심하기엔 이르다는 뜻이었다. 혜이의 속내를 확인한 서유는 고개를 저었다. 당장은 진보다 더 큰 문제가 있었다.

"그 전에 이제하가 유주에서도 누구 죽일 거야. 유주로 가야 해."

그 말에 재경과 혜이가 동시에 돌아봤다. 서유는 레드패션 건물만 노려봤다.

왜 그렇게 생각하십니까. 무어라 형용 못 할 아우라가 느껴져 속으로만 질문한 재경은 마른침을 삼켰다.

그 모습에 혜이가 대신 입을 열었다. "진 씨가 아니라 다른 사람이 또 죽는다고?" 아까 알아낸 게 이건가.

"벨트가 좁았다며. 그럼 Narrow의 N. 그리고 비 온단 말도 없었는데 아까 이제하가 비가 오겠네 어쩌고 했어."

"그럼…… 레인코트. R?"

"우산이면 U도 가능하지 않습니까?"

"맞아, 너무 광범위하잖아. 그래서 그 물체들의 공통점이 뭔가 생각해봤거든."

마구 뒤엉키던 혜이와 재경의 머리에 동시에 전구가 들어왔다. 방수. 아무도 못 볼지라도 서유는 맞다는 듯 고개를 끄덕였다.

"Waterproof, W. 그리고 진 씨도 희생자에 포함한다고 하면 단어는 세 글자야."

N. W. 세 글자.

빠르게 무언가가 연상된 헤이의 눈이 커졌다. N과 W를 붙여 생각하면 쉽게 떠오르는 단어가 없었지만 띄어보면 얘기는 달랐다. 이제하는 순서대로 사람을 죽였다. 즉, 진보다 먼저 죽일 사람이 한 명이 더 있다는 뜻이었다. 서유의 말처럼.

"그래서 대놓고 유주를 말한 거네. 진 씨 구하고 싶으면 한번 막아보라고."

"일단 출발하겠습니다." 미치겠네.

거칠게 시동 소리가 울려 서유는 다급히 안전벨트를 맸다.

핸들을 잡은 재경의 속이 결연했다. 절대 누구 못 죽인다.

안전벨트를 쥔 서유의 손에도 절로 힘이 들어갔다. 창밖이 지나치게 휙휙 바뀌었다. 밖을 보다간 더 멀미가 올 지경이라 서유는 조수석 헤드에만 시선을 고정했다. 덜컹, 과속방지턱에 걸렸는지 차가 크게 흔들렸다.

"자기 막으면 자수하겠다는 거 보면 진 씨는 찾기 힘든 곳인가 본데."

헤이는 다시 정면을 응시했다. 모든 것이 제하의 계획대로 이뤄지는 상황이 탐탁지 않았다. 제하에게 듣지 않고도 진의 위치를 명확히 찾을 방법이 없을까. RP 로고로 추정하기엔 최여준이 반중동에서 발견된 시점에서 그 놀이는 끝났다고 봐야 했다.

"일단 유주는 다 왔습니다."

유주 근처를 뱅뱅 돌던 재경이 적당한 곳에 차를 세웠다. 서유는 시간을 확인했다. 디지털 숫자가 '12:40'으로 바뀌었다. 창밖으로 보이는 거대한 건물이 너무 높았다. 그만큼 사람도 많았다.

이 중에서 다음 대상을 찾으라니. 막막한 나머지 창밖을 보던 서유는 유유히 지하 주차장으로 들어가는 흰색 차량을 발견하고 말했다. "옥상에서 기다릴게, 라고 하네."

"뭐?"

"방금 이제하가 지하 주차장으로 들어갔어."

지나가는 차들을 주시하던 재경이 서유의 말에 곧바로 허리를 숙였다. 거리가 있어 속내가 바로 눈에 들어오지는 않을 테지만 머리 위를 가리는 손길이 필사적이었다. 차 안은 사방이 막혔으니 괜찮다며 안심시키던 혜이가 전화를 받았다. 교통부 연락 같았다.

핸들에 머리를 박은 재경이 심란한 목소리로 말했다. "대낮에 여기서 누구를 죽이겠다는 건지 모르겠습니다."

"……."

"진 씨는 사영산 가는 도로에서 마지막으로 발견됐어. 복장은 확인 불가고. 일단 팀장님께 그쪽으로 가달라고 했으니까 걱정하지 마."

문제는 여기지. 혜이도 막막하게 높디높은 건물을 바라보았다. 어쨌든 마지막 목표는 맞힌 셈이었다. 하지만 친절히 장소까지 알려줬어도 들어가는 것부터 방해물이 너무 많았다.

"여기도 우리가 조사하는 거 눈치챘을 텐데."

"맞습니다. 형사라고 하면 일단 못 들어가게 할 겁니다."

"옥상이라면 밀어버릴 셈인가."

"옥상도 그나마 낮은 거, 끝내주게 높은 거 두 개지 말입니다."

재경과 혜이가 열렬히 대화를 나누는 사이 서유는 유주 건물을 빤히 바라보았다. 높았다. 누가 대기업 아니랄까 봐 그 어느 빌딩보다 크고 높았다. 제하가 말한 시간까지는 한 시간도 채 남지 않았다. 2시 정각에 유주의 누군가가 죽을 걸 막는다 해도 체포 과정에서 제하가 손짓만 하면 끝이었다. 그걸 서유의 승리라고 할 수 있을까. 건물에는 수많은 사람이 있었다. 그만큼 수많은 속내가 보였다. 서유는 시간부터 장소까지 알려준 제하의 말을 곱씹었다. 날 어떻게 하고 싶어? 2시쯤에 죽어, 그걸 막으면, catch me n…….

"난 정말 서유 씨가 날 잡아줬으면 좋겠거든."

"……혜이야."

죽이 되든 밥이 되든 일단 가보자.

점점 흐려지는 하늘만 보던 서유는, 결심하고 차에서 내리려는 혜이를 불렀다.

"나 어떻게 해야 할지 알 것 같아."

***

사영산 등산로에 도착한 노원은 한숨부터 내쉬었다. 혜이가 알려준 빨간 승용차는 바로 옆에 있었지만 진은 보이지 않았다. 등산로 CCTV에도 찍히지 않았던데 도대체 어디로 사라진 건지. 어지간히 사람 힘들게 한다 싶어 연신 한숨이 나왔다.

주변을 살피고 온 강우가 등산로 옆 숲길을 가리키며 말했다. "저기 발자국 같은 게 있어요. 생긴 지도 얼마 안 됐고요."

"도대체 뭔 상황인지 원."

"저……."

조그맣게 들린 목소리를 따라 노원은 찡그린 얼굴 그대로 반응했다. 시간이 없어 데리고 온 세진이 살짝 고개를 내밀고 있었다. 창문을 안 닫았나 싶어 다시 운전석으로 들어간 강우는 개폐 버튼을 눌렀다.

한쪽 팔에 수갑이 채워진 세진이 다급히 말했다. "여기 대학 다닐 때 자주 왔던 곳이에요."

"예?"

"창업의 꿈을 꿀 때 타임캡슐을 묻고 자주 등산 왔었습니다. 만약에 제하가 그 사람에게 여기 오라고 시킨 거면, 분명 그 장소로 가라고 했을 거예요. 근데 전 안 온 지 5년도 넘어서……."

"사소한 거라도 기억나는 거 다 말해봐요."

얼굴을 가까이 들이민 강우가 과거의 지름길을 듣는 사이, 손부채질하던 노원은 택시에서 내리는 누군가를 발견하고 눈을 가늘게 떴다. 어째 실루엣이 익숙했다.

***

새파란 하늘, 시원한 바람. 내리는 비.

옥상 한가운데에서 모든 준비를 마친 제하의 뒷모습은 평온하기 그지없었다. 죽을 사람의 표정은, 관심 없었고. 오늘따라 하늘도 회색 구름 외에는 아무것도 보이지 않았다. 가만히 바라보던 제하는 1시 55분, 옥상 문 너머 등장한 속마음을 보며 입꼬리를 올렸다.

타이밍도 딱 맞추네. "어서 와. 옥상이 두 개인데 제대로 찾아왔구나."

'저 정도로 높은 곳은 아무리 너라도 못 들어가.'

"맞아. 그리고 여기서도 충분히 죽을 수 있는걸. 들어올 때 문제없었지? 하기 싫어서 내가 또 친절하게 바보 상태로 만들어 놨는데."

'그래, 다들 인형처럼 꼼짝도 안 하더라.'

기이하리만치 깨끗했던 모든 사람들의 머리. 분명 타인에게는 일상이겠지만 서유에겐 낯설다 못해 두 번 다시 보고 싶지 않은 광경이었다.

"설마 그게 무서워서 나오지도 않는 거야?"

'아니, 굳이 위험을 감수해가면서 널 막고 싶지 않아. 죽어도 싸니까.'

꾸밈없는 속내에 잠시 말이 없던 제하는 그저 웃었다. 결국 너도 나랑 똑같구나. 그걸 깨달으니까 말도 섞기 싫어?

'은근슬쩍 엮지 마. 넌 잇속 챙기려고 사람 죽인 살인마야.'

"글쎄, 누구나 더럽고 기분 나쁜 건 보기 싫잖아. 너는 남이 치우는 거 구경하는 거고, 나는 직접 치운 김에 노동의 대가를 받은 거지."

'그럼 계속 대가나 받지, 왜 이러는데.'

"왜, 라." 자리에서 일어난 제하는 어깨를 으쓱했다. "우연히 나랑 정반대로 능력을 쓰고 대가도 받지 않는 당신을 봤거든. 처음 보는 타입이라 궁금하더라." 우리 둘 중 누가 이상한 건지.

제하는 옥상 가장자리에 한 발짝 다가갔다. 주변엔 아무도, 아무것도 없었다. 망설임 없는 발걸음이 점점 끝으로 향했다. 문 건너편 속내 역시 흔들림 하나 없었다. 막을 생각이 없다는 뜻이었다. 굳게 닫힌 문을 보는 제하의 입가에 씁쓸한 미소가 번졌다.

"내가 이상한 건가, 당신이 이상한 건가. 내가 당신처럼 변할까, 당신이 나처럼 변할까."

'정의 운운하더니, 헛수고했네. 난 진 씨만 찾으면 네가 어떻게 되든 관심 없어.'

"……수수께끼 다 풀었나 봐? 하긴, 이번엔 좀 쉬웠지."

서유는 시계를 응시했다. 딱 2시 1분 전이었다. 초조했다. 후드득, 물 떨어지는 소리가 났다. 제하는 하늘을 올려다봤다. 비가 더 내리기 시작했다.

완벽하네.

시계가 2시 정각을 지난 순간, 제하는 마지막 살인을 시작했다.

"죽어도 싼 놈을 직접 죽이나, 죽게 내버려두나 똑같은 거야. 안 그래?"

'……그래.'

"역시 이상했던 건 너였어." 당신은 잡아줄 줄 알았는데.

'그러니까 난 널 잡을 거야.'

그때 덜컹, 문이 열렸다. 멀어지는 시야 사이로 한 형체가 뛰어들어왔다. 흩날리는 방수 코트 자락을 마지막으로 회색 하늘만 보인 순간, 누군가 다급히 손을 내밀었다. 놀라기도 전에 또 다른 누군가도 손을 뻗었다. 내리는 비에 표정이 가려졌다. 손의 주인공을 확인한 제하는 헛웃음이 튀어나왔다.

"……이런 깜찍한 수를 썼을 줄은 몰랐네."

"제가 살인마를 살릴 줄은 몰랐지, 말입니다……!" 뒤늦게 달려왔던 재경이 양손으로 제하를 붙잡으며 내뱉었다. 진짜, 우리가 당신 같은 사람이 아닌 걸 다행으로 알아.

제하는 빤히 보이는 속마음이 너무 솔직해서 웃겼다. 그러나 비웃기도 전에 온 힘을 다하는 모습이 시선을 사로잡았다. 빗줄기에 자꾸 손이 미끄러지고, 힘은 빠졌다. 왜 날 구하기 위해 이렇게까지 할까. 말마따나 죽어도 싼데. 이해가 안 돼 바라보는 제하의 눈에 선명한 속내가 박혔다.

잡아달라며, 도망칠 생각 말고 너도 좀, 잡아……!

반사적으로 손에 힘이 들어갔다. 순식간에 끌어당겨진 몸이 옥상 바닥에 닿았다. 상상해본 적 없는 결말이었다.

죽겠다 진짜. 엎어진 재경은 그대로 털썩 주저앉으면서도 붙잡은 손을 놓지 않았다. 대단한 직업 정신이다 싶어 순수하게 감탄하던 제하의 귀에 철컥 소리가 들렸다. 고개를 돌리자 보란 듯이 수갑을 채운 혜이가 미소 지었다. 잡았네. 진짜 이겼지?

"……이 게임은 무효예요. 서유 씨는 있지도 않잖아."

"나랑 서유는 일심동체거든."

"난 동의를 못 해서, 자수 못 하겠는데."

뭐?

제하는 당황한 속마음을 보며 소리 내어 하하 웃었다. 경쾌하게 퍼지는 소리에 힘없이 널브러져 있던 재경이 벌떡 일어났다. 미쳤나?

제하는 웃음을 멈출 생각이 없었다. 게임은 공정하게 해야 하는 법이다. 낭패라는 표정들이 보기 좋았다. 그러나 이상하게도 혜이의 입술은 여전히 호선을 그리고 있었다.

"웃을 때가 아니에요. 연쇄 살인범을 놓치게 생겼으니까."

"왜 확신해?"

"결정적 증거가 없잖아요. 증거 있는 장소는 나만 알거든요."

"그렇구나."

띡, 어디선가 기계음이 들렸다. 도로 누운 재경의 머리에 후련하게도 동동 뜬 글자.

자백해주셔서 고오맙지 말입니다.

"세상일이 다 네 뜻대로 되는 것 같지." 혹시 모르니 제하의 손에 둘둘 테이프를 말던 혜이가 말했다.

제하는 아무런 반항도 없이 그 모습을 지켜봤다.

마침내 테이프를 끊은 혜이가 입에도 테이프를 붙이며 덧붙였다. "이제하 씨, 연쇄 살인 사건 용의자로 긴급 체포합니다." 증거, 이미 찾았어. 진 씨랑 함께.

끊임없이 쏟아지는 빗소리, 그 가운데 제하의 소리 없는 웃음이 다시 한번 퍼졌다.

***

"옥상에서, 자살?"

몇십 분 전, 서유는 되묻는 혜이를 향해 고개를 끄덕였다. 반은 감이었지만 틀림없었다. 하지만 혜이는 이해할 수 없어 인상을 찌푸렸다. 이제 와서 죽는다고?

"계속 잡는다는 거에 초점을 맞추고 있어. 그리고 죽을 거랬지, 죽일 거라고는 안 했고."

"그럼 굳이 왜 여기 와서……."

"……만약 내가 못 잡아서 여기서 이제하가 죽어버리면, 어쨌든 여긴 조사해야겠죠? 유주 덕에 사업이 성공한 사람이 굳이 여기까지 와서 사망했으니까."

아. 가만히 생각하던 재경의 머리에 느낌표가 떴다. 유주와 레드패션이 거래한 계약서가 발견된 지금 만일 당사자가 유주 건물에서 사망한다면. 분명 유주도 도망칠 구석은 없는 셈이었다. 그럼 그 말은.

"뭐 본인 한 몸을 희생해서 유주의 비리를 파헤치겠다, 이겁니까?"

"그것보단 엿 먹으란 거지. 처음 추측대로." 혜이가 말했다.

서유도 그 말에 동의했다. 제하는 빈말로라도 정의로운 악역이라곤 말할 수 없었다. 그냥 혼자 당하고 사는 게 싫은 사람일 뿐이다.

자기 자신에게 엄청 도취한 상태라는 건 알겠다. 혜이는 신랄하게 비판 중이었다.

"그래도 이제하가 죽을 위인은 아닌 것 같은데."

"……죽는 건 아닐지 몰라도 멈추고 싶은 건 맞다고 생각해. 메시지를 다 합치면 'CATCH ME NOW'가 될 것 같아."

당장 나를 잡아봐. 자신과 같은 능력을 가진 사람만이 알 수 있을 말. 연민 비슷한 마음은 전혀 들지 않았지만 제하의 속을 얼핏 알 것 같았다. 스스로도 멈출 수가 없는 상태가 되어 누군가 붙잡아줬으면 하는 마음.

― 서유도 그럴 필요 없어요.

불현듯 진의 목소리가 떠오른 서유는 입술을 깨물었다. 해줄 필요는 없지만 하고 싶었다. 이런 식으로 도망치는 건 두고 볼 수 없었다.

"이게 단순히 날 약 올리려는 게 아니라, 진짜 나한테 하고 싶었던 말이라는 생각이 들어."

제하는 분명 사장실에서 자신을 어떻게 하고 싶으냐고 물었다. 그때는 답하지 못했지만 지금은 명확히 말할 수 있었다. 잡고 싶었다. 잡아서 두 번 다시 애먼 사람을 괴롭히지 못하게 감옥에 처박아버리고 싶었다. 마음을 정한 서유의 시선이 자연스레 말이 없는 혜이에게 향했다.

"그러니까 도망 못 치게 내가 가서 잡을게. 넌 진 씨 찾으러."

"아니야. 네가 진 씨 찾으러 가."

"뭐?"

분명 전에 쓰고 아직 반납 안 한 게 있을 텐데. 알 수 없는 속내가 퐁 나타났다. 혜이는 가타부타 말도 않고 조수석에서 내렸다. 사이에서 상황을 살피던 재경도 얼떨결에 따라 내렸다. 졸지에 혼자 남겨진 서유의 뒤에서 트렁크를 여는 소리가 났다.

이거면 되나? 아니, 이거 말고. 혜이는 열심히 부스럭거리며 무언가를 찾고 있었다.

"너, 지금 뭐해?"

"우린 걔가 죽든 말든 내버려둘 거야."

"미쳤어? 자살 방조하겠다고?"

"그렇게 생각하게 하는 거지. 그럼 너도 자기랑 똑같아졌다고 생각해서 알아서 줄줄이 말할지도 몰라. 지금 자백보다 좋은 증거가 없거든."

찾았다! 재경이 기뻐하며 무언가를 꺼냈지만 서유는 초조함에 뒷좌석 시트만 손톱으로 긁어내렸다. 그러다 정말, 놓치면. 팬시점에서 봤던 모습은 아직도 사라지지 않는 잔상으로 남았다. 무엇보다 만약 놓친다면 혜이는 1순위로 의심받을 터였다.

열심히 이것저것 만지던 혜이가 서유의 표정을 발견하고 덧붙였다. "당연히 안전 매트 몰래 깔 거야. 저 높이면 효과 있어."

"그렇지만 계속 나더러 잡으라고 난린데."

"그러니까 인간은 도구를 써야지."

이런 식으로 쓸 줄은 몰랐지만. 혜이는 자신만만하게 무언가를 내밀었다. 서유의 생각보다 훨씬 작은 그것은 얼마 전에 재경과도 사용했던 초소형 카메라와, 통신기였다.

***

내던져진 카메라의 각도가 비뚜름했지만 속내들은 대강 핸드폰 화면에 보였다. 혜이가 통신기를 끄지 않아 소리도 들렸다. 덕분에 제하의 목소리를 들은 서유는 긴장이 풀려 비틀거렸다. 혜이의 작전은 어찌 보면 간단하고 어찌 보면 복잡했다. 문 너머에서 혜이가 서유인 양 생각하고, 서유는 전송된 영상으로 제하의 속을 읽어 답을 알려준다. 첩보 영화 같은 작전이라 통할까 싶었으나 어떻게 잘된 것 같았다.

"잡은 거야? 잡았어?"

"선배, 들려요?"

"잡았어요. 이제 괜찮아요."

잡아! 서유가 목소리를 내지른 순간 몰려왔던 노원과 강우가 그제야 안도의 한숨을 내쉬었다. 사영산 관리사무소에 도착하고도 불안했던 마음이 이제야 좀 진정됐다.

하여튼 내가 우혜이 얘 때문에 진이 다 빠져.

하루가 왜 이렇게 기냐.

강우에게 동감한 서유는 벽에 머리를 기댔다. 하루가 길어도 너무 길었다.

"마셔요."

눈을 감고 있던 서유에게 누군가가 말을 걸었다. 서유는 눈을 뜨고 목소리의 주인공을 바라봤다. 아니, 노려봤다. 상대방이 안절부절못하며 옆에 앉았다. 커다란 대형견이 따로 없었다.

"미안해요."

"내가 진짜, 진 씨 때문에 죽겠어요."

서유는 머리를 쓸어 넘겼다. 담요를 둘둘 만 진이, 얼굴에 미안함을 가득 담고 있었다.

***

 사영산에 택시가 도착했을 때, 노원은 그 안에서 내리는 서유를 발견하고 가까이 다가왔다. 왜 서유가 이곳에 왔는지 알 수 없었다. 진 씨는 속내를 모르니까 못 찾는데. 그러나 서유는 일일이 설명할 시간이 없었다. 이제 제하가 말했던 2시까지는 30분도 채 남지 않은 상태였다.
"아니, 서유 씨가 여긴 왜……."
"가면서 설명할게요. 얼른 진 씨 찾으러 가요."
"팀장님, 진 씨 있을 만한 곳의 지름길을 알아냈어요! 근데 험하니까 빨리 가야 돼요."
 양쪽에서 잡아끄는 통에 노원은 뭐라 대꾸도 못 하고 끌려갔다. 앞장선 강우가 주변을 살폈다. 하필 비가 내리기 시작해 위험도가 더 높아져 있었다. 이거 서유 씨 괜찮으려나? 남 신경 쓸 때가 아니라는 듯 노원은 곧바로 발을 헛디뎠다. 뒤로 넘어가려던 몸뚱어리를 서유가 가까스로 붙잡았다.
 살았다. "고마워, 서유 씨."
"아니에요, 조심하세요."
 굴러떨어지지 않은 노원에게 답하던 서유는 슬쩍 앞을 살폈다. 일기예보는 맞는 법이 없어. 얼굴 대신 보이는 강우의 속내가 한없이 날카로운 상태였다.
"……근데 정 사장님은 뭐래요?"

"아, 마약은 본인도 몰랐다는데 이제하가 뭔 짓을 했는지는 알더라. 그 덕에 사업 성공했다고 인정했고. 분명 이제하가 따로 모아둔 증거들이 또 있을 거라던데."

원래부터 정말 치밀하고 꼼꼼한 성격이랬지. 노원의 속내를 곱씹으며 걷던 서유는 문득 멈춰 섰다. 그럼 혹시, 확신에 찬 서유의 발걸음이 빨라졌다. 앞서가던 노원이 바로 옆으로 다가온 서유를 깨닫고 움찔했다. 체력이 갑자기 좋아진 것 같은데.

서유는 아랑곳하지 않고 말했다. "그럼 여기에 그 증거들이 있는 거 아니에요?"

두 사람의 대화를 듣던 강우가 대신 대답했다. "가능성 있어요. 원래 타임캡슐을 묻어둔 곳이래요." 비가 너무 오네.

서유는 더 성큼성큼 걸어가 강우의 옆에 섰다. 노원은 진심으로 서유의 체력이 궁금해졌다. 이 가파른 길을 어쩜 저리 잘 올라가는지.

"타임캡슐이요?"

"대학생 시절에 꽤 큰 나무 밑에 묻어놨대요. 대학 졸업하곤 최여준이나 정세진은 아예 잊고 살았는데, 이제하는 종종 왔다는 것 같더라고요."

비 탓에 축축해진 머리를 넘긴 강우는 주변을 관찰했다. 지름길이랬는데 왜 이렇게 안 보여. 너무 옛날이라 바뀌었나. 분명 눈에 띌 만큼 큰 나무라고 했으나 아무리 걸어도 평범한 나무만 보였다. 설마 정세진이 그 상황에서 거짓말을 한 건가 의심이 들기 시작했다. 서유 씨한테 물어보고 올걸. 강우가 후회하는 사이, 힘겹게 뒤따르던 노원이 크게 외쳤다.

"야야. 저기, 저거 아니냐?"

노원의 손가락 끝에 큰 나무가 위풍당당하게 서 있었다. 너나 할 것 없이 한달음에 나무로 달려가던 발걸음이 점차 느려졌다. 가까이에서 보자 나무는 낭떠러지 끝에 대각선으로 자라난 모양새였다. 바로 밑에 있는 강물은 비로 인해 불어나 위협적으로 흐르고 있었다. 경사가 거의 직각이라 조금이라도 발을 삐끗하면 곧장 떨어질 것이 분명했다. 서유는 마른침을 삼켰다. 진은 어디에도 보이지 않았다.

"진 씨! 목소리 들려요?"

"어우, 여기 잘못 구르면 큰일 나겠는데."

멍하니 나무만 살피던 서유의 시선에 부러진 나뭇가지가 잡혔다. 서유는 조심조심 경사로 끝에 엎드려 아래를 살폈다. 비교적 새것으로 보이는 아이스박스가 눈에 들어왔다. 나뭇가지를 잡고 아이스박스를 끌어 올리려다 가지가 부러지는 모습이 마치 현실처럼 머릿속에 그려졌다. 불안하게 흔들리는 서유의 눈에 수많은 돌부리가 보였다. 흐르는 강물도 보였다. 설마, 설마.

"서유 씨, 그러다 큰일 나."

진을 찾던 노원이 황급히 서유를 일으켰다. 그러나 부러진 나뭇가지, 아이스박스를 발견하고 같은 생각을 하느라 말이 없어졌다. 뒤늦게 다가온 강우도 마찬가지였다. 서유는 낭떠러지에서 눈을 떼지 못했다. 자꾸만 낭떠러지를 구르는 진의 모습이 눈앞에 선명히 나타났다. 하염없이 강만 바라보던 서유는 결국 터지는 소리를 참지 못하고 내질렀다.

"백진!"

"어, 서유?"

예상과 달리 갑자기 뒤에서 목소리가 들렸다. 깜짝 놀란 서유는 고개를 돌렸다. 우비를 입고 기다란 나뭇가지를 든 진이 어리둥절한 표정으로 서 있었다. 허리에 묶인 옴브레 체크 셔츠를 발견한 서유는 벌떡 일어났다. 빗물에 미끄러진 다리가 휘청거렸다. 머릿속에서 낭떠러지로 굴러떨어지는 인물이 진에서 자신으로 바뀌었다.

"서유 씨!"

떨어지려는 순간 소리친 강우가 서유의 손목을 꽉 붙들었다. 곁에 있던 노원, 나뭇가지를 내던진 진까지 황급히 달라붙었다. 간신히 균형을 잡은 서유는 후들거리는 다리로 진에게 다가갔다. 진저리를 치며 허리춤에 묶인 셔츠를 풀어 내던지자 당황한 진이 비를 가려주면서 물었다.

"서유, 여기 어떻게 왔어요? 괜찮아요?"

"지금 누가 누굴 걱정해요? 죽을 뻔한 거 당신이라고요."

"네?"

대체 무슨 소리냐는 표정이라 서유는 도리어 인상을 찌푸렸다. 진은 진심으로 상황을 파악하지 못하고 있었다. 뭔 소리를 들었길래 홀로 정답을 파악해놓고 이런 오답으로 들어왔을까. 앞뒤 맥락을 파악하려던 서유는 에취, 하고 재채기를 내뱉곤 몸을 떨었다. 감기가 더 심해질 것이 분명했다.

"서유, 괜찮아요? 그래서 나 혼자 온 건데."

"아니, 왜 말도 안 하고……!"

"이봐들."

진이 내던진 나뭇가지를 집어든 노원이 낭떠러지 쪽을 고갯짓했다. 우리 다 감기 걸리면 참 볼 만하겠다, 그렇지.

"저거 증거 맞으면 빨리 챙기고 하산할까. 이제 곧 2시인데."

"어, 팀장님. 여기 뭐가 또 있어요."

"혹시 모르니까 다 챙겨. 조심하고."

에취, 노원과 동시에 재채기를 한 서유는 이내 흙투성이 상자 하나를 함께 들었다. 얘기는 따뜻한 실내에서도 충분히 할 수 있었다.

그리고 옥상에 있을 제하를 상대하기 전, 1시 50분.

모든 상황을 전해 들은 재경은 혜이를 돌아보며 물었다. "우 형사님, 그냥 바로 잡아버릴까요?"

"아냐. 섣불리 나서면 도루묵 돼."

조용히 안전 매트까지 설치가 완료된 것을 확인한 혜이는 미소를 지었다. 이제 제하가 바라는 대로 '놀아줄' 차례였다.

***

얘기를 들은 진은 양손을 모으고는 말이 없었다. 그러나 연속으로 재채기를 한 서유가 말없이 째려보자 찔렸는지 곧바로 입을 열기 시작했다.

"확인하려고 간 거 맞아요. 서유 괴롭힌 거 제하 아니냐고 물으려는데 제하가 음료수를 주다가 쏟았어요."

"……수 썼네. 그래서 옷 갈아입은 거예요?"

서유의 물음에 진은 고개를 끄덕였다. 내던졌던 셔츠는 다시 고이 주워 관리사무소 한구석에서 말리는 중이었다.

"바지까지 갈아입느라 발신기를 까먹었어요. 그 뒤에 제하한테 제대로 묻고, 그렇게 생각한 이유를 얘기했더니 맞다고 그랬어요. 근데 서유가 아닌 나한테 들켰으니까, 타깃도 나에서 서유로 바꾼다고 했어요. 서유 속은 바로 보인다고."

"그 치사한 새끼."

"어떻게든 막으려고 했는데 서유를 지키려면 3시까지 자기가 모아둔 증거를 없애버리게 가져오라고……."

"전화 됐다 뭐해요."

"……그게, 옷 갈아입는 사이에 제하가 망가뜨렸어요."

황당한 진상을 들은 서유는 헛웃음만 나왔다. 민망한 듯 진은 고개조차 들지 못하고 있었다. 이렇게 철저히 고립시킨 걸 보면 시체도 못 찾게 할 속셈이 아니었을까. 증거라는 것도 순 거짓말

일 가능성이 커 보였다.

"아니, 연락 수단도 없으면서 진짜 무슨 생각으로 혼자 간 거예요?"

"어차피 발신기가 있으니까 괜찮겠다 싶었어요. 없는 거 알았을 땐 이미 늦었고…… 잘못했어요."

"증거 찾으면 또 어쩔 건데요. 진짜 줄 생각이었어요?"

"아니요! 주는 척하면서 잡으려고 했어요. 진짜로."

정적이 찾아왔다. 서유는 빤히 진을 바라봤다. 이 사람이 무슨 죄랴, 다 이제하 때문이고 눈치가 너무 없던 내 탓이지. 늘 빨랐던 진의 눈치가 정작 결정적일 때 쓸모없어진 것도 문제였지만 탓할 입장은 아니었다. 마지막으로 작게 한숨을 내쉰 서유는 그저 진의 어깨를 토닥였다. 어쨌든 자신 때문이었다니 더 뭐라 하기도 애매했다.

"자꾸 화만 내서 미안해요. 나뭇가지 꺾여 있길래 진 씨가 밑으로 떨어진 건가 싶어 너무 놀라서."

"그거 제하가 표시라고 알려준 건데. 원래 그랬어요."

"네?"

"진 씨, 이거 완전 노다지야." 노원이 말했다.

노다지? 진이 무슨 말인지 모르겠다는 표정을 지었다. 노원은 알기 쉽게 다시 풀어 말했다. 죄다 증거라고 증거. 그제야 진의 얼굴이 조금 밝아졌다. 서유는 새삼 상자 안을 확인했다. 아이스박스 안에는 아무것도 없었지만 그 근처에 있던 상자는 얘기가 달랐다. 녹취록, 영상, 언제 어떻게 찍었는지 유주의 살인 의뢰가 빼도 박도 못하게 찍혀 있었다.

아싸, 서장도 이걸로 아무 말도 못 하겠지. 꽤 컸던 노원의 상사 스트레스를 확인한 건 덤이었다.

"비 와서 흙에 쓸린 게 다행이었네."

"타임캡슐에 차곡차곡도 넣어뒀네요. 누구라도 발견하고 대신 멈춰주길 바란 건 아닐까요."

강우가 추측했지만 서유는 아무 말도 하지 않았다. 여준은 죽여버렸고 세진은 곧바로 모든 것을 밝혔다. 제하는 이미 그런 기대를 버린 지 오래였으리란 생각이 들었다.

"정세진은 걱정하는 듯했는데. 가만있지 말고 뭐라도 해보지."

"……정 사장님이요?"

"표정이 후회, 체념 같았거든요. 어쨌든 이걸로 게임 끝이네요."

후련한 강우의 말에 서유는 창밖을 바라봤다. 어느새 비가 그쳐 무지개가 떠 있었다. 하늘이 그새 더 새파랗게 변한 기분이었다. 서유는 속으로 강우의 말을 곱씹었다. 게임 끝. 게임.

드디어, 기나긴 게임이 끝났다.

14

꼬끼오, 서유는 도심 한복판과 어울리지 않는 소리를 들으며 눈을 떴다. 이불 밖으로 내민 손을 더듬거리다 꾸욱 힘을 주어 누르니, 울리던 닭 울음소리가 그쳤다. 서유는 머리를 쓸어올리며 힘겹게 몸을 일으켰다. 으슬으슬 춥고 온몸이 천근만근이었다. 겨우 바닥에 발을 딛던 몸이 비틀거렸다.

"……죽겠다, 콜록."

여름 감기는 개도 안 걸린다는데. 벌써 두 번째, 지독한 감기를 앓는 중이다. 당장이라도 다시 눕고 싶었으나 서유는 힘겹게 침대에서 일어났다. 이젠 더 쓸 연차도, 염치도 남아 있지 않았다.

***

이 한더위에 목에 스카프를 똘똘 감싸고, 뜨거운 차를 보온병에 챙기고. 에어컨이 빵빵한 사무실에서 얇은 카디건 하나를 걸친 서유는 드르륵, 의자 미는 소리에 고개를 들었다. 흥분한 소라의 표정만큼 통통 튀는 속내가 눈에 띄었다.

웬일이니, 웬일이니. "김 대리, 요즘 뉴스 뜨는 거 보면 세상에 믿을 사람 하나 없는 것 같아. 그렇지."

"그러게요."

"진짜 내가 이런 말을 할 줄은 몰랐는데. 그럴 사람으로 안 보였잖아. 그렇지."

"그러게요, 정말."

누가 일 안 하고 떠드는 거야?

멀리서 하연의 속내가 보여 재빨리 파티션 아래로 고개를 숙인 서유는 뉴스 하나를 클릭했다.

전에 없던 스펙터클한 삶을 경험한 뒤, 일상은 다시 평범해졌지만 세상은 그렇지 않았다. 라이징 패션 브랜드 사장의 숨겨진 이면, 이미지 좋은 대기업의 어두운 부분, 경찰의 미흡한 대처에 대한 비판……. 어느 곳을 보나 전부 유주와 레드패션의 검은 계약에 관한 얘기들로 가득했다.

이런 일이 진짜 일어난단 말이야?

이미지 믿을 거 못 된다더니.

무섭다 무서워, 진짜 그렇게 안 보였는데.

사람은 성공하려면 뭐든 하는구나.

다들 남몰래 기사를 보는 중이었는지 여기저기서 퐁퐁 속내가 나타났다. 서유는 다시 옥수수차를 따르며 기사 내용을 읽었다. 유주의 사위, 백민석이 마약 브로커였다는 사실도 속속들이 밝혀지는 중이었다. 대기업임에도 적나라하게 세상에 드러나는 게 오히려 신기할 정도로. 입이 귀에 걸릴 듯이 기뻐하던 노원이 생각난 서유는 고개를 끄덕였다. 뭔지는 몰라도 제하가 아주 결정적인 증거들을 다 모아뒀나 보다.

다른 기사들도 살피던 서유의 입이 점차 비죽거렸다. 하나같이 사건이 인계된 경찰서 얘기뿐, 체포에 지대한 공을 세운 형사 네 명의 내용은 단 하나도 없었다. 하다못해 다들 무시할 때 이상한 걸 눈치챈 중부서 우혜이에 대해서는 있어야 하거늘.

"우리 조만간 전부 뿔뿔이 흩어지겠다. 레드패션이랑 계약 끊겠지?"

"그렇겠네요. 그래도 종종 얘기해요, 민 대리님."

"아유, 당연하지. 모른 척하지 마?"

진 씨도 못 보려나, 아쉽네. 텅 빈 옆자리를 보는 소라의 속내가 어느 때보다 솔직했다. 한 번도 병가를 낸 적 없던 진은 현재 이틀째 결근이었다. 서유 못지않게 감기에 심하게 걸린 탓이었다. 생각에 잠겼던 서유는 이내 핸드폰 문자를 발견하고 일에 집중했다. 오늘은 일찍 퇴근해야 했다.

***

혜이는 팔짱을 낀 채 유리 건너편을 응시했다. 늘 붉은 옷만 입더니 파란 죄수복도 꽤 잘 어울렸다. 그 속을 봤는지 건너편에 앉아 있던 제하가 살포시 웃었다.

"제가 원래 무슨 색이든 잘 어울려요."

"살 만한가 봐요."

"왜 일부러 죄를 짓고 들어오려는지 알 것 같아요. 너무 편하네요."

태연한 대답에 혜이는 기막힌 감정을 숨기지 않았다. 이런 시시껄렁한 대화는 수도 없이 나누면서도 정작 제하는 사건에 대해서는 입을 다물었다. 서유 씨 오면 말할게요.

혜이는 최종적으로 모든 사건 현장을 이어보았던 지도를 떠올렸다. RP는 전혀 아니었지만 또 다른 영어가 얼추 보이긴 했다.

……미안한데, 서유 베프 자리는 이미 만석이야.

"욕심이 많으시네요."

"그걸 이제 알았다니, 나도 속을 꽤 잘 숨기나 보네요." 연일 매스컴이 쉴 새 없이 떠들어대는 통이라 계속 시간을 끌 수는 없었다. 잠시 시계를 쳐다본 혜이는 다시 물었다. "진 씨, 죽일 생각 없었죠?"

"내가 또 다른 살인 청부까지 했던 거 잊었어요?"

"그때 말고. 이번에."

제하는 그저 미소만 지었다. 비록 속은 못 보지만 그 반응을 동의라고 짐작한 혜이는 말을 이었다.

"타임캡슐이 참 얕게 묻혀 있었대요. 꼭 찾아내라는 듯이."

"……."

"그리고 당신이 방수 코트 안에 입고 있던 옷, 찾아보니까 그 정장도 옴브레라고 하던데." 서유가 어떻게 나올지 시험한 거잖아.

뒷말은 일부러 속으로 전한 혜이가 고개를 까닥였다. 그러나 제하는 여전히 얄미운 미소만 지을 뿐 답하지 않았다. 그 행동 자체가 답이었다. 역시 서유를 끝까지 갖고 놀 생각밖에 없었네.

잔뜩 힘이 들어간 혜이의 주먹을 보던 제하가 유리창 가까이 턱을 괴며 대답했다. "난 그냥 그걸 미끼로 변수인 그 사람이 굴러떨어지길 바란 건데."

"그래? 근데 난 왜 속마음이 보이지 않는 진 씨를 통해 너도 평범할 수 있다는 증거를 남기고 싶었던 것 같지."

"그렇게 따지면 서유 씨도 진 씨가 참 소중하겠네요. 자기 이용하는 친구보다는."

혜이는 아무 말도 하지 않았다. 보란 듯이 여유로운 표정을 짓던 제하가 뒤늦게 등장한 인물을 발견하고 활짝 웃었다. 오랜만이야.

혜이의 옆에 앉던 서유는 대놓고 경멸을 드러냈다. 이 지경이 되고도 자신만을 향한 호감이 어이없었다.

너무 그러면 나 상처받아.

'당신이 상처받든 말든.'

"……미안. 네가 와야 얘기를 하겠다잖아."

"괜찮아."

혜이의 사과에 답한 서유가 작게 기침 소리를 내자 제하가 걱정스럽게 쳐다봤다.

또 감기 걸렸어?

'누구 때문인데.'

"이제 죽인 이유 말해봐."

차갑게 내뱉은 서유는 혜이도, 자신도 궁금했던 본론으로 들어갔다. 굳이 시간을 끌고 싶지도 않았다.

제하가 입을 다물고 있다는 사실은 기사로 알고 있었다. 유주와의 거래 증거들이 확실하고 자백도 있어 긴급 체포는 가능했지만, 서유는 이렇게까지 한 이유를 알고 싶었다. 더불어 입 밖으로 뱉을 수 없는 욕도 속으로 양껏 하는 중이었다. 특이하게도 서유의 속마음을 전부 감상하던 제하는 이내 어깨만 으쓱했다.

"말했잖아, 쓰레기는 치워야지."

이번에도 역시나 꾸밈없는 진실한 답이었다.

"경찰들이 못 찾은 이유도 있지만, 다 쓰레기인 건 서유 씨도 동의할 거고. 지수 씨는 남친 없다고 거짓말까지 했거든. 아, 박 팀장은 죽이면 서유 씨 업무하는 데 힘들까 봐 말았어."

"네가 그럴 자격이 있어?"

"서유 씨도 딱히 자격 있어서 움직인 건 아니면서. 죽이는 거라고 다른가?"

혜이는 그저 실소를 뱉었다. 같잖은 개똥철학이었지만, 앞으로 몇 년간은 미디어에서 우려먹을 살인범이 탄생한 셈이었다.

"최여준은."

"애가 약을 하면서 좀 이상해졌어. 내가 걔 뒤처리 담당도 아닌데 자꾸 사고를 치고 떠넘기기나 하고. 그리고 서유 씨도 걔 싫어했잖아."

"정 사장님도 그냥 미끼였어?"

"응. 차 키는 당연히 들킬 테니까."

서유는 제하만 노려봤다. 다 물어봐. 진심으로 다가오는 순수한 호의는 여태까지와 별반 다르지 않았다. 왜 한 번도 제하에게서 이상한 점을 눈치채지 못했는지 알 것 같았다. 제하는 늘, 진심이었다.

그 속마음을 가만히 보던 서유는 자기도 모르게 말했다. "참 불쌍하다."

질문이 아닌 감상이었기에 혜이의 시선이 느껴졌다. '보나 마나 무슨 헛소리냐고 하겠지.'

그래서 서유는 친구 대신 제하의 반응만 확인했다. 머리 위에 뜬 물음표가 선명했다.

"……내가?"

"너 말고 네 인생. 속내를 보는 네가 함께 창업할 정도로 믿었던 사람들이잖아. 그러니까 그렇게까지 하면서 성공시키고 싶었던 거고."

"글쎄, 최여준 걔는 그냥 초기 돈줄이었어."

"정 사장님은? 네가 모를 리 없을 텐데."

제하의 입이 닫혔다. 늘 당당하고 여유롭던 사람이 처음으로 초라해 보였다.

"네가 보는 것도 못 믿고 스스로도 멈추지 못하다가, 겨우 발견한 나한테 좀 잡아달라고 끌어들여야 했던 네 인생이 참 불쌍해."

"……"

"그렇게 만든 넌 한심하고."

'이렇게 말하는 나도 혜이가 없었다면, 어땠을지 모르지만.'

정적 속에서 혜이의 눈동자만 움직였다. 서유나 제하나 각자에게서 보기 드문 표정을 짓고 있었다. 서유는 진심으로 한심해 했고 제하는, 속이 시원할 정도로 한 대 얻어맞은 표정이었다.

"……정세진이 그 나무를 기억할 줄은 몰랐어."

"당신은 결국 아무것도 못 보고 있었던 거네."

"그럼 서유 씨한테 혜이 씨는 최여준이야, 정세진이야?"

"둘 다 아니야."

지체 없이 나가는 서유를 따라 혜이도 몸을 일으켰다. 이제하는 어쩌면 정말 서유의 말마따나 자신을 잡아줄 누군가를 찾다 못해 다 내던지기 직전이었을지도 몰랐다. 그렇다 한들 연민은 들지 않았다. 자신의 능력을 그렇게 사용하는 길을 선택한 사람은 제하 본인이었고, 서유가 구원해줄 이유는 어디에도 없었다.

"우 형사님 자신도 둘 다 아니라고 생각해요?"

"……."

"아니구나."

대꾸하지 않고 면회실을 나간 혜이는 문 앞에 서 있는 친구를 이끌었다. 따라가던 서유는 흘깃 뒤를 돌아보았다.

또 보자, 서유 씨. 이제 더는 볼일이 없을 사이일 텐데 문 너머 속내는 확신을 품고 있었다. 우린 좋은 친구가 될 수 있었을 거야.

그래, 그럴지도 몰랐다. 어쨌든 서유는 제하를 호감으로 여겼고 동질감은 친근감을 느끼는 큰 요소였다. 그렇기에 제하를 온전히는 아니어도 어렴풋이 이해는 할 수 있었다.

"나 진짜 혼자서 이제하 상대하고 조종하려고 했거든. 근데 못

하겠더라."

"……네가 그런 걸 어떻게 해. 벌벌 떨면서."

"응. 네가 있어서 다행이야."

그러나 그건 과거일 뿐, 서유는 동의하지 않았다. 자신의 곁엔 이렇게 눈치가 빠른 사람이 있어야 했다. 그리고 제하는 정말 좋은 친구였을지도 모를 사람이 이미 곁에 있다는 사실을 모를 만큼, 눈치가 없었다.

"정 사장님은 어떻게 돼?"

"일단 방조죄 정도."

어느새 밖에 나온 서유는 파란 하늘을 올려다봤다. 사영산에 갔을 때 봤던 세진의 속이 잔상으로 남았다. 제하야, 그만하자고 했잖아. 벌벌 떨고 있어도, 두려움이 느껴져도 세진은 분명 제하를 위하는 마음 또한 지니고 있었다. 그렇게 뻔히 보이는 속내를 보지 못한 것은 제하였다. 능력을 마구잡이로 사용하다 결국 그것조차 가식이라고 여겼을 테니까.

익숙한 느낌이 든 서유는 정면을 응시했다. 벌써 운전석 문을 연 혜이가 얼른 안 오고 뭐 하냐며 기다리고 있었다. 서유는 고개를 끄덕이며 달려갔다. 바람이 상쾌했다.

**

몇 주가 지났다. 레드패션은 사업을 중단했고, 자연히 서유의 부서는 뿔뿔이 흩어졌다. 재판도 진행 중이라던데 거기까진 신경 쓰고 싶지 않았다. 서유는 수사물을 사랑했지만 당분간은 좀 멀리하고 싶었다.

새로운 부서에서는 평화로운 생활이 이어졌다. 여전히 속내는 보였고, 조종도 할 수 있을 테지만 시도한 적은 없었다. 아직도 서유는 자신의 능력이 무서웠다. 그리고……

"서유! 밥 먹으러 가요!"

진의 속은, 변함없이 보이지 않았다.

또다시 같은 부서가 된 진은 여전히 서유의 옆자리였다. 온 지 얼마 안 돼서 큰일을 겪었으니 얼굴 익힌 사람이 챙겨주라는 것이 이유였다. 부서가 바뀐 소라는 대놓고 아쉬움을 표현했다. 그래도 아예 마주할 일이 없는 부서는 아니었다.

서유는 자리에서 일어났다. 어찌 됐든 계속 같은 부서고, 옆자리에, 나름 격렬한 사건까지 함께 겪었다 보니 일종의 동지애가 생긴 상태였다. 진과 함께 엘리베이터에 오른 서유는 메뉴를 확인하지 않았다는 사실을 깨닫고 물었다.

"뭐 먹어요?"

"냉면!"

"전 물냉면이요."

땡, 1층에 도착했다. 오늘은 그렇게 더운 날씨도 아닌데 왜 냉면인가 했더니 새로 개업을 했단다. 부디 맛집이길.

"……근데 있잖아요, 서유."

식당가에 다다를 즈음 나왔던 진의 조심스러운 서두는 멀리서 쾅, 하는 큰 폭발음에 묻혔다. 서유는 다급히 고개를 돌렸다. 큰 봉고차가 건물에 박혀 있었다. 아수라장이 된 상황에서 펑, 하고 봉고차 앞쪽이 터졌다. 꺄악, 터져나온 비명을 시작으로 사람들이 도망치기 시작했다. 본능적으로 반대편으로 달리려던 서유는 차가 박힌 건물을 본 순간 그대로 굳어버렸다.

"서유, 안 뛰고 뭐해요!"

"……어요."

"네?"

"안에 사람 있다고요!"

서유의 외침에 진도 건물을 바라봤다. 이미 연기는 모락모락 피어나고 있었다. 언제 2차 폭발이 발생할지 몰랐다. 머뭇거리던 서유는 입술을 깨물었다.

엄, 마······.

희미하게 이어지는 글자는, 분명 건물 안에 있었다.

작가의 말

보이지 않는 것에 붙잡히는 세상

* 내용에 대한 언급이 있습니다.

어린 시절부터 추리소설, 탐정 만화, 수사 드라마를 즐겨 보았습니다. 보다 보니 대부분의 사건은 대화 부족으로 발생했고, 범인을 찾는 것은 곧 거짓말을 간파한다는 뜻이었습니다. 그럼 속만 숨기지 않으면, 속내가 다 드러나면 사건도 일어나지 않고 범인 잡기도 쉽겠네. 자연히 들었던 생각이 이 작품의 시작이었습니다. 완결은 고사하고 한 파트만이라도 마무리 짓자는 생각으로 무작정 썼던 것 같습니다. 순전히 자기만족을 위한 글이었죠.

초기에 구상했던 분위기는 현재와 다소 달랐습니다. 서유는 좀 더 감정 표현이 풍부했고, 제하는 좀 더 의뭉스러웠고, 강력 1팀은 존재하지도 않았으니까요. 유일하게 '수상하지만 결국엔

내 편'이라는 설정이 확실했던 진만이 거의 그대로네요. 시험 삼아 썼던 그때의 〈리딩, 읽을 수 없음〉 단편과 비교하면, 캐릭터 간의 관계 변화가 가장 두드러지는 것 같습니다.

그 원인은 단연 강력 1팀입니다. 평범한 사람들이 어쩌다 본 범죄 계획을 무시하지 못하는 내용을 보고 싶었습니다. 그러나 형사도 아닌 일반인들이 사건을 접하고 해결하는 건 아무래도 무리가 있었고, 그 결과 혜이, 강우, 재경, 노원이라는 캐릭터를 새로 만들게 되었습니다. 막무가내인 부분들이 없지 않아 있지만 고마운 친구들입니다.

속만 본다면 범인도 쉽게 잡을 줄 알았는데, 정작 그런 능력이 있어도 서유는 모든 것을 알지는 못합니다. 그래서 속이 보이지 않는 진을 심리 파악을 잘한다는 이유로 C라고 의심하고요. 한 걸음 떨어지면 어떤 사람인지 훤히 보이는 진을 왜 의심하나 싶지만, 서유는 '보이는 것'보다 '보이지 않는 것'에 붙잡힐 수밖에 없었습니다. 모든 것이 보이는 세상에서 살았으니까요. 사람은 보고 싶은 것만 본다는 말을 떠올리면, 결국 '보는' 게 문제가 아니라 '받아들이는' 게 문제가 아닐까 싶습니다. 서유도 진을 통해 그 사실을 깨달아가겠죠.

진과는 정반대로 서유의 편견을 깬 제하는 똑같이 사람의 속내를 보는 것도 모자라 조종까지 합니다. 자신의 능력을 저주라고 여겨 최소한으로 사용했던 사람과, 거리낌 없이 활용했던 사람의 능력은 차이가 날 수밖에 없을 겁니다. 어떤 면에서는 제하가 똑똑하고 서유는 미련한 사람으로 보일 수도 있고요. 그래도 저는 미련하지만 선한 사람이 옳은 이야기를 좋아합니다.

불현듯 떠올랐던 택배기사와의 대치 장면으로 시작한 '한 파트'가 이렇게 마무리되었네요. 보고 싶은 걸 다 넣은 덕에 쓰다가 수정하고, 다 쓰고 엎고, 또 수정하고, 참 오래 만진 작품입니다. 그만큼 즐겨주셨다면 더할 나위 없을 것 같습니다.

늘 응원해주시는 부모님, 그리고 좋은 기회를 주시고 오랜 기간 출간을 위해 애써주신 조아라 J 스튜디오와 쌤앤파커스 팩토리나인 관계자분들께 깊은 감사의 말씀 드립니다.

마지막까지 읽어주셔서 감사합니다.

세유아

리딩, 읽을 수 없음

2025년 9월 24일 초판 1쇄 발행

지은이 세유아
펴낸이 이원주

콘텐츠개발실 정혜경, 홍윤선 **디자인** 진미나
마케팅 양근모, 권금숙, 양봉호 **온라인홍보팀** 신하은, 현나래, 최혜빈
디자인실 윤민지, 정은예 **디지털콘텐츠팀** 최은정 **해외기획팀** 우정민, 배혜림, 정혜인
경영지원실 강신우, 김현우, 이윤재 **제작실** 이진영
펴낸곳 팩토리나인 **출판신고** 2006년 9월 25일 제406-2006-000210호
주소 서울시 마포구 월드컵북로 396 누리꿈스퀘어 비즈니스타워 18층
전화 02-6712-9800 **팩스** 02-6712-9810 **이메일** info@smpk.kr

ⓒ 세유아 (저작권자와 맺은 특약에 따라 검인을 생략합니다)
ISBN 979-11-94755-76-0 (03810)

- 이 책은 저작권법에 따라 보호받는 저작물이므로 무단전재와 무단복제를 금지하며, 웹소설 플랫폼 '조아라'의 연재 소설을 바탕으로 종이책을 출간한 것으로 이 책 내용의 전부 또는 일부를 이용하려면 반드시 (주)쌤앤파커스와 (주)조아라 양측의 서면동의를 받아야 합니다.
- 잘못된 책은 구입하신 서점에서 바꿔드립니다.
- 책값은 뒤표지에 있습니다.
- 팩토리나인은 (주)쌤앤파커스의 브랜드입니다.

쌤앤파커스(Sam&Parkers)는 독자 여러분의 책에 관한 아이디어와 원고 투고를 설레는 마음으로 기다리고 있습니다. 책으로 엮기를 원하는 아이디어가 있으신 분은 이메일 book@smpk.kr로 간단한 개요와 취지, 연락처 등을 보내주세요. 머뭇거리지 말고 문을 두드리세요. 길이 열립니다.